傅斯年

游國恩　朱自清　蕭滌非　浦江清　著

西南聯大文學課

續編

中和出版
OPEN PAGE

中

西南聯大校舍

西南聯大校旗

傅斯年

游國恩

朱自清

蕭滌非

浦江清

編者的話

西南聯大只存在了八年時間，卻培育了兩位諾貝爾獎得主、五位中國國家最高科技獎得主、八位「兩彈一星」功勳獎章得主、一百七十多位中國科學院院士和中國工程院院士。這是教育史上的傳奇。傳奇的締造並非偶然，而是源於強大的師資力量和自由的教學風氣。

西南聯大成立之時，雖然物資短缺，沒有教室、宿舍、辦公樓，但是有大師雲集。聞一多、朱自清、陳寅恪、張蔭麟、馮友蘭等大師用他們富足的精神、自由的靈魂、獨特的人格魅力以及深厚的學識修養，為富有求知欲、好奇心的莘莘學子奉上了凝聚着自己心血的課程。

聞一多的唐詩課、陳寅恪的歷史課、馮友蘭的哲學課……無一不在民族危難的關頭閃耀着智慧的光芒，照亮了求知學子前行的道路，為文化的傳承保存下了一顆顆小小的種子，也為民族的復興帶來了希望。

時代遠去，我們無能為力；大師遠去，我們卻可以把他們留下的精神和文化財富以文字的形式永久留存。這既是大師們留下的寶貴財富，也是我們應該一直繼承下去的文化寶藏。

為此，編者以西南聯大為紐帶，策劃了一系列套書，以展現西南聯大的教育精神和大師風貌，以及中華民族的文化與思想特點。已出版《西南聯大文學課》《西南聯大國史課》《西南聯大哲學課》《西南聯

大文化課》《西南聯大詩詞課》《西南聯大國學課》，本書是「文學課」的續編。

本書所選各篇文章，在內容的側重和表述方式上有很大的不同，這是各位先生在教學和寫作風格上各有千秋的結果。這一點，不僅體現了先生們各自的寫作特點，更體現了西南聯大學術上的「自由」，以及教學上的「百花齊放」。

本書收錄文章，秉持既忠實於西南聯大課堂，又不拘泥於課堂的原則。有課堂講義留存的，悉心收錄；未留存有在西南聯大任教時講義的，而先生們在某一方面的研究卓有成就的亦予以收錄；還有一部分文章是先生們在西南聯大教授過的課程，只是內容不一定為在西南聯大期間所寫，如「浦江清講宋元文學」一章，是由浦江清先生在北京大學任教時的講義整理而來的，因先生在西南聯大時也教授過宋元時期的文學，故予以收錄。又如游國恩先生與蕭滌非先生的文章，整理自 1963 年人民文學出版社出版、由兩位先生參與編寫的《中國文學史》。兩位先生在西南聯大任教期間，游國恩先生教授「中國文學史」一課，蕭滌非先生教授「樂府」等課，因未有講稿留存，故本書收錄上述《中國文學史》中兩位先生編寫的相關篇目。此外，還收錄蕭滌非先生在清華研究院的畢業論文（後經先生在西南聯大期間修改出版），取「兩漢民間樂府」一節，將漢樂府的知識做更詳細的補充。

需要特別說明的是，此前出版的《西南聯大文學課》中已收錄浦江清先生關於明清文學的講義，感興趣的讀者可翻閱《西南聯大文學課》。同時，由於諸多因素所限，沒有收集到其他教授相關的講義或者文章，因此本書暫無明清古文部分內容。

按照上述選篇原則，在任教於西南聯大的諸位先生中，選擇了傅斯年、游國恩、朱自清、蕭滌非、浦江清等五位先生，以他們現存作

品中較為完整的全集類作品或較為權威的單本作品作為底本。這些底本不但能保證本書的權威性，也能將先生們的作品風貌原汁原味地呈現出來。

因時代不同，某些字詞的使用與現今有所不同。同時，每個人的寫作習慣以及每篇文章的體例、格式等亦有不同，為保證內容的可讀性、連續性以及文字使用的規範性，本書在尊重並保持原著風格與面貌的基礎上，進行了仔細編校，糾正訛誤。此外，本書還對原文進行了統一體例的處理，具體如下：

1. 部分內容存在「《論衡‧正說》篇」「《韓非子‧喻老篇》」「《兩都賦‧序》」「《草堂集》序」等篇名表述不一致的情況，為保持原文原貌，未做統一處理。

2. 原文中作者自註均統一為隨文註，以小字號進行區分；文中腳註均為編者所加，並以「編者註」加以區分。

3. 文中表示公元紀年的數字皆改為阿拉伯數字。為保持全書體例一致，本書對隨文註中表示公元紀年的方法進行了統一處理，皆以「公元 ××× 年」表示，表示時間段的，則統一為「×××─×××」，正文則保留作者原文原貌，如第五章浦江清教授的文章，表示年份基本未加「公元」，為尊重教授底稿，正文未做統一。

4. 因時代語言習慣不同造成的差異，本書對引文外的文字做了統一，如「惟」字，均改為現今通用的「唯」字，「人材」「徵實」「精采」「貫串」「利害」「刻劃」等詞皆改為現今通用的「人才」「證實」「精彩」「貫穿」「厲害」「刻畫」等詞。另外，按現今語法規範，修訂了「的」「地」「得」，「做」「作」，以及「絕」「決」等字的用法。舊時所用異體字則絕大部分改為規範字。

5. 為保障現代讀者的閱讀體驗，本系列叢書對部分原文標點符號

略作改動，以統一體例，如「《崧高》、《烝民》」，改為「《崧高》《烝民》」。

6. 原文中難以辨認之處以「□」表示。

希望本書有助於讀者們在此前「文學課」的基礎上，進一步認識中國文學的特點和幾位先生的學術風采；同時，更希望本書能夠喚起讀者對西南聯大的興趣，更多地去了解這所在民族危亡之際仍然堅守教育、傳播優秀文化思想的大學，將西南聯大對中國傳統文化的堅持與希望傳承下去。

目　錄

· 第一章 ·

傅斯年、游國恩、朱自清講先秦文學

·附錄·

·第一章·

傅斯年、游國恩、朱自清
講先秦文學

《大雅》

傅斯年

一、雅之訓恐已不能得其確義

自漢儒以來釋「雅」一字之義者，很多異説，但都不能使人心上感覺到渙然冰釋。章太炎先生作《〈大雅〉〈小雅〉説》，取《毛序》「雅者政也」之義，本《孟子》「王者之跡熄而《詩》亡，《詩》亡然後《春秋》作」之説，以為雅字即是跡字，雖有若干言語學上的牽引，但究竟説不出斷然的證據來。又章君説下篇引一説曰：

《詩譜》云：「遍及商王，不風不雅。」然則稱雅者放自周。周秦同地，李斯曰：「擊甕叩缶，彈箏搏髀，而呼烏烏快耳者，真秦聲也。」楊惲曰：「家本秦也，能為秦聲，酒後耳熱，仰天拊缶，而呼烏烏。」《説文》：「雅，楚烏也。」雅烏古同聲，若雁與鴈，鳧與鷖矣！大小雅者，其初秦聲烏烏，雖文以節族，不變其名，作雅者非其本也。

此説恐是比較上最有意思的一説（此説出於何人，今未遑考得）。《小雅・鼓鐘》，「以雅以南」，這一篇詩應該是南國所歌，南是地名，或雅之一詞也有地方性，或者雍州之聲流入南國因而光大者稱雅，南國

之樂，普及民間者稱南，也未可知。不過現在我們未找到確切不移的
證據，且把雅字這個解釋存以待考好了。（《論語》「子所雅言，詩書執禮，皆
雅言也」之雅字，作何解，亦未易曉。）

二、《大雅》的時代

《大雅》的時代有個強固的內證。吉甫是和仲山甫、申伯、甫侯
同時的，這可以《崧高》《烝民》為證。《崧高》是吉甫作來美申伯的，
其卒章曰：「吉甫作頌，其詩孔碩，其風肆好，以贈申伯。」《烝民》
是吉甫作來美仲山甫的，其卒章曰：「吉甫作誦，穆如清風，仲山甫
永懷，以慰其心。」而仲山甫是何時人，則《烝民》中又得說清楚，「四
牡彭彭，八鸞鏘鏘。王命仲山甫，城彼東方。四牡騤騤，八鸞喈喈。
仲山甫徂齊，式遄其歸」。《史記·齊世家》：

> 蓋太公之卒百有餘年（按，年應作歲，傳說謂大公卒時百有餘歲也），
> 子丁公呂伋立。丁公卒，子乙公得立。乙公卒，子癸公慈母立。
> 癸公卒，子哀公不辰立（按，哀公以前齊侯謚用殷制，則《檀弓》五世反葬於
> 周之說，未可信也）。哀公時紀侯譖[1]之周，周烹哀公而立其弟靜，是
> 為胡公。胡公徙都薄姑而當周夷王之時，哀公之同母少弟山怨胡
> 公，乃與其黨率管[2]丘人襲殺胡公而自立，是為獻公。獻公元年，
> 盡逐胡公子，因徙薄姑都治臨菑。九年，獻公卒，子武公壽立。
> 武公九年，周厲王出奔於彘[3]。十年王室亂，大臣行政，號曰共和。

---

1 潛，應作「譖」。——編者註

2 管，應作「營」。——編者註

3《史記》原文作：「武公九年，周厲王出奔，居彘。」此處保留底稿原貌。——編者註

二十四年周宣王初立。二十六年武公卒，子厲公無忌立。厲公暴虐，故胡公子復入齊，齊人欲立之，乃與攻殺厲公，胡公子亦戰死。齊人乃立厲公子赤為君，是為文公，而誅殺厲公者七十人。

按，厲王立三十餘年，然後出奔彘，次年為共和元年。獻公九年，加武公九年為十八年，則獻公元年乃在厲王之世，而胡公徙都薄姑，在夷王時，或厲王之初，未嘗不合。周立胡公，胡公徙都薄姑；則仲山甫徂齊以城東方，當在此時，即為此事。至獻公徙臨菑，乃殺周所立之胡公，周未必更轉為之城臨菑。《毛傳》以「城彼東方」為「去薄姑而遷於臨菑」，實不如以為徙都薄姑。然此兩事亦甚近，不在夷王時，即在厲王之初，此外齊無遷都事，即不能更以他事當仲山甫之城齊。這樣看來，仲山甫為厲王時人，彰彰明顯。《國語》記魯武公以括與戲見宣王，王立戲，仲山甫諫。懿公戲之立，在宣王十三年，王立戲為魯嗣必在其前，是仲山甫及宣王初年為老臣也。（仲山甫又諫宣王料民，今本《國語》未紀年。）仲山甫為何時人既明，與仲山甫同參朝列的吉父[1] 申伯之時代亦明，而這一類當時稱頌的詩，亦當在夷王厲王時矣。這一類詩全不是追記，就文義及作用上可以斷言。《烝民》一詩是送仲山甫之齊行，故曰：「仲山甫徂齊，式遄其歸。吉甫作誦，穆如清風。仲山甫永懷，以慰其心。」這真是我們及見之最早贈答詩了。

　　吉甫和仲山甫同時，吉甫又和申伯同時，申伯又和甫侯一時並稱，又和召虎同受王命（皆見《崧高》），則這一些詩上及厲，下及宣，這一些人大約都是共和行政之大臣。即穆公虎在彘之亂曾藏宣王於其

---

1 應作「吉甫」。——編者註

宮，以其子代死，時代更顯然了。所以《江漢》一篇，可在厲代，可當宣世，其中之王，可為厲王，可為宣王。厲王曾把楚之王號去了，則南征北伐，城齊城朔，薄伐玁狁，淮夷來輔，固無不可屬之厲王，宣王反而是敗績於姜氏之戎，又喪南國之人。

大、小《雅》中那些耀武揚威的詩，有些可在宣時，有些定在厲時，有些或者是在夷王時的，既如此明顯，何以《毛敘》一律加在宣王身上？曰這都由於太把《詩》之流傳次序看重了；把前面傷時的歸之厲王，後面傷時的歸之幽王，中間一大段耀武揚威的歸之宣王。不知厲王時王室雖亂周勢不衰，今所見《詩》之次序，是絕不可全依的。即如《小雅·正月》中言「赫赫宗周，褒姒滅之」，《十月》中言「周宗既滅」，此兩詩在篇次中頗前，於是一部《小雅》，多半變作刺幽王的，把一切歌樂的詩、祝福之詞，都當作了刺幽王的。照例古書每被人移前些，而大、小《雅》的一部被人移後了些，這都由於誤以《詩》之次序為全合時代的次序。

三、《大雅》之終始

《大雅》始於《文王》，終於《瞻卬》《召旻》。《瞻卬》是言幽王之亂，《召旻》是言疆土日蹙而思召公開闢南服之盛，這兩篇的時代是顯然的。這一類的詩是不能追記的。至於《文王》《大明》《綿》《思齊》《皇矣》《下武》《文王有聲》《生民》《公劉》若干篇，有些顯然是追記的。有些雖不顯然是追記，然和《周頌》中不用韻的一部之文辭比較一下，便知《大雅》中這些篇章必甚後於《周頌》中那些篇章。如《大武》《清廟》諸篇能上及成康，則《大雅》這些詩至早也要到西周中季。《大雅》中已稱商為大商，且云：「殷之未喪師，克配上帝。」全不是

《周頌》中「遵養時晦」（即「兼弱取昧」¹義）的話，乃和平地與諸夏共生趣了。又周母來自殷商，殷士裸祭於周，俱引以為榮，則與殷之敵意已全不見。至《蕩》之一篇，實在說來鑒戒自己的，末一句已自說明了。

《大雅》不始於西周初年，卻終於西周初亡之世，多數是西周下一半的篇章。《孟子》說：「王者之跡熄而《詩》亡，《詩》亡然後《春秋》作。」這話如把《國風》算進去是不合的；然若但就《大雅》《小雅》論，此正所謂王者之跡者，卻實在不錯。《大雅》結束在平王時，其中有平王的詩，而《春秋》始於魯隱公元年，正平王之四十九年也。

四、《大雅》之類別

《大雅》本是做來作樂用的，則《大雅》各篇之類別，應以樂之類別而定，我們現在是不知道這些類別的了。若以文辭的性質去作樂章的類別，恐怕是不能通達的。但現在無可奈何，且就所說的物事之不同，分析《大雅》有幾類，也許可藉以醒眉目。

（一）述德

《文王》《大明》《綿》《思齊》《皇矣》《下武》《文王有聲》《生民》《篤公劉》²九篇，皆述周之祖德。這不能是些很早的文章，章句整齊，文辭不艱，比起《周頌》來，頓覺時代的不同。又稱道商國，全無敵意，

---

1 另有「兼弱攻昧」一說。——編者註
2 即《公劉》篇。《詩經》篇名多取首句或其中二字，兩種方法皆可找到對應篇目，後文不　再一一說明。——編者註

且自引為商室之甥，以為榮幸，這必在平定中國既久，與諸夏完全同化之後。此類述祖德詞中每含些儆戒的意思，如《文王》。又《皇矣上帝》[1]一篇，文王在那裡見神見鬼，是「受命」一個思想之最充滿述說者，儼然一篇自猶太《舊約》中出的文字。

(二) 成禮

成禮之辭，《小雅》中最多，在《大雅》中有《棫樸》《旱麓》《靈台》《行葦》《既醉》《鳧鷖》《假樂》《洞酌》《卷阿》九篇。

(三) 儆戒

《民勞》《板》《蕩》《抑》四篇。此類不必皆在周室既亂之後，《周誥》各篇固無一不是儆戒之辭。

(四) 稱伐

《崧高》《烝民》《韓奕》《江漢》《常武》五篇皆發揚蹈厲，述功稱伐者，只《常武》一篇稱周王，餘皆誦周大臣者。

(五) 喪亂之音

《桑柔》《雲漢》《瞻卬》《召旻》四篇，皆喪亂之辭。其中《召旻》顯是東遷以後語，曰蹙國百里矣。《瞻卬》應是幽王時詩，故曰「哲婦傾城」，詞中只言政亂，未及國亡。《桑柔》一篇，《左傳》以為芮伯刺厲王者，當是劉歆所加。曰「靡國不泯」，曰「滅我立王」，皆幽王末平王初政象，厲王雖出奔，王室猶強；共和行政，不聞喪亂，犬戎

---

1 與上文的《皇矣》是同一篇。 —— 編者註

滅周，然後可云靡國不泯耳。《雲漢》一篇，恐亦是東遷後語，大兵之後，繼以凶年，故曰：「天降喪亂，饑饉薦臻。」《小雅・十月之交》明言宗周已滅，其中又言「降喪饑饉，斬伐四國」，故《雲漢》或與《十月之交》為同時詩。

《小雅》

傅斯年

一、《小雅》《大雅》何以異

《小雅》《大雅》之不在一類，漢初詩學中甚顯，故言四始不言三始，而《鹿鳴》《文王》分為《小雅》《大雅》之始。但春秋孔子時每統言曰《雅》，不分大小，如《詩·鼓鐘》「以雅以南」，《論語》「雅頌各得其所」，都以雅為一個名詞的。即如甚後出的《大戴禮記·投壺篇》所指可歌之雅，有在南中者，而大、小《雅》之分，寂然無聞。我們現在所見大、小《雅》之別，以《左傳》襄二十九年吳季札觀樂一節所指為最早，而《史記》引魯詩四始之說，始陳其義。我們不知《左傳》中這一節是《國語》中之舊材料或是後來改了的。我們亦不及知《雅》之分小大究始於何時，何緣而作此分別？大約《雅》可分為小大，或由於下列二事：（一）樂之不同；（二）用之不同。其實此兩事正可為一事，樂之不同每緣所用之處不同，而所用之處既不同，則樂必不能盡同也，我們現在對於「詩三百」中樂之情狀，所知無多，則此問題正不能解決，姑就文辭以作類別，當可見到《小雅》《大雅》雖有若干論及同類事者，而不同者亦多。《頌》《大雅》《小雅》《風》四者之間，

界限並不嚴整，《大雅》一小部分似《頌》，《小雅》一小部分似《大雅》，《國風》一小部分似《小雅》。取其大體而論，則《風》《小雅》《大雅》《頌》各別；核其篇章而觀，則《風》(特別是「二南」[1])與《小雅》有出入，《小雅》與《大雅》有出入，《大雅》與《周頌》有出入，而「二南」與《大雅》或《小雅》與《周頌》，則全無出入矣。此正所謂「連環式的分配」，圖之如下：

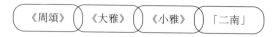

今試以所用之處為標，可得下列之圖，但此意僅就大體，其詳未必盡合也。

宗廟	朝廷	大夫士[2]	民間	
			邶以下國風	《邶》《鄘》《衛》以下之《國風》中，只《定之方中》一篇類似《小雅》，其餘皆是民間歌詞，與禮樂無涉（王柏刪詩即將《定之方中》置於《雅》，以類別論，故可如此觀，然不知《雅》乃周室南國之《雅》，非與《邶風》相配者）。
			周南 召南	
		小	雅	
	大	雅		
周	頌			
魯	頌			
商	頌			

故略其不齊，綜其大體，我們可說《風》為民間之樂章，《小雅》為周室大夫士階級之樂章，《大雅》為朝廷之樂章，《頌》為宗廟之樂章。

---

1 「二南」，指《周南》《召南》。——編者註
2 戰國以前，士排在大夫之後，戰國以前典籍中表示階級序列用「大夫士」。——編者註

二、《小雅》之詞類

　　《小雅》各篇所敘何事，今以類相從，製為一表，上與《大雅》比，下與「二南」、《豳風》比，亦可證上文「連環式的分配」之一說。《國風》中只取「二南」及《豳》者，因《雅》是周室所出，「二南」亦周室所出，《豳》則「周之既東」，其他《國風》屬於別個方土民俗，不能和《雅》配合在一域之內。

　　表中類別之詞，恐有類似於《文選》之分詩賦者，此實無可如何事，欲見其用，遂不免於作這個模樣的分別了。

大雅	小雅	周南、召南	豳風
述祖德 　《文王》《大明》 　《綿》《思齊》 　《皇矣》《下武》 　《文王有聲》 　《生民》《篤公劉》 成禮 　《棫樸》《旱麓》 　《靈台》《行葦》 　《既醉》《鳧鷖》 　《假樂》《泂酌》 　《卷阿》	宴享相見稱福之辭 一、宴享 　《鹿鳴》《彤弓》(以上賓客)。《常棣》《頍弁》(以上兄弟)。《伐木》(友生)。《魚麗》《南有嘉魚》《南山有台》《湛露》《瓠葉》(以上未指明宴享者) 二、相見 　《蓼蕭》《菁菁者莪》《庭燎》《瞻彼洛矣》《裳裳者華》《隰桑》《采菽》(此是朝王之詩) 三、稱福 　《天保》《桑扈》《鴛鴦》《斯干》(成室之誦)。《無羊》(誦富)。《楚茨》《信南山》《甫田》《大田》(以上恰是雅中之對待七月者)。《魚藻》(遙祝五福) 　以上三類但示大別，實不能盡分也 四、戎獵 　《車攻》《吉日》	《樛木》 《螽斯》 《麟趾》 《騶虞》	《七月》

大雅	小雅	周南、召南	豳風
	五、婚樂 　《車轄》	《關雎》 《桃夭》 《鵲巢》	
稱伐 　《崧高》《烝民》 　《韓奕》《江漢》 　《常武》 儆戒 　《民勞》《板》 　《蕩》 喪亂 　《桑柔》《雲漢》 　《瞻卬》《召旻》	誦功 　《六月》《采芑》《黍苗》 怨詩 一、傷亂政 　《沔水》《節南山》《巧言》《何人斯》《巷 　伯》《青蠅》（以上四詩刺讒佞）。《角弓》 　（刺不親親）。《菀柳》（？） 二、悲喪亡 　《正月》《十月之交》《雨無正》《小旻》 　《小宛》《小弁》 三、感憤 　《祈父》《黃鳥》《我行其野》《苕之華》 　《無將大車》 四、不平 　《大東》（頗似《伐檀》），《四月》《北山》 　以上一與二、三與四，姑假定其分，實 　不能固以求之 行役及傷離 　《四牡》《皇皇者華》《采薇》《出車》《杕 　杜》《鴻雁》《小明》《鼓鐘》《漸漸之石》 　《何草不黃》 雜詩 一、棄婦詞 　《谷風》（恰類邶之谷風），《白華》 二、思親之詞 　《蓼莪》 三、怨曠詞 　《采綠》 四、思女子之辭 　《都人士》 五、行路難 　《綿蠻》 六、未解者 　《鶴鳴》《白駒》	《甘棠》 《汝墳》 《小星》 《草蟲》 《卷耳》 《殷其雷》。 以禮為防之 詩 《漢廣》 《行露》 愛情詩	《東山》 《破斧》 《伐柯》

大雅	小雅	周南、召南	豳風
		《摽有梅》	
		《江有汜》	
		《野有死麕》	
		婦事及婦詞	
		《葛覃》	
		《采蘩》	
		《采蘋》	
		《苤苢》	
		狀詩	
		《兔罝》	《九罭》
		《羔羊》	《狼跋》
		《何彼	作鳥語詩
		穠矣》	《鴟鴞》

三、「雅者政也」

《毛詩·衛序》云:「雅者政也,言王政之所由廢興也,政有大小,故有小雅焉,有大雅焉。」這句話大意不差,然擔當不住一一比按。《六月》《采芑》諸篇所論,何嘗比《韓奕》《崧高》為小?《瞻卬》《召旻》又何嘗比《正月》《十月》為大?不過就全體論,《大雅》所論者大,《小雅》所論者較小罷了。《雅》與《風》之絕不同處,即在《風》之為純粹的抒情詩 (這也是就大體論),《雅》乃是有作用的詩,所以就文辭的發揚論,《風》不如《雅》,就感覺的委曲親切論,《雅》亦有時不如《風》。

四、《雅》之文體

《雅》之體裁,對於《國風》甚不同處有三:第一,篇幅較長;第二,章句整齊;第三,鋪張甚豐。這正是由於《風》是自由發展的歌謠,《雅》是有意製作的詩體。故《雅》中詩境或不如《風》多,《風》

中文辭或不如《雅》之修飾。恐這個關係頗有類於《九章》《九辯》與《漢賦》之相對待處。以體裁之發展而論定時代，或者我們要覺得《國風》之大部應在《雅》之大部之先，而事實恰相反。這因為《國風》中各章成詞雖後，而其體則流傳已久；《雅》中各章出年雖早，而實是當年一時間之發展而已。楚國詩體已進化至屈宋豐長之賦，而《垓下》《大風》猶是不整之散章，與《風》《雅》之關係同一道理。

論屈原文學的比興作風

游國恩

一、屈賦的特徵

一九四三年，我做過一次講演，題目是《論楚辭中的女性問題》。後來這篇講稿被附錄於一九四六年出版的《屈原》之後，改題為《楚辭女性中心說》。大意是從屈賦用「比興」的作風[1]上說明屈原自比為女子，以發明屈賦在文藝上一種獨特的風格及其影響，然而這只是從文字上證明或解釋屈原每每以女性自比的一個觀點立說，並未涉及屈原全部文藝作風的根本問題。即是說：屈賦何以會有這一種作風呢？而且它所用的「比興」材料除了以女性為中心外，仍極廣泛；從文學技巧上說，這作風的根本意義又是甚麼呢？這些進一步的推論便是今天此文的目的。

屈原辭賦多用「比興」，這一現象前人早已指出。例如王逸說：

　　《離騷》之文，依《詩》取興，引類譬喻。故善鳥香草，以配忠貞；惡禽臭物，以比讒佞；靈修美人，以媲於君；宓妃佚女，

---

1 作風，在本文中指藝術家或作品的風格。——編者註

以譬賢臣；虯龍鸞鳳，以託君子；飄風雲霓，以為小人。（《楚辭章句·離騷序》）

劉勰也承襲着說：

虯龍以喻君子，雲霓以譬讒邪，比興之義也。（《文心雕龍·辯騷》）

又說：

楚襄信讒，而三閭忠烈；依《詩》制《騷》，諷兼比興。（《文心雕龍·比興》）

他們這些話雖未免掛一漏萬，也不甚正確；但所謂「引類譬喻」，所謂「諷兼比興」的原則卻是無可懷疑的。

倘若需要一一指出屈賦中關於「比興」的文辭，恐怕「遽數之，不能終其物」了。然而為加強我的論據起見，得先把顯而易見的例子概括地介紹一下。

（一）以栽培香草比延攬人才的有如：

余既滋蘭之九畹兮，又樹蕙之百畝。畦留夷與揭車兮，雜杜衡與芳芷。冀枝葉之峻茂兮，願俟時乎吾將刈。雖萎絕其亦何傷兮，哀眾芳之蕪穢！（《離騷》）

（二）以眾芳蕪穢比好人變壞的有如：

蘭芷變而不芳兮，荃蕙化而為茅。何昔日之芳草兮，今直為此蕭艾也！豈其有他故兮？莫好修之害也！余以蘭為可恃兮，羌無實而容長；委厥美以從俗，苟得列乎眾芳。椒專佞以慢慆兮，樧又欲充乎[1]佩幃……覽椒蘭其若茲兮，又況揭車與江離？（《離騷》）

1「乎」一為「夫」。——編者註

（三）以善鳥惡禽比忠奸異類的有如：

鷙鳥之不群兮，自前世而固然。（《離騷》）

鸞鳥鳳皇，日以遠兮；燕雀烏鵲，巢堂壇兮。（《涉江》）

有鳥自南兮，來集漢北。（《抽思》）

鳳皇在笯兮，雞鶩翔舞。（《懷沙》）

（四）以舟車駕駛比用賢為治的有如：

乘騏驥以馳騁兮，來吾道夫先路。

彼堯舜之耿介兮，既遵道而得路；何桀紂之猖披兮，夫唯捷徑以窘步！惟夫黨人之偷樂兮，路幽昧以險隘。豈余身之憚殃兮？恐皇輿之敗績。（以上《離騷》）

乘騏驥而馳騁兮，無轡銜而自載；乘氾附[1]以下流兮，無舟楫而自備。（《惜往日》）

（五）以車馬迷途比惆悵失志的有如：

悔相道之不察兮，延佇乎吾將反，（昔《楚辭概論》中論《離騷》寫作時代，以「相道不察」「延佇將反」數語為《離騷》放逐的證者未審。蓋此乃用比語為設想，非正言也。）回朕車以復路兮，及行迷之未遠。步余馬於蘭皋兮，馳椒丘且焉止息。（《離騷》）

知前轍之不遂兮，未改此度；車既覆而馬顛兮，蹇獨懷此異路！勒騏驥而更駕兮，造父為我操之。遷逡次而勿驅兮，聊假日以須時。（《思美人》）

（六）以規矩繩墨比公私法度的有如：

固時俗之工巧兮，偭規矩而改錯；背繩墨以追曲兮，競周容以為度。

1「氾附」一為「泛泭」。泭，古同「桴」，木筏。——編者註

何方圓之能周兮？夫孰異道而相安？

舉賢而授能兮，循繩墨而不頗。

不量鑿而正柄[1]兮，固前修以菹醢。

勉陞降以上下兮，求矩矱之所同。（以上《離騷》）

刓方以為圓兮，常度未替。

章畫志墨兮，前圖未改。（以上《懷沙》）

（七）以飲食芳潔比人格高尚的有如：

朝飲木蘭之墜露兮，夕餐秋菊之落英。苟余情其信姱以練要兮，長顑頷亦何傷？

折瓊枝以為羞兮，精瓊糜以為粻。（以上《離騷》）

擣木蘭以矯蕙兮，糳[2]申椒以為糧；播江離與滋菊兮，願春日以為糗芳。（《惜誦》）

登崑崙兮食玉英。（《涉江》）

吸湛露之浮源兮，漱凝霜之雰雰。（《悲回風》）

（八）以服飾精美比品德堅貞的有如：

扈江離與辟芷兮，紉秋蘭以為佩。

擥[3]木根以結茝兮，貫薜荔之落蕊；矯菌桂以紉蕙兮，索胡繩之纚纚。謇吾法夫前修兮，非世俗之所服。

制芰荷以為衣兮，集芙蓉以為裳。不吾知其亦已兮，苟余情其信芳。高余冠之岌岌兮，長余佩之陸離。芳與澤其雜糅兮，唯昭質其猶未虧。忽反顧以遊目兮，將往觀乎四荒。佩繽紛其繁飾

1「柄」應為「枘」。——編者註

2 指舂過的精米。——編者註

3 擥，同「攬」。——編者註

分，芳菲菲其彌章。

　　溘吾遊此春宮兮，折瓊枝以繼佩，及榮華之未落兮，相下女之可詒。（以上《離騷》）

　　余幼好此奇服兮，年既老而不衰。帶長狹[1]之陸離兮，冠切雲之崔嵬。被明月兮佩寶璐……（《涉江》）

（九）以擷採芳物比及時自修的有如：

　　汩余若將不及兮，恐年歲之不吾與。朝搴阰之木蘭兮，夕攬洲之宿莽。（《離騷》）

　　惜吾不及古人兮，吾誰與玩此芳草？（《思美人》）

（十）以女子身份比君臣關係的有如：

　　眾女嫉余之娥[2]眉兮，謠諑謂余以善淫。（《離騷》）

　　眾踥蹀而日進兮，美超遠而逾邁。（《哀郢》）

　　惟佳人之永都兮，更統世而自貺。

　　惟佳人之獨懷兮，折若椒以自處。（以上《悲回風》）

　　結微情以陳詞兮，矯以遺乎[3]美人。昔君與我成言兮，曰黃昏以為期。羌中道而回畔兮，反既有此他志。（《抽思》）

　　思美人兮，擥涕而佇眙。媒絕路阻兮，言不可結而詒。（《思美人》）

　　妒佳冶之芬芳兮，嫫母姣而自好；雖有西施之美容兮，讒妒入以自代。（《惜往日》）

此外還有通篇以物比人的如《橘頌》；通篇以遊仙比遁世的如《遠

---

1 「狹」應為「鋏」，劍柄，指代劍。——編者註

2 「娥」應為「蛾」。——編者註

3 「乎」一為「夫」。——編者註

遊》；以古事比現實的，如《離騷》中對重華的「陳詞」，靈氛勸告的
「吉故」，及《涉江》的「接輿髡首」，《惜往日》的「百里為虜」等段都
是。其中又有比中的比，如《離騷》既以託媒求女比求通君側的人，
卻更以「鴆」和「鳩」來比媒人的不可靠；《思美人》既以媒理比說項
介紹的人，而又以「薜荔」「芙蓉」比媒人的不易得。因為他既怕舉趾
緣木，又怕褰裳濡足，所以下文說：「登高吾不說，入下吾不能。」若
此之類，都是比中有比，意外生意，在表現技巧上可謂極盡巧妙的能
事。至於屈賦各篇中尚有雖非正式用「比興」，而其詞句之間有意無
意，仍隱含「比興」意味者尤不可勝舉。（如《惜誦》：「欲高飛而遠集兮，君
罔謂汝何之；欲橫奔而失路兮，堅志而不忍。」一則以鳥為喻，一則以駕為喻。）由此
看來，屈原的辭賦差不多全是用「比興」法來寫的了，其間很少有用
「賦」體坦白地、正面地來說的了。所以說他「依《詩》取興，引類譬
喻」，是不可否認的事實。後來許多作家，從宋玉到兩漢，甚至於更
後，都一直承襲着這種作風，而成為辭賦中甚至於我國文學中的一個
特殊的風格。

二、屈賦比興作風的來源

　　現在我要問：屈賦這種比興的特殊風格是從哪裡來的呢？我的答
案是：它一面與古詩有關，一面又與春秋戰國時的「隱語」有關。歸
根究底，都是從人民口頭創作出來的，並反映出人民在統治者壓力下
的反抗。但兩者相較，《楚辭》與後者關係或更密切些。

　　《詩》有「六義」，第一是「風」，第二是「賦」。「風」是甚麼呢？《毛
詩序》說：

　　「風」，風（諷）也。

又說：

> 下以風刺上，主文而譎諫，言之者無罪，聞之者足以戒，故
> 曰「風」。

可見「風」就是諷刺，就是「譎諫」。這兒，當然需要說話的藝術了。
為了要達到說話的目的，儘管不妨運用語言的技巧，所以李善註說：

> 「風刺」，謂譬喻，不斥言也。……「譎諫」，詠歌依違，不直
> 諫也。

這是夠說明一部分「風」詩的基本精神了。至於辭賦的目的也是諷喻。
《楚辭》如此，漢賦也是如此。這一點漢朝人是深切了解的。《史記·
屈原傳》說：

> 屈原既死之後，楚有宋玉、唐勒、景差之徒者，皆好辭而以
> 賦見稱。然皆祖屈原之從容辭令，終莫敢直諫。

從容[1]辭令而不直諫，豈不明明是諷諫的態度嗎？淮南王劉安敘《離騷
傳》說：

> 其文約，其辭微……其稱文小，而其指極大；舉類邇而見
> 義遠。

文約辭微，稱小指大，類邇義遠，不是風詩主文譎諫[2]的作風嗎？《漢
書·司馬相如傳》贊：

> 相如雖多虛辭濫說，然其歸，引之於節儉，比與《詩》之風
> 諫何異？[3]

---

1 從容，本義為舒緩、不急迫，這裡形容文辭委婉曲折。——編者註
2 主文譎諫，泛指婉轉陳詞規勸，語出《詩經·序》。主文，在這裡的意思是用配樂詩歌
　表達創作者的思想內容，引申為用譬喻來規勸。——編者註
3 此句為《漢書》引用司馬遷對司馬相如的評價，原文作：「相如雖多虛辭濫說，然要其歸
　引之於節儉，此亦《詩》之風諫何異？」——編者註

又《揚雄傳》：

> 雄以為「賦」者，將以風也。

又謂：

> 往時武帝好神仙，相如上《大人賦》，欲以風。

又《漢書‧藝文志》：

> 大儒荀卿[1]，及楚臣屈原，離讒憂國，皆作賦以風（喻）。

又班固《兩都賦‧序》：

> 或以抒下情而通諷喻。

所以從文學的性質和技巧上說，辭賦與詩歌根本沒有甚麼不同。所以王逸謂屈原依詩人之義而作《離騷》；所以班固謂屈賦有惻隱古詩之義而目之為「古詩之流」。

還有一點很重要，那就是春秋時的賦詩與歌詩。《漢書‧藝文志》：

> 古者諸侯卿大夫交接鄰國，以微言相感。當揖讓之時，必稱詩以諭其志。……春秋之後，周道浸壞，聘問歌詠不行於列國，學《詩》之士，逸在布衣，而賢人失志之賦作矣。

接着他就說荀卿、屈原的賦都有古詩的意味。這段話不但最足以說明辭賦的起源，而且連帶說明了辭賦本身的繼承性。但我以為這裡當特別注意的便是「微言相感」四個字。這就是說：在諸侯大夫交際的場合裡，彼此需要互相表示意志的，都不肯直白地說出來，而必須賦一章或一篇古詩以為暗示。這便是「以微言相感」。這種戲劇意味，在今日或不免覺得可笑；但在當時的士大夫看來，反而覺得是雍容閒雅的事吧。不過古詩的意義隨賦者的利用而不同，其中多半是斷章取義

---

1 荀卿，指荀子。——編者註

的。而所賦或所歌的詩，其用意所在，又必須視雙方私人或國家的關係、感情及國際地位種種不同，教對方去猜，去捉摸，往往言在此而意在彼，聽者或受者若不能立刻發現其用意何在，那真會教人受窘而不能答賦的；或雖勉強應付，而不能與賦者的意思針鋒相對，牛頭不對馬嘴，也是很丟人的事。後者的例子如襄公十六年《左傳》所載晉侯盟齊高厚，因其歌詩不類。前者的例子則如昭公十二年《左傳》一段記載：

> 夏，宋華定來聘，通嗣君也。享之。為賦《蓼蕭》，弗知，又不答賦。昭子曰：「必亡！宴語之不懷，寵光之不宣，令德之不知，同福之不受，將何以在？」

原來《蓼蕭》詩云「燕笑語兮，是以有譽處兮」，是表示主人樂與華定燕語的意思。又云「既見君子，為龍為光」，是表示主人以得見客人為光榮的意思。又云「宜兄宜弟，令德壽凱」，是表示客人有令德，祝他既壽且樂的意思。又云「和鸞雝雝，萬福攸同」，是表示願與客人同享福祿的意思。這簡直是一個謎，相當難猜。華定不能針對這些意思答謝，便引起了主人的大不滿，而遭受到嚴重的批評。

還有主人賦詩不倫不類，客人不敢接受，因而也不答賦的，如文公四年衛寧武子聘魯，公與之宴，為賦《湛露》及《彤弓》的事便是。可見春秋時諸侯大夫相交接，賦詩和答賦都不是一件容易事。但出謎的還比較容易些，猜謎的可十分困難了。因為至少要具備三個條件：第一，要詩篇讀得爛熟；第二，要相當了解它的意義；第三，要神經敏感，對方一說出來，馬上就抓得住他的用意，而能迅速對付。例如僖公二十三年《左傳》記秦穆公享公子重耳一事：

> 他日，公享之。子犯曰：「吾不如衰之文也，請使衰從。」公子賦《河水》，公賦《六月》。趙衰曰：「重耳拜賜！」公子降拜，

稽首。公降一級而辭焉。衰曰：「君稱所以佐天子者命重耳，重
耳敢不拜？」

《小雅‧六月》一篇是尹吉甫佐周宣王征伐的詩，秦伯引來比喻若將
來公子返晉，必能匡扶王室。這個意義太隆重了，幸虧那位隨從秘
書，不然，或竟不免失禮了。

　　一部《左傳》所載賦詩答詩的事不知多少，無非是借詩為喻，不
能全切合事情，亦不能不切合事情，彷彿依稀地有點像，又有點不
像，但彼此心裡的中心意思都不曾說出來。所以春秋時諸侯卿大夫這
種國際交接的儀式，若說他就等於今日猜謎的遊戲，毫不為過。

　　春秋以來，楚人與諸侯各國交際頻繁，自然會感到有學詩的必
要；所以在《左傳》中楚人引詩來談話的，或賦詩見意的已是數見不
鮮。對於那「主文而譎諫」的諷刺文學及其應用已經證明其肄習嫻熟，
運用自如了，國際上猜謎式的文學遊戲也弄慣了的了。然則屈原辭賦中
的「從容辭令」「婉而多諷」的「比興」作風是不難得到合理的解釋的。

　　以上是說明《楚辭》的作風與古詩的關係，以下再推論它與「隱
語」的關係。

　　「隱」或作「讔」，春秋時又名「廋辭」。《國語‧晉語》五：「范文
子暮退於朝。武子曰：『何暮也？』對曰：『有秦客廋辭於朝，大夫莫
之能對也；吾知三焉。』」韋昭註：「廋，隱也：謂以隱伏譎詭之言問
於朝也。」《文心雕龍‧諧隱篇》云：「『讔』者，隱也；遁辭以隱意，
譎譬以指事也。」《漢書‧藝文志》有《隱書》十八篇。顏師古引劉向
《別錄》云：「《隱書》者，疑其言以相問，對者以慮思之，可以無不
喻。」先秦的所謂「隱」，大概就是現今的「謎」，至少它是「謎」的前
身。故劉彥和又說：「君子嘲隱，化為謎語。」春秋、戰國時，這種隱
戲頗為流行。齊、楚兩國的人且有以「隱語」為諷諫的風氣。我們試

看那時候的「隱」。

(一)《韓非子・難三篇》

人有設桓公「隱」者，曰：「一難，二難，三難，何也？」桓公不能射，以告管仲。管仲對曰：「一難也，近優而遠士；二難也，去其國而數之海；三難也，君老而晚置太子。」桓公曰：「善！」不擇日而廟禮太子。

(二)《呂氏春秋・審應覽・重言篇》

「荊莊王立，三年不聽(政)，而好「讔」。成公賈入諫。王曰：「不穀禁諫者，今子諫，何故？」對曰：「臣非敢諫也，願與君王『隱』也。」王曰：「胡不設不穀矣？」對曰：「有鳥止於南方之阜，三年不動，不飛，不鳴，是何鳥也？」王射之，曰：「……三年不動，將以定其志也；其不飛，將以長其羽翼也；其不鳴，將以覽民則也。是鳥雖無飛，飛則沖天；雖無鳴，鳴將驚人。」……明日，朝，所進者五人，所退者十人。群臣大說，荊國之眾相賀也。
(按《韓非子・喻老篇》，《史記・楚世家》，《新序・雜事》二並載其事，互有出入。而《史記・滑稽傳》[1] 又以為淳于髡說齊威王事。)

(三)《列女傳・楚處莊侄傳》

處莊侄言「隱」於襄王曰：「大魚失水，有龍無尾。牆欲內崩，而王不視。」王曰：「不知也。」對曰：「大魚失水者，離國五百里也；樂之於前，不思禍之起於後也。有龍無尾者，年既四十，

---

1 即《史記・滑稽列傳》。——編者註

無太子也；國無弼輔，必且殆也。牆欲內崩，而王不視者，禍亂且成，而王不改也。」

(四)《史記·田完世家》載淳于髡見騶忌子[1]

〔淳于髡〕曰：「得全全昌，失全全亡。」騶忌子曰：「謹受令，請無離前。」[2] 淳于髡曰：「狶[3] 膏棘軸，所以為滑也，然而不能運方穿。」騶忌子曰：「謹受令，請謹事左右。」淳于髡曰：「弓膠昔乾，所以為合也，然而不能傅合疏罅。」騶忌子曰：「謹受令，請謹自附於萬民。」淳于髡曰：「狐裘雖弊，不可補以黃狗之皮。」騶忌子曰：「謹受令，請謹擇君子，毋雜小人其間。」淳于髡曰：「大車不較，不能載其常任；琴瑟不較，不能成其五音。」騶忌子曰：「謹受令，請謹修法律而督奸吏。」淳于髡說畢，趨出至門，而面其僕曰：「是人者，吾語之微言五，其應我若響之應聲。是人必封不久矣。」（按「微言」即「隱語」。）

(五)《新序·雜事篇》二[4]

齊有婦人，醜極無雙，號曰無鹽女。……自詣宣王，願一見。……於是宣王乃召見之，謂曰：「亦有奇能乎？」無鹽女對曰：「無有，直慕大王之美義耳。」王曰：「雖然，何喜？」良久曰：「竊嘗喜隱。」王曰：「隱，固寡人之所願也。試一行之。」

---

1 騶忌子，即「鄒忌」。—— 編者註

2 「請無離前」一為「請謹母離前」。—— 編者註

3 狶，今作「豨」，指大豬。—— 編者註

4 與前文《新序·雜事》二是同一篇。即前文中的《新序·雜事》二。—— 編者註

言未卒，忽然不見。宣王大驚，立發《隱書》而讀之。退而惟之，又不能得。明日，復更召而問之，又不以「隱」對。但揚目銜齒，舉手拊肘，曰：「殆哉！殆哉！」如此者四。

以上五條都是屬於「隱」的故事。此外還有許多無其名而有其實者，若臧文仲母識文仲被拘 (見《列女傳·魯臧孫母傳》)，齊人說靖郭君罷城薛 (見《戰國策·齊策》一)，及淳于髡為齊威王請救於趙 (見《史記·滑稽傳》)，等等，不勝枚舉。我們試一分析「隱」的性質，不外：(1) 用事物為比喻；(2) 設者與射者的辭原則上須為韻語；(3) 用以諷諫。上引五條除第一條和第四條的第一則外，其餘都有比喻，唯第五條則全是「啞謎」，乃屬罕見。又第二條的「設辭」無韻，而《韓非子·喻老篇》有之。《喻老篇》：「右司馬御，而與王『隱』曰：『有鳥止南方之阜，三年不翅，不飛不鳴，嘿然無聲，此為何名？』」全用韻語，似較《呂覽》《史記》《新序》諸書所記為得其實。至於以「隱」為諷諫的工具，先秦時有此風氣。這作用與「三百篇」以詩為諷的意義也相同。劉彥和所謂「大者興治濟身，其次弼違曉惑」(《文心雕龍·諧隱》)，確有此等功效。到後來像東方朔之流只用它來開開玩笑，「謬辭詆戲，無益規補」，那就失掉用「隱」的本意了。〔《漢書·東方朔傳》：「(郭) 舍人忿曰：『朔擅詆欺天子從官，當棄市！』上問朔：『何故詆之？』對曰：『臣非敢詆之，乃與為隱耳。』……舍人不服，因曰：『臣願復問朔隱語。』……朔應聲輒聲輒對，變詐鋒出，莫能窮者。」〕

由此見來，「隱」的性質無論為體為用，其實都與辭賦相表裡。所謂「遁辭以隱意，譎譬以指事」的諷諫方法與屈賦慣用「比興」的作風初無分別。它們簡直是一而二,二而一的諷刺文學。所以《漢志》列《隱書》於「雜賦」之末，不是為了這個緣故嗎？(以上參看拙著《先秦文學》第十六章及《屈賦考源》「餘論」)

所以我說屈賦這種作風，遠溯一點，他的來源與古詩有關，與古

者諸侯卿大夫相交接，聘問歌詠詩的「微言相感」有關。而關係更密切的莫過於春秋、戰國時的「隱語」。因為從春秋到戰國，設「隱」諷諫已經成為風氣，尤其在齊、楚兩國特別流行；所以屈原文藝的作風直接受其影響是不足怪的。

三、餘論

我們試再進一步研究，不但《楚辭》與「隱」有關，而且發現戰國時一般的賦乃至其他許多即物寓意、因事託諷的文章幾乎無不帶有「隱」的意味。例如荀卿的《賦篇》便是這樣。試看他的《箴賦》云：

> 有物於此：生於山阜，處於室堂。無知無巧，善治衣裳；不盜不竊，穿窬而行。日夜離合，以成文章。以能合從，又善連衡。下覆百姓，上飾帝王。功業甚博，不見賢良。時用則存，不用則亡。臣愚不識，敢請之王。王曰：「此夫始生巨，其成功小者邪？長其尾而銳其剽者邪？頭銛達而尾趙繚者邪？一往一來，結尾以為事。無羽無翼，反覆甚極。尾生而事起，尾邅而事已。簪以為父，管以為母。既以縫表，又以連裡——夫是之謂箴理。」

《賦篇》中包括五賦，這是最末一首，作風完全相同。看它種種「疑其言以相問」的影射法，來描寫關於「箴」的事情，顯然是一種隱語了。它通篇除最末一句外，都暗射着針的，都是針的謎面；最後一句才說出答案來，那就是謎底；所以這篇小賦簡直是一根針兒的謎語了。在《賦篇》中第三首《雲賦》裡有云：「君子設辭，請測意之。」設辭測意，這不明明白白告訴我們是猜謎嗎？猜謎說是先秦的「射隱」，漢以後又變為「射覆」（見《漢書‧東方朔傳》）。荀卿的時代稍後於屈原，他的賦竟由《楚辭》的「比興」作風完全變成隱語，這其間的關係可以思過半

矣。又按《戰國策・楚策》四載有荀子謝春申君一書，書後有賦云：

> 寶玉隋珠，不知佩兮；褕衣與絲，不知異兮；閭妹子奢，莫
> 之媒兮；嫫母求之，又甚喜之兮。以瞽為明，以聾為聰，以是為
> 非，以吉為凶。嗚呼上天！曷惟其同？（《荀子・賦篇》及《韓詩外傳》四
> 略異）

這不消說仍是屈賦用「比興」的作風了。但我們應該注意：荀卿
曾經遊學於齊，三為祭酒。後來又宦遊於楚，春申君以為蘭陵令，遂
家於蘭陵。他與齊楚兩國的關係如此之深，所以他的辭賦必然受屈原
的影響，同時也受過當時隱語家淳于髡等人的影響是可以斷言的（參看
《先秦文學》第十六章及《屈賦考源》「餘論」）。

此外那時還有許多非賦非隱，似賦似隱的文章，例如宋玉《對楚
王問》一篇（見《新序・雜事篇》《文選》題宋玉作，恐非，但改「威王」為「襄王」則近
是），莊辛說楚襄王一篇（見《戰國策・楚策》四），楚人以弋說襄王一篇（見
《史記・楚世家》），都是始則「遁辭以隱意，譎譬以指事」，終則「言之者
無罪，聞之者足以戒」。又如齊騶忌以琴音說齊威王（見《史記・田完世
家》），淳于髡以飲酒說威王罷長夜之飲（見《史記・滑稽傳》），及莊子與趙
文王說劍（見《莊子・說劍篇》），等等，都是因事託諷，借題發揮，其性質
又無乎不同。茲錄《宋玉對楚王問》一篇以示例：

> 楚襄王問於宋玉曰：「先生其有遺行與？何士庶民不譽之甚
> 也？[1]」宋玉對曰：「唯，然，有之。願大王寬其罪，使得畢其辭：
> 客有歌於郢中者，其始曰《下里巴人》，國中屬而和者數千人。
> 其為《陽阿》《薤露》，國中屬而和者數百人。其為《陽春白雪》，
> 國中屬而和者不過數十人。引商刻羽，雜以流徵，國中屬而和者

---

1 一為「何民眾庶不譽之甚也」。——編者註

不過數人而已。是其曲彌高，其和彌寡。故鳥有鳳而魚有鯤：鳳
皇[1]上擊九千里，絕雲霓，負蒼天，足亂浮雲，翱翔乎杳冥之上。
夫藩籬之鷃，豈能與之料天地之高哉？鯤魚朝發於崑崙之墟，暴
鬐於碣石，暮宿於孟諸。夫尺澤之鯢，豈能與之量江海之大哉？
故非獨鳥有鳳而魚有鯤也，士亦有之。夫聖人瑰意琦行，超然獨
處，世俗之民，又安知臣之所為哉？」

推而論之，自「風」「騷」的「比興」作風完成以後，我國文學——尤
其是詩，便一直向這條道路邁進。所謂「寄託」，所謂「微辭」，所謂
「婉而多諷」，所謂「興發於此而義歸於彼」者，無不據此為出發點。
漢、魏以後詩家有一種主要作風，白樂天生平所兢兢自守，唯恐失之
者，也就是這一點。其後詠物的詩，鳥獸草木魚蟲一類的賦之專以物
比人者，是屬於這一類的；樂府詩中如《子夜》《讀曲》等歌專以事物
諧聲切義的方法為比者，也是屬於這一類的；緯書中圖讖，諸書記及
史籍《五行志》中的歌謠，在可解不可解之間，而事後往往「應驗」者，
也是屬於這一類的；甚至後世的駢體文專以典故為象徵者，也是屬於
這一類的。其在散文，則先秦諸子用之以說理（尤其是《莊子》《韓非》《呂氏
春秋》等），縱橫家用之以說事（尤其是《戰國策》），乃至後世古文家集中的
雜說，小說戲劇的諷刺與嘲罵，往往借着一個故事或一件事物來做根
據，以為推論、解釋、辯駁、寓意、抒情的助者，莫不與《風》《騷》
的「比興」及戰國時滑稽優倡者流所樂道的「隱語」同源而分流，殊途
而同歸。於此，不但《風》《騷》和「隱語」的關係我們看得極其清楚，
就是「比興」及隱語與我國一切文學的關係也是極其清楚的了。然
則「比興」與「隱語」對我國文學的因緣不是夠深的嗎？

1「鳳皇」一為「鳳凰」。——編者註

《周易》

朱自清

　　在人家門頭上，在小孩的帽飾上，我們常見到八卦那種東西。八卦是聖物，放在門頭上，放在帽飾裡，是可以辟邪的。辟邪還只是它的小神通，它的大神通在能夠因往知來，預言吉凶。算命的、看相的、卜課的，都用得着它。他們普通只用五行生克的道理就夠了，但要詳細推算，就得用陰陽和八卦的道理。八卦及陰陽五行和我們非常熟習，這些道理直到現在還是我們大部分人的信仰，我們大部分人的日常生活不知不覺之中教這些道理支配着。行人不至、謀事未成、財運欠通、婚姻待決、子息不旺，乃至種種疾病疑難，許多人都會去求籤問卜、算命看相，可見影響之大。講五行的經典，現在有《尚書·洪範》，講八卦的便是《周易》。

　　八卦相傳是伏羲氏畫的。另一個傳說卻說不是他自出心裁畫的。那時候有匹龍馬從黃河裡出來，背着一幅圖，上面便是八卦，伏羲只照着描下來罷了。但這因為伏羲是聖人，那時代是聖世，天才派了龍馬賜給他這件聖物。所謂「河圖」，便是這個。那講五行的《洪範》，據說也是大禹治水時在洛水中從一隻神龜背上得着的，也出於天賜。所謂「洛書」，便是那個。但這些神怪的故事，顯然是八卦和五行的宣

傳家造出來抬高這兩種學說的地位的。伏羲氏，恐怕壓根兒就沒有這個人，他只是秦漢間儒家假託的聖王。至於八卦，大概是有了筮法以後才有的。商民族是用龜的腹甲或牛的胛骨卜吉凶，他們先在甲骨上鑽一下，再用火灼；甲骨經火，有裂痕，便是兆象，卜官細看兆象，斷定吉凶；然後便將卜的人、卜的日子、卜的問句等用刀筆刻在甲骨上，這便是卜辭。卜辭裡並沒有陰陽的觀念，也沒有八卦的痕跡。

卜法用牛骨最多，用龜甲是很少的。商代農業剛起頭，遊獵和畜牧還是主要的生活方式，那時牛骨頭不缺少。到了周代，漸漸脫離遊牧時代，進到農業社會了，牛骨頭便沒有那麼容易得了。這時候卻有了筮法，作為卜法的輔助。筮法只用些蓍草，那是不難得的。蓍草是一種長壽草，古人覺得這草和老年人一樣，閱歷多了，知道的也就多了，所以用它來占吉凶。筮的時候用它的桿子，方法已不能詳知，大概是數的。取一把蓍草，數一下看是甚麼數目，看是奇數還是偶數，也許這便可以斷定吉凶。古代人看見數目整齊而又有變化，認為是神秘的東西。數目的連續、循環以及奇偶，都引起人們的驚奇。那時候相信數目是有魔力的，所以巫術裡用得着它。我們一般人直到現在，還嫌惡奇數，喜歡偶數，該是那些巫術的遺跡。那時候又相信數目是有道理的，所以哲學裡用得着它。我們現在還說，凡事都有定數，這就是前定的意思；這是很古的信仰了。人生有數，世界也有數，數是算好了的一筆賬；用現在的話說，便是機械的。數又是宇宙的架子，如說太極生兩儀，兩儀生四象（二語見《易·繫辭》。太極是混沌的元氣，兩儀是天地，四象是日月星辰），就是一生二、二生四的意思。筮法可以說是一種巫術，是靠了數目來判斷吉凶的。

八卦的基礎便是一、二、三的數目。整畫「━」是一；斷畫「╍」是二；三畫疊而成卦是「☰」。這樣配出八個卦，便是☰、☷、☲、

☷、☳、☶、☲、☴，乾、兌、離、震、艮、坎、巽、坤是這些卦的名字。那整畫、斷畫的排列，也許是在排列着蓍草時觸悟出來的。八卦到底太簡單了，後來便將這些卦重起來，兩卦重作一個，按照算學裡錯列與組合[1]的必然，成了六十四卦，就是《周易》裡的卦數。蓍草的應用，也許起於民間；但八卦的創制、六十四卦的推演，巫與卜官大約是重要的角色。古代巫與卜官同時也就是史官，一切的記載、一切的檔案，都掌管在他們手裡。他們是當時知識的權威，參加創卦或重卦的工作是可能的。筮法比卜法簡便得多，但起初人們並不十分信任它。直到春秋時候，還有「筮短龜長」的話（《左傳》僖公四年）。那些時代，大概小事才用筮，大事還得用卜的。

筮法襲用卜法的地方不少。卜法裡的兆象，據說有一百二十體，每一體都有十條斷定吉凶的「頌」辭（《周禮·春官·大卜》）。這些是現成的辭。但兆象是自然地灼出來的，有時不能湊合到那一百二十體裡去，便得另造新辭。筮法裡的六十四卦，就相當於一百二十體的兆象。那斷定吉凶的辭，原叫作繇辭，「繇」是抽出來的意思。《周易》裡一卦有六畫，每畫叫作一爻——六爻的次序，是由下向上數的。繇辭有屬於卦的總體的，有屬於各爻的；所以後來分稱為卦辭和爻辭。這種卦、爻辭也是卜筮官的占筮記錄，但和甲骨卜辭的性質不一樣。

從卦、爻辭裡的歷史故事和風俗制度看，我們知道這些是西周初葉的記錄，記錄裡好些是不連貫的，大概是幾次筮辭並列在一起的緣故。那時卜筮官將這些卦、爻辭按着卦、爻的順序編輯起來的，便成了《周易》這部書。「易」是「簡易」的意思，是說筮法比卜法簡易的意思。本來呢，卦數既然是一定的，每卦、每爻的辭又是一定的，檢

---

1 錯列與組合，即數學中的排列組合。——編者註

查起來，引申推論起來，自然就「簡易」了。不過這只在當時的卜筮官如此。他們熟習當時的背景，卦、爻辭雖「簡」，他們卻覺得「易」。到了後世就不然了，筮法久已失傳，有些卦、爻辭簡直就看不懂了。《周易》原只是當時一部切用的筮書。

《周易》現在已經變成了儒家經典的第一部，但早期的儒家還沒注意這部書。孔子是不講怪、力、亂、神的。《論語》裡雖有「五十以學《易》，可以無大過矣」的話，但另一個本子作「五十以學，亦可以無大過矣」《古論證》作「易」，《魯論語》作「亦」）；所以這句話是很可疑的。孔子只教學生讀《詩》《書》和《春秋》，確沒有教讀《周易》。《孟子》稱引《詩》《書》，也沒說到《周易》。《周易》變成儒家的經典，是在戰國末期。那時候陰陽家的學說盛行，儒家大約受了他們的影響，才研究起這部書來。那時候道家的學說也盛行，也從另一面影響了儒家。儒家就在這兩家學說的影響之下，給《周易》的卦、爻辭作了種種新解釋。這些新解釋並非在忠實地、確切地解釋卦、爻辭，其實倒是借着卦、爻辭發揮他們的哲學。這種新解釋存下來的，便是所謂《易傳》。

《易傳》中間較有系統的是彖辭和象辭。彖辭斷定一卦的含義——「彖」就是「斷」的意思。象辭推演卦和爻的象，這個「象」字相當於現在所謂「觀念」。這個字後來成為解釋《周易》的專門名詞。但彖辭斷定的含義，象辭推演的觀念，其實不是真正從卦、爻裡探究出來的；那些只是作傳的人附會在卦、爻上面的。這裡面包含着多量的儒家倫理思想和政治哲學；象辭的話更有許多和《論語》相近的。但說到「天」的時候，不當作有人格的上帝，而只當作自然的道，卻是道家的色彩了。這兩種傳似乎是編纂起來的，並非一人所作。此外有《文言》和《繫辭》。《文言》解釋乾坤兩卦；《繫辭》發揮宇宙觀、

人生觀，偶然也有分別解釋卦、爻的話。這些似乎都是抱殘守缺、彙集眾說而成。到了漢代，又新發現了《說卦》《序卦》《雜卦》三種傳。《說卦》推演卦象，說明某卦的觀念象徵着自然界和人世間的某些事物，譬如乾卦象徵着天，又象徵着父之類。《序卦》說明六十四卦排列先後的道理。《雜卦》比較各卦意義的同異之處。這三種傳據說是河內一個女子在甚麼地方找着的，後來稱為《逸易》；其實也許就是漢代人作的。

八卦原只是數目的巫術，這時候卻變成數目的哲學了。那整畫「—」是奇數，代表天；那斷畫「--」是偶數，代表地。奇數是陽數，偶數是陰數，陰陽的觀念是從男女來的。有天地，不能沒有萬物，正和有男女就有子息一樣，所以三畫才能成一卦。卦是表示陰陽變化的，《周易》的「易」，也便是變化的意思。為甚麼要八個卦呢？這原是算學裡錯列與組合的必然，但這時候卻想着是萬象的分類。乾是天，是父等；坤是地，是母等；震是雷，是長子等；巽是風，是長女等；坎是水，是心病等；離是火，是中女等；艮是山，是太監等；兌是澤，是少女等。這樣，八卦便象徵着也支配着整個的大自然，整個的人間世了。八卦重為六十四卦，卦是複合的，卦象也是複合的，作用便更複雜、更具體了。據說伏羲、神農、黃帝、堯、舜一班聖人看了六十四卦的象，悟出了種種道理，這才製造了器物，建立了制度、耒耜以及文字等等東西；「日中為市」等等制度，都是他們從六十四卦推演出來的。

這個觀象制器的故事，見於《繫辭》。《繫辭》是最重要的一部《易傳》。這傳裡借着八卦和卦、爻辭發揮着的融合儒、道的哲學，和觀象制器的故事，都大大地增加了《周易》的價值，抬高了它的地位。《周易》的地位抬高了，關於它的傳說也就多了。《繫辭》裡只說伏羲

作八卦；後來的傳說卻將重卦的，作卦、爻辭的，作《易傳》的人，都補出來了。但這些傳說都比較晚，所以有些參差，不盡能像「伏羲畫卦說」那樣成為定論。重卦的人，有說是伏羲的，有說是神農的，有說是文王的。卦、爻辭有說全是文王作的，有說爻辭是周公作的；有說全是孔子作的。《易傳》卻都說是孔子作的。這些都是聖人。《周易》的經傳都出於聖人之手，所以和儒家所謂道統，關係特別深切；這成了他們一部傳道的書。所以到了漢代，便已跳到六經之首了。（《莊子·天運》篇和《天下》篇所說六經的次序是：《詩》《書》《禮》《樂》《易》《春秋》，到了《漢書·藝文志》變成了《易》《詩》《書》《禮》《樂》《春秋》了。）但另一面陰陽八卦與五行結合起來，三位一體地演變出後來醫卜、星相種種迷信，種種花樣，支配着一般民眾，勢力也非常雄厚。這裡面儒家的影響卻很少了，大部分還是《周易》原來的卜筮傳統的力量。儒家的《周易》是哲學化了的；民眾的《周易》倒是巫術的本來面目。

《尚書》

朱自清

　　《尚書》是中國最古的記言的歷史。所謂記言，其實也是記事，不過是一種特別的方式罷了。記事比較的是間接的，記言比較的是直接的。記言大部分照說的話寫下來，雖然也須略加剪裁，但是盡可以不必多費心思。記事需要化自稱為他稱，剪裁也難，費的心思自然要多得多。

　　中國的記言文是在記事文之先發展的。商代甲骨卜辭大部分是些問句，記事的話不多見。兩周金文也還多以記言為主。直到戰國時代，記事文才有了長足的進展。古代言文大概是合一的，說出的、寫下的都可以叫作「辭」。卜辭我們稱為「辭」，《尚書》的大部分其實也是「辭」。我們相信這些辭都是當時的「雅言」（「雅言」見《論語‧述而》），就是當時的官話或普通話。但傳到後世，這種官話或普通話卻變成詰屈聱牙的古語了。

　　《尚書》包括虞、夏、商、周四代，大部分是號令，就是向大眾宣佈的話，小部分是君臣相告的話。也有記事的，可是照近人的說法，那記事的幾篇，大都是戰國末年人的製作，應該分別地看。那些號令多稱為「誓」或「誥」，後人便用「誓」「誥」的名字來代表這一類。平

時的號令叫「誥」，有關軍事的叫「誓」。君告臣的話多稱為「命」；臣告君的話卻似乎並無定名，偶然有稱為「謨」（《說文》言部，「謨，議謀也。」）的。這些辭有的是當代史官所記，有的是後代史官追記；當代史官也許根據親聞，後代史官便只能根據傳聞了。這些辭原來似乎只是說的話，並非寫出的文告；史官記錄，意在存作檔案，備後來查考之用。這種古代的檔案，想來很多，留下來的卻很少。漢代傳有《書序》，來歷不詳，也許是周、秦間人所作。有人說，孔子刪《書》為百篇，每篇有序，說明作意。這卻缺乏可信的證據。孔子教學生的典籍裡有《書》，倒是真的。那時代的《書》是個甚麼樣子，已經無從知道。「書」原是記錄的意思（《說文》書部，「書，著也。」）；大約那所謂「書」只是指當時留存着的一些古代的檔案而言；那些檔案恐怕還是一件件的，並未結集成書。成書也許是在漢人手裡。那時候這些檔案留存着的更少了，也更古了，更稀罕了；漢人便將它們編輯起來，改稱《尚書》。「尚」，「上」也；《尚書》據說就是「上古帝王的書」（《論衡·正說》篇）。「書」上加一「尚」字，無疑的是表示着尊信的意味。至於《書》稱為「經」，始於《荀子》（《勸學》篇）；不過也是到漢代才普遍罷了。

　　儒家所傳的「五經」中，《尚書》殘缺最多，因而問題也最多。秦始皇燒天下詩書及諸侯史記，並禁止民間私藏一切書。到漢惠帝時，才開了書禁；文帝接着更鼓勵人民獻書。書才漸漸見得着了。那時傳《尚書》的只有一個濟南伏生。（裴駰《史記集解》引張晏曰：「伏生名勝，《伏氏碑》云。」）伏生本是秦博士[1]。始皇下詔燒詩書的時候，他將《書》藏在牆壁裡。後來兵亂，他流亡在外。漢定天下，才回家；檢查所藏的《書》，

1　博士，古代學官名，起源於戰國。博士掌古通今，漢初以前為顧問性質，漢武帝之後專　掌經學教授。——編者註

已失去數十篇，剩下的只二十九篇了。他就守着這一些，私自教授於齊、魯之間。文帝知道了他的名字，想召他入朝。那時他已九十多歲，不能遠行到京師去。文帝便派掌故官晁錯來從他學。伏生私人的教授，加上朝廷的提倡，使《尚書》流傳開去。伏生所藏的本子是用「古文」寫的，還是用秦篆寫的，不得而知；他的學生卻只用當時的隸書抄錄流佈。這就是東漢以來所謂《今尚書》或《今文尚書》。漢武帝提倡儒學，立「五經」博士；宣帝時每經又都分家數立官，共立了十四博士。每一博士各有弟子員[1]若干人。每家有所謂「師法」或「家法」，從學者必須嚴守。這時候經學已成利祿的途徑，治經學的自然就多起來了。《尚書》也立下歐陽(和伯)、大小夏侯(夏侯勝、夏侯建)三博士，卻都是伏生一派分出來的。當時去伏生已久，傳經的儒者為使人尊信的緣故，竟有硬說《尚書》完整無缺的。他們說，二十九篇是取法天象的，一座北斗星加上二十八宿，不正是二十九嗎(《論衡·正說》篇)！這二十九篇，東漢經學大師馬融、鄭玄都給作過註；可是那些註現在差不多亡失乾淨了。

　　漢景帝時，魯恭王為了擴展自己的宮殿，去拆毀孔子的舊宅。在牆壁裡得着「古文」經傳數十篇，其中有《書》。這些經傳都是用「古文」寫的；所謂「古文」，其實只是晚周民間別體字。那時恭王肅然起敬，不敢再拆房子，並且將這些書都交還孔家的主人、孔子的後人叫孔安國的。安國加以整理，發現其中的《書》比通行本多出十六篇；這稱為《古文尚書》。武帝時，安國將這部書獻上去。因為語言和字體的兩重困難，一時竟無人能通讀那些「逸書」，所以便一直壓在皇家圖書館裡。成帝時，劉向、劉歆父子先後領校皇家藏書。劉向開始用

1 弟子員，漢代對太學生的稱謂。——編者註

《古文尚書》校勘今文本子，校出今文脫簡及異文各若干。哀帝時，劉歆想將《左氏春秋》《毛詩》《逸禮》及《古文尚書》立博士；這些都是所謂「古文」經典。當時的「五經」博士不以為然，劉歆寫了長信和他們爭辯（《漢書》本傳）。這便是後來所謂今古文之爭。

今古文之爭是西漢經學一大史蹟。所爭的雖然只在幾種經書，他們卻以為關係孔子之道即古代聖帝明王之道甚大。「道」其實也是幌子，骨子裡所爭的還在祿位與聲勢；當時今古文派在這一點上是一致的。不過兩派的學風確也有不同處。大致今文派繼承先秦諸子的風氣，「思以其道易天下」（語見章學誠《文史通義·官公》上），所以主張通經致用。他們解經，只重微言大義；而所謂微言大義，其實只是他們自己的歷史哲學和政治哲學。古文派不重哲學而重歷史，他們要負起保存和傳佈文獻的責任；所留心的是在章句、訓詁、典禮、名物之間。他們各得了孔子的一端，各有偏畸的地方。到了東漢，書籍流傳漸多，民間私學日盛。私學壓倒了官學，古文經學壓倒了今文經學；學者也以兼通為貴，不再專主一家。但是這時候「古文」經典中《逸禮》即《禮》古經已經亡佚，《尚書》之學，也不昌盛。

東漢初，杜林曾在西州（今新疆境）得漆書《古文尚書》一卷，非常寶愛，流離兵亂中，老是隨身帶着。他是怕「《古文尚書》學」會絕傳，所以這般珍惜。當時經師賈逵、馬融、鄭玄都給那一卷《古文尚書》作註，從此《古文尚書》才顯於世（《後漢書·楊倫傳》）。原來「《古文尚書》學」直到賈逵才真正開始，從前是沒有甚麼師說的。而杜林所得只一卷，絕不如孔壁所出的多，學者竟愛重到那般地步，大約孔安國獻的那部《古文尚書》，一直埋沒在皇家圖書館裡，民間也始終沒有盛行，經過西漢末年的兵亂，便無聲無息地亡失了吧。杜林的那一卷，雖經諸大師作註，卻也沒傳到後世；這許又是三國兵亂的緣故。《古文尚

書》的運氣真夠壞的，不但沒有能夠露頭角，還一而再地遭到了些冒名頂替的事兒。這在西漢就有。漢成帝時，因孔安國所獻的《古文尚書》無人通曉，下詔徵求能夠通曉的人。東萊有個張霸，不知孔壁的書還在，便根據《書序》，將伏生二十九篇分為數十，作為中段，又採《左氏傳》及《書序》所說，補作首尾，共成《古文尚書百二篇》。每篇都很簡短，文意又淺陋。他將這偽書獻上去，成帝教用皇家圖書館藏着的孔壁《尚書》對看，滿不是的。成帝便將張霸下在獄裡，但卻還存着他的書，並且聽它流傳世間。後來張霸的再傳弟子樊并謀反，朝廷才將那書毀廢。這第一部偽《古文尚書》就從此失傳了。

到了三國末年，魏國出了個王肅，是個博學而有野心的人。他偽作了《孔子家語》《孔叢子》（《孔子家語》託名孔安國，《孔叢子》託名孔鮒），又偽作了一部孔安國的《古文尚書》，還帶着孔安國的傳。他是個聰明人，偽造這部《古文尚書》孔傳，是很費了心思的。他採輯群籍中所引「逸書」，以及歷代嘉言，改頭換面，巧為連綴，成功了這部書。他是參照漢儒的成法，先將伏生二十九篇分割為三十三篇，另增多二十五篇，共五十八篇（桓譚《新論》作五十八，《漢書・藝文志》自註作五十七），以合於東漢儒者如桓譚、班固所記的《古文尚書》篇數。所增各篇，用力闡明儒家的「德治主義」，滿紙都是仁義道德的格言。這是漢武帝罷黜百家，專崇儒學以來的正統思想，所謂大經、大法，足以取信於人。只看宋以來儒者所口誦心維的「十六字心傳」（見真德秀《大學衍義》。所謂十六字是：「人心惟危，道心惟微，惟精惟一，允執厥中。」在偽《大禹謨》裡，是舜對禹的話），正在他偽作的《大禹謨》裡，便見出這部偽書影響之大。其實《尚書》裡的主要思想，該是「鬼治主義」，像《盤庚》等篇所表現的。「原來西周以前，君主即教主，可以為所欲為，不受甚麼政治道德的拘束。逢到臣民不聽話的時候，只要抬出上帝和先祖來，自然一

切解決。」這叫作「鬼治主義」。「西周以後，因疆域的開拓，交通的便利，富力的增加，文化大開。自孔子以至荀卿、韓非，他們的政治學說都建築在人性上面。尤其是儒家，把人性擴張得極大。他們覺得政治的良好只在誠信的感應；只要君主的道德好，臣民自然風從，用不到威力和鬼神的壓迫。」這叫作「德治主義」。〔以上引顧頡剛《盤庚中篇今譯》（《古史辨》第二冊）。〕看古代的檔案，包含着「鬼治主義」思想的，自然比包含着「德治主義」思想的可信得多。但是王肅的時代早已是「德治主義」的時代，他的偽書所以專從這裡下手，他果然成功了。只是詞旨坦明，毫無詰屈聱牙之處，卻不免露出了馬腳。

　　晉武帝時候，孔安國的《古文尚書》曾立過博士（《晉書·荀崧傳》）；這《古文尚書》大概就是王肅偽造的。王肅是武帝的外祖父，當時即使有懷疑的人，也不敢説話。可是後來經過懷帝永嘉之亂，這部偽書也散失了，知道的人很少。東晉元帝時，豫章內史梅賾發現了它，便拿來獻到朝廷上去。這時候偽《古文尚書》孔傳便和馬、鄭註的尚書並行起來了。大約北方的學者還是信馬、鄭的多，南方的學者才是信偽孔的多。等到隋統一了天下，南學壓倒了北學，馬、鄭《尚書》，習者漸少。唐太宗時，因章句繁雜，詔令孔穎達等編撰《五經正義》；高宗永徽四年（公元 653 年），頒行天下，考試必用此本。《正義》成了標準的官書，經學從此大統一。那《尚書正義》便用的偽《古文尚書》孔傳。偽孔定於一尊，馬、鄭便更沒人理睬了；日子一久，自然就殘缺了，宋以來差不多就算亡了。偽《古文尚書》孔傳，如此這般冒名頂替了一千年，直到清初的時候。

　　這一千年中間，卻也有懷疑偽《古文尚書》孔傳的人。南宋的吳棫首先發難。他有《書稗傳》十三卷（陳振孫《直齋書錄解題》四），可惜不傳了。朱子因孔安國的「古文」字句皆完整，又平順易讀，也覺得可

疑（見《朱子語類》七十八）。但是他們似乎都還沒有去找出確切的證據。至少朱子還不免疑信參半；他還採取偽《大禹謨》裡「人心」「道心」的話解釋「四書」，建立道統呢。元代的吳澄才斷然地將伏生今文從偽古文分出；他的《尚書纂言》只註解今文，將偽古文除外。明代梅鷟著《尚書考異》，更力排偽孔，並找出了相當的證據。但是嚴密鈎稽決疑定讞的人，還得等待清代的學者。這裡該提出三個可尊敬的名字。第一是清初的閻若璩，著《古文尚書疏證》；第二是惠棟，著《古文尚書考》。兩書辨析詳明，證據確鑿，教偽孔體無完膚，真相畢露；但將作偽的罪名加在梅賾頭上，還不免未達一間。第三是清中葉的丁晏，著《尚書餘論》，才將真正的罪人王肅指出。千年公案，從此可以定論。這以後等着動手的，便是搜輯漢人的伏生《尚書》說和馬、鄭註。這方面努力的不少，成績也斐然可觀；不過所能做到的，也只是抱殘守缺的工作罷了。伏生《尚書》從千年迷霧中重露出真面目，清代諸大師的勞績是不朽的。但二十九篇固是真本，其中也還該分別地看。照近人的意見，《周書》大都是當時史官所記，只有一二篇像是戰國時人託古之作。《商書》究竟是當時史官所記，還是周史官追記，尚在然疑之間。《虞》[1]《夏書》大約多是戰國末年人託古之作，只《甘誓》那一篇許是後代史官追記的。這麼着，《今文尚書》裡便也有了真偽之分了。

1《虞》，即《虞書》。——編者註

《春秋》三傳

朱自清

　　「春秋」是古代記事史書的通稱。古代朝廷大事，多在春、秋二季舉行，所以記事的書用這個名字。各國有各國的春秋，但是後世都不傳了。傳下的只有一部《魯春秋》，《春秋》成了它的專名，便是《春秋經》了。傳說這部《春秋》是孔子作的，至少是他編的。魯哀公十四年，魯西有獵戶打着一隻從沒有見過的獨角怪獸，想着定是個不祥的東西，將它扔了。這個新聞傳到了孔子那裡，他便去看。他一看，就說：「這是麟啊。為誰來的呢！幹甚麼來的呢！唉唉！我的道不行了！」說着流下淚來，趕忙將袖子去擦，淚點兒卻已滴到衣襟上。原來麟是個仁獸，是個祥瑞的東西；聖帝、明王在位，天下太平，它才會來，不然是不會來的。可是那時代哪有聖帝、明王？天下正亂紛紛的，麟來得真不是時候，所以讓獵戶打死；它算是倒了運了。

　　孔子這時已經年老，也常常覺着生得不是時候，不能行道；他為周朝傷心，也為自己傷心。看了這隻死麟，一面同情它，一面也引起自己的無限感慨。他覺着生平說了許多教；當世的人君總不信他，可見空話不能打動人。他發願修一部《春秋》，要讓人從具體的事例裡，得到善惡的教訓。他相信這樣得來的教訓，比抽象的議論深切著

明¹得多。他覺得修成了這部《春秋》，雖然不能行道，也算不白活一輩子。這便動起手來，九個月書就成功了。書起於魯隱公，終於獲麟；因獲麟有感而作，所以敘到獲麟絕筆，是紀念的意思。但是《左傳》裡所載的《春秋經》，獲麟後還有，而且在記了「孔子卒」的哀公十六年後還有：據說那卻是他的弟子們續修的了。

這個故事雖然夠感傷的，但我們從種種方面知道，它卻不是真的。《春秋》只是魯國史官的舊文，孔子不曾摻進手去。《春秋》可是一部信史，裡面所記的魯國日食，有三十次和西方科學家所推算的相合，這絕不是偶然的。不過書中殘缺、零亂和後人增改的地方，都很不少。書起於隱公元年，到哀公十四年止，共二百四十二年 (前722—前481)；後世稱這二百四十二年為春秋時代。書中紀事按年月日，這叫作編年。編年在史學上是個大發明；這教歷史系統化，並增加了它的確實性。《春秋》是我國現存的第一部編年史。書中雖用魯國紀元，所記的卻是各國的事，所以也是我們第一部通史。所記的齊桓公、晉文公的霸跡最多；後來說「尊王攘夷」是《春秋》大義，便是從這裡着眼。

古代史官記事，有兩種目的：一是證實，二是勸懲。像晉國董狐不怕權勢，記「趙盾弒其君」(《左傳》宣公二年)；齊國太史記「崔杼弒其君」(《左傳》襄公二十五年)，雖殺身不悔，都為的是證實和懲惡，作後世的鑒戒。但是史文簡略，勸懲的意思有時不容易看出來，因此便需要解說的人。《國語》記楚國申叔時論教太子的科目，有「春秋」一項，說「春秋」有獎善、懲惡的作用，可以戒勸太子的心。孔子是第一個開門授徒，拿經典教給平民的人，《魯春秋》也該是他的一種科目。

---

1 著明：顯明。—— 編者註

關於勸懲的所在，他大約有許多口義傳給弟子們。他死後，弟子們散在四方，就所能記憶的又教授開去。《左傳》《公羊傳》《穀梁傳》，所謂《春秋》三傳裡，所引孔子解釋和評論的話，大概就是撿的這一些。

三傳特別注重《春秋》的勸懲作用；證實與否，倒在其次。按三傳的看法，《春秋》大義可以從兩方面說：明辨是非，分別善惡，提倡德義，從成敗裡見教訓，這是一；誇揚霸業，推尊周室，親愛中國，排斥夷狄，實現民族大一統的理想，這是二。前者是人君的明鑒，後者是撥亂反正的程序。這都是王道。而敬天事鬼，也包括在王道裡。《春秋》裡記災，表示天罰；記鬼，表示恩仇，也還是勸懲的意思。古代記事的書常夾雜着好多的迷信和理想，《春秋》也不免如此；三傳的看法，大體上是對的。但在解釋經文的時候，卻往往一個字一個字地咬嚼；這一咬嚼，便不顧上下文穿鑿附會起來了。《公羊》《穀梁》，尤其如此。

這樣咬嚼出來的意義就是所謂「書法」，所謂「褒貶」，也就是所謂「微言」。後世最看重這個。他們說孔子修《春秋》，「筆則筆，削則削」（《史記·孔子世家》），「筆」是書，「削」是不書，都有大道理在內。又說一字之褒，比教你作王公還榮耀；一字之貶，比將你作罪人殺了還恥辱。本來孟子說過，「孔子成《春秋》而亂臣賊子懼」（《孟子·滕文公》下），那似乎只指概括的勸懲作用而言。等到褒貶說發展，孟子這句話倒像更坐實了。而孔子和《春秋》的權威也就更大了。後世史家推尊孔子，也推尊《春秋》，承認這種書法是天經地義；但實際上他們卻並不照三傳所咬嚼出來的那麼穿鑿附會地辦。這正和後世詩人儘管推尊《毛詩傳箋》裡比興的解釋，實際上卻不那樣穿鑿附會地作詩一樣。三傳，特別是《公羊傳》和《穀梁傳》，和《毛詩傳箋》在穿鑿解經這件事上是一致的。

　　三傳之中，公羊、穀梁兩家全以解經為主，左氏卻以敘事為主。公、穀以解經為主，所以咬嚼得更厲害些。戰國末期，專門解釋《春秋》的有許多家，公、穀較晚出而僅存。這兩家固然有許多彼此相異之處，但淵源似乎是相同的；他們所引別家的解說也有些是一樣的。這兩種《春秋經傳》經過秦火，多有殘缺的地方；到漢景帝、武帝時候，才有經師重加整理，傳授給人。公羊、穀梁只是家派的名稱，僅存姓氏，名字已不可知。至於他們解經的宗旨，已見上文；《春秋》本是儒家傳授的經典，解說的人，自然也離不了儒家，在這一點上，三傳是大同小異的。

　　《左傳》這部書，漢代傳為魯國左丘明所作。這個左丘明，有的說是「魯君子」，有的說是孔子的朋友；後世又有說是魯國的史官的。（《史記·十二諸侯年表序》說是「魯君子」；《漢書·劉歆傳》說「親見夫子」「好惡與聖人同」；杜預《春秋序》說是「身為國史」。）這部書歷來討論得最多。漢時有「五經」博士。凡解說「五經」自成一家之學的，都可立為博士。立了博士，便是官學；那派經師便可做官受祿。當時《春秋》立了公、穀二傳的博士。《左傳》流傳得晚些，古文派經師也給它爭立博士。今文派卻說這部書不得孔子《春秋》的真傳，不如公、穀兩家。後來雖一度立了博士，可是不久還是廢了。倒是民間傳習的漸多，終於大行！原來公、穀不免空談，《左傳》卻是一部僅存的古代編年通史（殘缺又少），用處自然大得多。《左傳》以外，還有一部分國記載的《國語》，漢代也認為左丘明所作，稱為《春秋外傳》。後世學者懷疑這一說的很多。據近人的研究，《國語》重在「語」，記事頗簡略，大約出於另一著者的手，而為《左傳》著者的重要史料之一。這書的說教，也不外尚德、尊天、敬神、愛民，和《左傳》是很相近的。只不知著者是誰。其實《左傳》著者我們也不知道。說是左丘明，但矛盾太多，不

能教人相信。《左傳》成書的時代大概在戰國，比公、穀二傳早些。

《左傳》這部書大體依《春秋》而作；參考群籍，詳述史事，徵引孔子和別的「君子」解經評史的言論，吟味書法，自成一家言。但迷信卜筮，所記禍福的預言，幾乎無不應驗；這卻大大違背了證實的精神，而和儒家的宗旨也不合了。晉范寧作《穀梁傳序》說：「左氏豔而富，其失也巫。」「豔」是文章美，「富」是材料多；「巫」是多敘鬼神，預言禍福。這是句公平話。註《左傳》的，漢代就不少，但那些許多已散失；現存的只有晉杜預註，算是最古了。

杜預作《春秋序》，論到《左傳》，說「其文緩，其旨遠」，「緩」是委婉，「遠」是含蓄。這不但是好史筆，也是好文筆。所以《左傳》不但是史學的權威，也是文學的權威。《左傳》的文學本領，表現在記述辭令和描寫戰爭上。春秋列國，盟會頗繁，使臣會說話不會說話，不但關係榮辱，並且關係利害，出入很大，所以極重辭令。《左傳》所記當時君臣的話，從容委曲，意味深長，只是平心靜氣地說，緊要關頭卻不放鬆一步，真所謂恰到好處。這固然是當時風氣如此，但不經《左傳》著者的潤飾功夫，也絕不會那樣在紙上活躍的。戰爭是個複雜的程序，敘得頭頭是道，已經不易，敘得有聲有色，更難；這差不多全靠忙中有閒，透着優遊不迫神兒才成。這卻正是《左傳》著者所擅長的。

「四書」

朱自清

　　「四書」「五經」到現在還是我們口頭上一句熟語。「五經」是《易》《書》《詩》《禮》《春秋》;「四書」按照普通的順序是《大學》《中庸》《論語》《孟子》,前二者又簡稱《學》《庸》,後二者又簡稱《論》《孟》;有了簡稱,可見這些書是用得很熟的。本來呢,從前私塾裡,學生入學,是從「四書」讀起的。這是那些時代的小學教科書,而且是統一的標準的小學教科書,因為沒有不用的。那時先生不講解,只讓學生背誦,不但得背正文,而且得背朱熹的小註。只要囫圇吞棗地念,囫圇吞棗地背;不懂不要緊,將來用得着,自然會懂的。怎麼說將來用得着?那些時候行科舉制度。科舉是一種競爭的考試制度,考試的主要科目是八股文,題目都出在「四書」裡,而且是朱註的「四書」裡。科舉分幾級,考中的得着種種出身或資格,憑着這種資格可以建功立業,也可以升官發財;作好作歹,都得先弄個資格到手。科舉幾乎是當時讀書人唯一的出路。每個學生都先讀「四書」,而且讀的是朱註,便是這個緣故。

　　將朱註「四書」定為科舉用書,是從元仁宗皇慶二年 (公元 1313 年) 起的。規定這四種書,自然因為這些書本身重要,有人人必讀的價

值；規定朱註，也因為朱註發明書義比舊註好些、切用些。這四種書原來並不在一起，《學》《庸》都在《禮記》裡，《論》《孟》是單行的。這些書原來只算是諸子書，朱子原來也只稱為「四子」；但《禮記》《論》《孟》在漢代都立過博士，已經都升到經裡去了。後來唐代的「九經」裡雖然只有《禮記》，宋代的「十三經」卻又將《論》《孟》收了進去。（「九經」：《易》、《書》、《詩》、三《禮》、《春秋》三傳。十三經：《易》、《書》、《詩》、三《禮》、《春秋》三傳、《論語》、《孝經》、《爾雅》、《孟子》。）《中庸》很早就被人單獨注意，漢代已有關於《中庸》的著作，六朝時也有，可惜都不傳了。（《漢書·藝文志》有《中庸說》二篇，《隋書·經籍志》有戴顒《中庸傳》二卷，梁武帝《中庸講疏》一卷。）關於《大學》的著作，卻直到司馬光的《大學通義》才開始，這部書也不傳了。這些著作並不曾教《學》《庸》普及，教《學》《庸》和《論》《孟》同樣普及的是朱子的註，「四書」也是他編在一起的，「四書」的名字也因他而有。

但最初用力提倡這幾種書的是程顥、程頤兄弟。他們說：「《大學》是孔門的遺書，是初學者入德的門徑。只有從這部書裡，還可以知道古人做學問的程序。從《論》《孟》裡雖也可看出一些，但不如這部書的分明易曉。學者必須從這部書入手，才不會走錯了路。」（原文見《大學章句》卷頭）這裡沒提到《中庸》。可是他們是很推尊《中庸》的。他們在另一處說：「『不偏』叫作『中』，『不易』叫作『庸』；『中』是天下的正道，『庸』是天下的定理。《中庸》是孔門傳授心法的書，是子思記下來傳給孟子的。書中所述的人生哲理，意味深長；會讀書的細加玩賞，自然能心領神悟，終身受用不盡。」（原文見《中庸章句》卷頭）這四種書到了朱子手裡才打成一片。他接受二程的見解，加以系統地說明，四種書便貫穿起來了。

他說，古來有小學、大學。小學裡教灑掃進退的規矩和禮、樂、

射、御、書、數，所謂「六藝」的。大學裡教窮理、正心、修己、治
人的道理。所教的都切於民生日用，都是實學。《大學》這部書便是
古來大學裡教學生的方法，規模大，節目詳；而所謂「格物、致知、
誠意、正心、修身、齊家、治國、平天下」，是循序漸進的。程子說
是「初學者入德的門徑」，就是為此。這部書裡的道理，並不是為一時
一事說的，是為天下後世說的。這是「垂世立教的大典」(原文見《中庸章
句》卷頭)，所以程子舉為初學者的第一部書。《論》《孟》雖然也切實，
卻是「應機接物的微言」(朱子《大學或問》卷一)，問的不是一個人，記的
也不是一個人。淺深先後，次序既不分明，抑揚可否，用意也不一樣，
初學者領會較難。所以程子放在第二步。至於《中庸》，是孔門的心
法，初學者領會更難，程子所以另論。

　　但朱子的意思，有了《大學》的提綱挈領，便能領會《論》《孟》裡
精微的分別去處；融貫了《論》《孟》的旨趣，也便能領會《中庸》裡
的心法。人有人心和道心；人心是私欲，道心是天理。人該修養道心，
克制人心，這是心法。朱子的意思，不領會《中庸》裡的心法，是不
能從大處着眼，讀天下的書，論天下的事的。他所以將《中庸》放在
第三步，和《大學》《論》《孟》合為「四書」，作為初學者的基礎教本。
後來規定「四書」為科舉用書，原也根據這番意思。不過朱子教人讀
「四書」，為的成人；後來人讀「四書」，卻重在獵取功名；這是不合於
他提倡的本心的。至於順序變為《學》《庸》《論》《孟》，那是書賈因為
《學》《庸》篇頁不多，合為一本的緣故；通行既久，居然約定俗成了。

　　《禮記》裡的《大學》，本是一篇東西，朱子給分成經一章，傳十
章；傳是解釋經的。因為要使傳合經，他又顛倒了原文的次序，並
補上一段兒。他註《中庸》時，雖沒有這樣大的改變，可是所分的章
節，也與鄭玄註的不同。所以這兩部書的註，稱為《大學章句》《中庸

章句》。《論》《孟》的註，卻是融合各家而成，所以稱為《論語集註》《孟子集註》。《大學》的經一章，朱子想着是曾子追述孔子的話；傳十章，他相信是曾子的意思，由弟子們記下的。《中庸》的著者，朱子和程子一樣，都接受《史記》的記載，認為是子思《孔子世家》。但關於書名的解釋，他修正了一些。他說，「中」除「不偏」外，還有「無過無不及」的意思；「庸」解作「不易」，不如解作「平常」的好《中庸或問》卷一）。照近人的研究，《大學》的思想和文字，很有和荀子相同的地方，大概是荀子學派的著作。《中庸》，首尾和中段思想不一貫，從前就有人疑心。照近來的看法，這部書的中段也許是子思原著的一部分，發揚孔子的學說，如「時中」「忠恕」「知仁勇」「五倫」等。首尾呢，怕是另一關於《中庸》的著作，經後人混合起來的；這裡發揚的是孟子的天人相通的哲理，所謂「至誠」「盡性」，都是的。著者大約是一個孟子學派。

　　《論語》是孔子弟子們記的。這部書不但顯示一個偉大的人格——孔子，並且讓讀者學習許多做學問、做人的節目：如「君子」「仁」「忠恕」；如「時習」「闕疑」「好古」「隅反」「擇善」「困學」等，都是可以終身應用的。《孟子》據說是孟子本人和弟子公孫丑、萬章等共同編定的。書中說「仁」兼說「義」，分辨「義」「利」甚嚴；而辯「性善」，教人求「放心」，影響更大。又說到「養浩然之氣」，那「至大至剛」「配義與道」的「浩然之氣」《公孫丑》；這是修養的最高境界，所謂天人相通的哲理。書中攻擊楊朱、墨翟兩派，辭鋒咄咄逼人。這在儒家叫作攻異端，功勞是很大的。孟子生在戰國時代，他不免「好辯」，他自己也覺得的《滕文公》。他的話流露着「英氣」，「有圭角」，和孔子的溫潤是不同的。所以儒家只稱為「亞聖」，次於孔子一等《孟子集註序》說引程子說）。《孟子》有東漢的趙岐註。《論語》有孔安國、馬

融、鄭玄諸家註，卻都已殘佚，只零星地見於魏何晏的《集解》裡。漢儒註經，多以訓詁名物為重；但《論》《孟》詞意顯明，所以只解釋文句，推闡義理而止。魏晉以來，玄談大盛，孔子已經道家化；解《論語》的也多參入玄談，參入當時的道家哲學。這些後來卻都不流行了。到了朱子，給《論》《孟》作註，雖說融會各家，其實也用他自己的哲學作架子。他註《學》《庸》，更顯然如此。他的哲學切於世用，所以一般人接受了，將他解釋的孔子當作真的孔子。

　　他那一套「四書」註實在用盡了平生的力量，改定至再至三；直到臨死的時候，他還在改定《大學·誠意》章的註。註以外又作了《四書或問》，發揚註義，並論述對於舊說的或取或捨的理由。他在「四書」上這樣下功夫，一面固然為了誘導初學者，一面還有一個用意，便是排斥老、佛，建立道統。他在《中庸章句序》裡論到諸聖道統的傳承，末尾自謙說，「於道統之傳，不敢妄議」；其實他是隱隱在以傳道統自期呢。《中庸》傳授心法，正是道統的根本。將它加在《大學》《論》《孟》之後而成「四書」，朱子自己雖然說是給初學者打基礎，但一大半恐怕還是為了建立道統，不過他自己不好說出罷了。他註「四書」在宋孝宗淳熙年間 (1174—1189)。他死後，朝廷將他的「四書」註審定為官書，從此盛行起來。他果然成了傳儒家道統的大師了。

《戰國策》

朱自清

　　春秋末年，列國大臣的勢力漸漸膨脹起來。這些大臣都是世襲的，他們一代一代聚財養眾，明爭暗奪了君主的權力，建立起自己的特殊地位。等到機會成熟，便跳起來打倒君主自己幹。那時候各國差不多都起了內亂。晉國讓韓、魏、趙三家分了，姓姜的齊國也讓姓田的大夫佔了。這些，周天子只得承認了。這是封建制度崩壞的開始。那時候周室也經過了內亂，土地大半讓鄰國搶去，剩下的又分為東、西周；東、西周各有君王，彼此還爭爭吵吵的。這兩位君王早已失去春秋時代「共主」的地位，而和列國諸侯相等了。後來列國紛紛稱王，周室更不算回事；他們至多能和宋、魯等小國君主等量齊觀罷了。

　　秦、楚兩國也經過內亂，可是站住了。它們本是邊遠的國家，卻漸漸伸張勢力到中原來。內亂平後，大加整頓，努力圖強，聲威便更廣了。還有極北的燕國，向來和中原國家少來往，這時候也有力量向南參加國際[1]政治了。秦、楚、燕和新興的韓、魏、趙、齊，是那時代的大國，稱為「七雄」。那些小國呢，從前可以仰仗霸主的保護，

---

1 指東周末的諸侯國之間。——編者註

做大國的附庸；現在可不成了，只好讓人家吞的吞、併的併，算只留下宋、魯等兩三國，給七雄當緩衝地帶。封建制度既然在崩壞中，七雄便各成一單位，各自爭存，各自爭強；國際政局比春秋時代緊張多了，戰爭也比從前嚴重多了。列國都在自己邊界上修起長城來。這時候軍器進步了，從前的兵器都用銅打成，現在有用鐵打成的了。戰術也進步了。攻守的方法都比從前精明，從前只用兵車和步卒，現在卻發展了騎兵了。這時候還有以幫人家作戰為職業的人。這時候的戰爭，殺傷是很多的。孟子說：「爭地以戰，殺人盈野；爭城以戰，殺人盈城。」《離婁》可見那凶慘的情形。後人因此稱這時代為戰國時代。

在長期混亂之後，貴族有的做了國君，有的漸漸衰滅。這個階級算是隨着封建制度崩壞了。那時候的國君，沒有了世襲的大臣，便集權專制起來。輔助他們的是一些出身貴賤不同的士人。那時候君主和大臣都竭力招攬有技能的人，甚至學雞鳴、學狗盜的也都收留着。這是所謂「好客」「好士」的風氣。其中最高的是說客，是遊說之士。當時國際關係緊張，戰爭隨時可起。戰爭到底是勞民傷財的，況且難得有把握；重要的還是做外交的功夫。外交辦得好，只憑口舌排難解紛，可以免去戰禍；就是不得不戰，也可以多找一些與國、一些幫手。擔負這種外交的人，便是那些策士、那些遊說之士。遊說之士既然這般重要，所以立談可以取卿相；只要有計謀，會辯說就成，出身的貴賤倒是不在乎的。

七雄中的秦，從孝公用商鞅變法以後，日漸強盛。到後來成了與六國對峙的局勢。這時候的遊說之士，有的勸六國聯合起來抗秦，有的勸六國聯合起來親秦。前一派叫「合縱」，是聯合南北各國的意思；後一派叫「連橫」，是聯合東西各國的意思——只有秦是西方的國家。合縱派的代表是蘇秦，連橫派的是張儀，他們可以代表所有的戰國遊

説之士。後世提到遊説的策士，總想到這兩個人；提到縱橫家，也總是想到這兩個人。他們都是鬼谷先生的弟子。蘇秦起初也是連橫派。他遊説秦惠王，秦惠王老不理他；窮得要死，只好回家。妻子、嫂嫂、父母，都瞧不起他。他恨極了，用心讀書，用心揣摩；夜裡倦了要睡，用錐子扎大腿，血流到腳上。這樣整一年，他想着成了，便出來遊説六國合縱。這回他果然成功了，佩了六國相印，又有勢又有錢。打家裡過的時候，父母郊迎三十里，妻子低頭，嫂嫂爬[1]在地上謝罪。他歎道：「人生世上，勢位富貴，真是少不得的！」張儀和楚相喝酒，楚相丟了一塊璧。手下人説張儀窮而無行，一定是他偷的，綁起來打了幾百下。張儀始終不認，只好放了他。回家，他妻子説：「唉，要不是讀書遊説，哪會受這場氣！」他不理，只説：「看我舌頭還在吧？」妻子笑道：「舌頭是在的。」他説：「那就成！」後來果然做了秦國的相；蘇秦死後，他也大大得意了一番。

　　蘇秦使錐子扎腿的時候，自己發狠道：「哪有遊説人主不能得金玉錦繡，不能取卿相之尊的道理！」這正是戰國策士的心思。他們憑他們的智謀和辯才，給人家畫策，辦外交；誰用他們就幫誰。他們是職業的，所圖的是自己的功名富貴；幫你的時候幫你，不幫的時候也許害你。翻覆，在他們看來是沒有甚麼的。本來呢，當時七雄分立，沒有共主，沒有盟主，各幹各的，誰勝誰得勢。國際間沒有是非，愛幫誰就幫誰，反正都一樣。蘇秦説連橫不成，就改説合縱，在策士看來，這正是當然。張儀説舌頭在就行，説是説非，只要會説，這也正是職業的態度。他們自己沒有理想，沒有主張，只求揣摩主上的心理，拐彎兒抹角投其所好。這需要技巧；《韓非子‧説難》篇專論這

個。說得好固然可以取「金玉錦繡」和「卿相之尊」，說得不好也會招殺身之禍；利害所關如此之大，蘇秦費一整年研究揣摩不算多。當時各國所重的是威勢，策士所說原不外戰爭和詐謀；但要因人、因地進言，廣博的知識和微妙的機智都是不可少的。

記載那些說辭的書叫《戰國策》，是漢代劉向編定的，書名也是他提議的。但在他以前，漢初著名的說客蒯通，大約已經加以整理和潤飾，所以各篇如出一手。《漢書》本傳裡記着他「論戰國時說士權變，亦自序其說，凡八十一篇，號曰《雋永》」，大約就是劉向所根據的底本了〔羅根澤《戰國策作於蒯通考》及《補證》(《古史辨》第四冊)〕。蒯通那支筆是很有力量的。鋪陳的偉麗，叱咤的雄豪，固然傳達出來了；而那些曲折微妙的聲口，也絲絲入扣，千載如生。讀這部書，真是如聞其語，如見其人。漢以來批評這部書的都用儒家的眼光。劉向的序裡說戰國時代「捐禮讓而貴戰爭，棄仁義而用詐譎，苟以取強而已矣」，可以代表。但他又說這些是「高才秀士」的「奇策異智」，「亦可喜，皆可觀」。這便是文辭的作用了。宋代有個李文叔，也說這部書所記載的事「淺陋不足道」，但「人讀之，則必鄉其說之工，而忘其事之陋者，文辭之勝移之而已」。又道，說的還不算難，記的才真難得呢 (李格非《書戰國策後》)。這部書除文辭之勝外，所記的事，上接春秋時代，下至楚、漢興起為止，共二百零二年 (前 403—前 202)，也是一部重要的古史。所謂戰國時代，便指這裡的二百零二年；而戰國的名稱也是劉向在這部書的序裡定出的。

第二章

游國恩、蕭滌非講漢代文學

賈誼和漢初散文

游國恩

　　賈誼（前 200—前 168），洛陽人，西漢初期一個傑出的政治家和文學家。「年十八，以能誦詩書屬文稱於郡中」；二十餘，為博士，提出改革制度的主張，表現了卓越的政治才能，得到文帝的賞識。但卻因此受到守舊派的詆毀，被貶為長沙王太傅。在貶謫中，他仍不忘國事。後為梁懷王太傅，死時年僅三十三歲。所著文章五十八篇，劉向編為《新書》。《新書》在流傳過程中，多有散佚，因而殘缺不全，個別篇章也可能經過割裂竄改，但絕非偽書。

　　賈誼在《新書》中總結了秦代滅亡的原因，汲取了秦末農民起義的教訓，發展了先秦的民本思想。他說：「自古及今，凡與民為敵者，或遲或速，而民必勝之。」（《大政》上）為了解決人民生計問題，他提倡「農本」，反對富人奢侈浪費。面對迅速鞏固政權、完善封建制度的歷史任務，賈誼又提出了一系列的主張。如要求削弱諸侯和限制豪強商賈的非法活動，以加強中央集權、維護國家的統一和社會的安定，主張更完善地建立以等級制為中心的封建禮制，以鞏固封建統治。這些主張適應漢初統一形勢的需要，在當時有一定的進步作用。

　　賈誼的散文大致可分為三類。一是專題性的政論文，如《過秦》《大

政》等篇。《過秦》分上、中、下三篇，是賈誼最著名的作品，其中心思想是總結秦代興亡的歷史原因。上篇主要敘述秦國力量的強大，是全文的關鍵。它用渲染、比襯手法顯示秦國的聲威。如寫六國人才眾多，「以什倍之地、百萬之眾，仰（《史記》作『叩』）關而攻秦」，結果卻為秦人「追亡逐北，伏屍百萬，流血漂櫓」。但就是這個「席捲天下」「威震四海」的王朝，卻在「率散亂之眾數百」的陳涉「奮臂大呼」下土崩瓦解。經過這一比襯，文章有力地突出了秦代迅速滅亡的根本原因。這就是：農民起義的威力，足以給封建地主階級以致命的打擊，統治者如果不向農民做些讓步，即一點「不施仁義」，那只有失盡民心、走上滅亡的道路。所以作者在中篇中從各方面來闡明民心的作用，讀完中篇，人們自然地得出這樣的結論：只要民心一失，無論如何強大也不免覆滅的命運。這樣，上文對強秦的誇張又起了加強文章中心思想的作用。《過秦》篇在文字上頗重修飾，又善於鋪張渲染，有戰國縱橫家的遺風。

　　二是針對各種具體問題而發的疏牘文，所謂《陳政事疏》（見《漢書》卷四十八。這是班固採摘《新書》五十八篇中「切於世事者」拼湊而成，文字與今本《新書》前五卷若干篇章大致相同）及《新書》前四卷「事勢」類就是這種文章。它的一個特色是觀察敏銳，能透過太平景象，覺察到社會潛伏的矛盾和危機。例如《數寧》篇說：「曰天下安且治者，非至愚無知，固諛者耳……夫抱火措之積薪之下，而寢其上，火未及然，因謂之安，偷安者也。方今之勢，何以異此？」作者還敢於大膽揭露這些矛盾和危機，加強其筆鋒犀利、言辭激切、感情強烈的特色。

　　例如《時變》篇：

　　　　胡以孝弟循順為？善書而為吏耳。胡以行義禮節為？家富而出官耳。驕恥偏而為祭尊，黥剽者攘臂而為政。行惟狗彘也，苟家富財足，隱機盱視而為天子耳！唯告罪昆弟，欺突伯父，逆

於父母手？然錢財多也，衣服循也，車馬嚴也，走犬良也。矯誣
而家美，盜賊而財多，何傷？

對於富人豪強的橫行霸道，作者就是這樣無情地揭露，猛烈地抨擊的。

　　三是利用各種歷史材料和故事來說理的文章，《新書》後六卷的
「連語」「雜事」大都屬於這一類。其語言淺顯，敘述也較生動。賈誼
的散文都有善用比喻的特點，語言富於形象性。他的文章風格對唐宋
的政論文是頗有影響的。

　　賈誼又是漢初著名的辭賦家。賦本是誦的意思，《漢書・藝文志》
說：「不歌而誦謂之賦。」荀卿《賦篇》第一次以「賦」名篇，漢人沿襲
其義，凡辭賦都稱為「賦」。漢初騷體的楚辭逐漸變化，新的賦體正
在孕育形成，故賈誼的賦兼有屈原、荀卿二家體制。他的《弔屈原賦》
為謫往長沙途經湘水時所作，借憑弔古人來抒發自己的感慨。例如說：

　　彼尋常之污瀆兮，豈容吞舟之魚？橫江湖之鱣鯨兮，固將制
於螻蟻。

在那個時代，作者確實是一個深謀遠慮、高瞻遠矚的傑出人物，但卻
遭到保守官僚的排擠，政治抱負未得施展。作者以其抑鬱不平之氣傾
注在《弔屈原賦》中，雖痛逝者，實以自悼。他的《鵩鳥賦》為謫居長
沙時所作。賦中據老莊「萬物變化」之理，說明禍福榮辱皆不足介意。
這是作者謫居時哀傷情緒的自我排遣。漢初黃老思想流行，賦中充滿
了「縱軀委命」的消極思想。這是作者處在逆境中的心情的反映。還有
《惜誓》一篇，被收在《楚辭》中，或以為賈誼所作，但王逸已經「疑不
能明」。賈誼的賦在形式上趨向散體化，同時又大量使用四字句，句法
比較整齊。這是新賦體的特點，顯示了從楚辭向新體賦過渡的痕跡。

　　漢初除賈誼外還有不少散文家，他們的文章大都或論秦之得失，
以為統治者的借鑒；或針對時弊，提出自己的主張。文章的語言多受

辭賦影響，有很多排偶句，風格頗有戰國說辭的遺風。這一方面固然是前代傳統的影響，另一方面也是當時遊士說客仍然存在於諸侯王國的緣故。後來，隨着諸侯勢力的削弱和儒學獨尊局面的形成，這種文章風格也逐漸消失。在這些散文家中，以晁錯和鄒陽成就為較高。

晁錯（？—前 154），文景時人，官至御史大夫。著有《賢良文學對策》《言兵事疏》《守邊勸農疏》《論貴粟疏》等。其中以《守邊勸農疏》《論貴粟疏》(此二疏原為一文。《漢書·晁錯傳》於《守邊勸農疏》前云：錯復言守邊備塞，勸農力本當世急務二事曰……」然此疏實只言守邊備塞一事。另有《論貴粟疏》載於《漢書·食貨志》，正言勸農力本事，故知二疏原為一篇) 最為著名。此二疏主張募民備塞，防禦匈奴的入侵。他又敏銳地注意到農民流亡的社會現象，指出人民流亡的原因是由於生活的貧困；而人民的貧困主要是由於官府的「急政暴賦」和商人的兼併所造成；所以主張務農貴粟，提出募粟入官、得以拜爵除罪的政策。晁錯的文章善於從歷史事實、當前情況、各種利弊得失等方面做具體分析，立論精闢而切於實際，其不足之處是略乏文采。

鄒陽，文景時人，曾為吳王、梁孝王門客，著有《上吳王書》《獄中上梁王書》等。而後者是作者在獄中的自我表白。《漢書·鄒陽傳》說他為人有智略，而這篇文章恰好體現了「有智略」的特色。因梁王聽信讒言，心有餘怒，直說則不利，所以用大量篇幅說明知人與不知人之別。指出知人必須不「惑於眾口」，不「移於浮辭」，這就動搖了梁王對讒言的信賴。作者善於把握這一關鍵，一切問題便迎刃而解。本文博引史實，排比鋪張，有戰國遊說家氣味 [1]。《漢書·藝文志》有鄒陽七篇，列入縱橫家，不是沒有原因的。

---

1 意為有戰國時期遊說家的特點。—— 編者註

偉大的歷史家、散文家司馬遷
（節選）

游國恩

司馬遷的生平和著作

　　司馬遷（前145—前87？），字子長，左馮翊夏陽（今陝西韓城）人。父司馬談有廣博的學問修養，曾「學天官於唐都，受易於楊何，習道論於黃子」，又曾為文「論六家之要旨」，批評了儒、墨、名、法和陰陽五家，而完全肯定地讚揚了道家，這說明他是深受當時流行的黃老思想的影響的。司馬談在這篇論文中所表現的明晰的思想和批判精神，無疑給司馬遷後來為先秦諸子作傳以良好的啟示，而且對司馬遷的思想、人格和治學態度也必然有影響。漢武帝即位後，司馬談做了太史令，為了供職的方便，他移家長安。在此以前，司馬遷「耕牧河山之陽」，即幫助家人做些農業勞動，同時大概已學習了當時通行的文字——隸書。隨父到長安後，他又學習了「古文」（如《說文》的「籀文」和「古文」等），並向當時的經學大師董仲舒學習公羊派《春秋》，向孔安國學習古文《尚書》。這些對年輕的司馬遷都有很深的影響。

　　司馬遷在二十歲那一年開始了漫遊生活。這就是他在《史記·太

史公自序》中所說的:「二十而南遊江淮,上會稽,探禹穴,窺九嶷,浮於沅湘。北涉汶泗,講業齊魯之都,觀孔子之遺風,鄉射鄒嶧,厄困鄱薛彭城,過梁楚以歸。」歸後「仕為郎中」,又「奉使西征巴蜀以南,南略邛、笮、昆明」。以後又因侍從武帝巡狩、封禪,遊歷了更多的地方。這些實踐活動豐富了司馬遷的歷史知識和生活經驗,擴大了司馬遷的胸襟和眼界,更重要的是使他接觸到廣大人民的經濟生活,體會到人民的思想感情和願望,這對他後來著作《史記》有極其重要的意義。

元封元年 (公元前 110 年),漢武帝東巡,封禪泰山。封建統治階級認為這是千載難逢的盛典,司馬談因病留在洛陽,未能參加,又急又氣,生命危在旦夕。這時司馬遷適從西南回來,他就把自己著述歷史的理想和願望遺留給司馬遷,司馬遷流涕說:「小子不敏,請悉論先人所次舊聞,弗敢闕!」三年後,司馬遷繼任為太史令,他以極大的熱情來對待自己的職務,「絕賓客之知,亡室家之業,日夜思竭其不肖之才力,一心營職以求親媚於主上」,並開始在「金匱石室」即國家藏書處閱讀、整理歷史資料。這樣經過了四五年的準備,在太初元年 (公元前 104 年),他主持了改秦漢以來的顓頊曆為夏曆的工作後,就開始了繼承《春秋》的著作事業,即正式寫作《史記》,實踐他父親論載天下之文的遺志。這年司馬遷是四十二歲。

正當司馬遷專心著述的時候,巨大的災難降臨在他的頭上。天漢二年 (公元前 99 年) 李陵抗擊匈奴,兵敗投降,朝廷震驚。司馬遷認為李陵投降出於一時無奈,必將尋找機會報答漢朝。正好武帝問他對此事的看法,他就把他的想法向武帝說了。武帝因而大怒,以為這是替李陵遊說,並藉以打擊貳師將軍李廣利。司馬遷就這樣得了罪,並在天漢三年下「蠶室」,受「腐刑」。這是對他極大的摧殘和恥辱。他

想到了死，但又想到著述還沒有完成，不應輕於一死。他終於從「西伯拘而演《周易》，仲尼厄而作《春秋》，屈原放逐乃賦《離騷》，左丘失明厥有《國語》」等先聖先賢的遭遇中看到自己的出路，於是「就極刑而無慍色」，決心「隱忍苟活」以完成自己著作的宏願。出獄後，司馬遷升為中書令，名義雖比太史令為高，但只是「掃除之隸」「閨閣之臣」，與宦者無異，因而更容易喚起他被損害、被污辱的記憶，他「每念斯恥，汗未嘗不發背霑衣」。但他的著作事業卻從這裡得到了更大的力量，並在《史記》若干篇幅中流露了對自己不幸遭遇的憤怒和不平。到了太始四年（公元前 93 年），司馬遷在給他的朋友任安的信中說：「近自託於無能之辭，網羅天下放失舊聞，考之行事，稽其成敗興壞之理，凡百三十篇。」可見《史記》一書這時已基本完成了。從此以後，他的事跡就不可考，大概卒於武帝末年。他的一生大約與武帝相始終。

　　司馬遷接受了儒家的思想，自覺地繼承孔子的事業，把自己的著作看成是第二部《春秋》。但他並不承認儒家的獨尊地位，他還同時接受了各家特別是道家的影響。他的思想中有唯物主義因素和批判精神，特別由於自身的遭遇，更增加了他的反抗性。班彪、班固父子指責司馬遷「是非頗謬於聖人：論大道則先黃老而後六經，序遊俠則退處士而進奸雄，述貨殖則崇勢力而羞貧賤」，這正說明了司馬遷的思想比他的許多同時代人站得更高，而為一些封建正統文人所無法理解。我們今天正是從這些封建正統文人的指責中，看到了司馬遷進步思想的重要方面。

　　《史記》是我國歷史學上一個劃時代的標誌，是一部「究天人之際，通古今之變，成一家之言」的偉大著作，是司馬遷對我國民族文化特別是歷史學方面的極其寶貴的貢獻。全書包括本紀、表、書、世

家和列傳，共一百三十篇，五十二萬六千五百字。「本紀」除《秦本紀》外，敘述歷代最高統治者帝王的政跡；「表」是各個歷史時期的簡單大事記，是全書敘事的聯絡和補充；「書」是個別事件的始末文獻，它們分別敘述天文、曆法、水利、經濟、文化、藝術等方面的發展和現狀，與後世的專門科學史相近；「世家」主要敘述貴族侯王的歷史；「列傳」主要是各種不同類型、不同階層人物的傳記，少數列傳則是敘述國外和國內少數民族君長統治的歷史。《史記》就是通過這樣五種不同的體例和它們之間的相互配合和補充而構成了完整的體系。它的記事，上自黃帝，下至武帝太初 (前104—前101) 年間，全面地敘述了我國上古至漢初三千年來的政治、經濟、文化多方面的歷史發展，是我國古代歷史的偉大總結。

司馬遷的著作，除《史記》外，《漢書‧藝文志》還著錄賦八篇，今僅存《悲士不遇賦》一篇和有名的《報任安書》。《報任安書》表白了他為了完成自己的著述而決心忍辱含垢的痛苦心情，是研究司馬遷生平思想的重要資料，也是一篇飽含感情的傑出散文。《悲士不遇賦》也是晚年的作品，抒發了作者受腐刑後和不甘於「沒世無聞」的憤激情緒。

《史記》人物傳記的文學價值

《史記》開創了我國紀傳體的史學，同時也開創了我國的傳記文學。在「本紀」「世家」和「列傳」中所寫的一系列歷史人物，不僅表現了作者對歷史的高度概括力和卓越的見識，而且通過那些人物的活動，生動地展開了廣闊的社會生活畫面，表現了作者對歷史和現實的批判精神，表現了作者同情廣大的被壓迫、被剝削的人民，為那些被

污辱、被損害的人鳴不平的戰鬥熱情。因此，兩千多年來，《史記》不僅是歷史家學習的典範，而且也成為文學家學習的典範。

《史記》是一部具有強烈的人民性和戰鬥性的傳記文學名著，這首先表現在對封建統治階級——特別是漢王朝統治集團和最高統治者醜惡面貌的揭露和諷刺。司馬遷寫漢高祖劉邦固然沒有抹殺他統一楚漢紛爭、建立偉大國家的作用，但也沒有放過對他虛偽、狡詐和無賴品質的揭露。為了避免被禍害，司馬遷在《高祖本紀》中不能不寫那些荒誕的傳說，把他寫成是「受命而帝」的神聖人物。但在《項羽本紀》中卻通過與項羽的鮮明對比，寫出了他的怯懦、卑瑣和無能。在垓下之戰以前，劉邦幾乎無不處於捱打受辱的地位，而下面兩個片段更真實地描寫了他的流氓無賴、殘酷無情的嘴臉。

> ……漢王乃得與數十騎遁去……道逢得孝惠、魯元，乃載行。楚騎追漢王，漢王急，推墮孝惠、魯元車下。滕公常下收載之，如是者三，曰：「雖急，不可以驅，奈何棄之！」於是遂得脫……

> 當此時，彭越數反梁地，絕楚糧食，項王患之。為高俎，置太公其上，告漢王曰：「今不急下，吾烹太公。」漢王曰：「吾與項羽俱北面受命懷王，曰『約為兄弟』，吾翁即若翁，必欲烹而翁，則幸分我一杯羹。」

其他如在《留侯世家》中寫劉邦貪財好色，《蕭相國世家》中寫劉邦猜忌功臣，而《淮陰侯列傳》中則借韓信的口，譴責了劉邦誅殺功臣的罪行，道出了「狡兔死，走狗烹；高鳥盡，良弓藏；敵國破，謀臣亡」這一封建社會君臣能共患難而不能共安樂的真理。作者正是通過這些描寫揭露了劉邦真實的精神面貌，從而勾消了在本紀中所作的一些神聖頌揚。對於「今上」漢武帝的暴力統治，作者也流露了悲憤和厭惡

的情緒。《循吏列傳》中寫孫叔敖、鄭子產等五人，沒有一個漢代人。而《酷吏列傳》卻全寫漢代人，其中除景帝時的郅都外，其餘九人都是漢武帝時暴力統治的執行者。張湯「為人多詐，舞智以御人」，但最為武帝所信任。他治獄時，善於巧立名目，完全看漢武帝眼色行事。杜周也是同樣角色，當別人質問他：「君為天子決平，不循三尺法，專以人主意指為獄。獄者固如是乎？」杜周卻回答說：「三尺安出哉？前主所是著為律，後主所是疏為令，當時為是，何古之法乎？」這裡司馬遷徹底揭露了封建社會中所謂法律的虛偽性，指出它不過是統治者任意殺人的工具。《酷吏列傳》中還揭露了統治者屠殺人民的罪行。義縱任定襄太守時，一日竟「殺四百餘人，其後郡中不寒而慄」。王溫舒任河內太守時，捕郡中「豪猾」，連坐千餘家；二三日內，大舉屠殺，「至流血十餘里」。漢朝慣例，春天不殺人，王溫舒頓足說：「嗟乎，令冬月益展一月，足吾事矣！」對此，司馬遷憤怒地說：「其好殺伐行威，不愛人如此！」這是人民的正義呼聲。酷吏雖也打擊豪強，但主要是鎮壓人民。作者在寫這群酷吏時，每每指出「上以為能」，用意顯然在於表示對漢武帝的諷刺和憤慨。《史記》中還描寫了統治階級內部複雜尖銳的矛盾。最著名的如《魏其武安侯列傳》寫竇嬰與田蚡兩代外戚之間的明爭暗鬥，互相傾軋，以及他們同歸於盡的下場。這樣，作者就進一步揭露了統治階級殘酷暴虐的本質，表達了對現實的深刻批判。

司馬遷不僅大膽地揭露了封建統治集團的罪惡，而且也熱情地描寫了廣大被壓迫人民的起義反抗。在《酷吏列傳》中作者敘述廣大人民的反抗形勢說：「自溫舒等以惡為治，而郡守、都尉、諸侯二千石欲為治者，其治大抵盡放溫舒。而吏民益輕犯法，盜賊滋起。南陽有梅免、白政，楚有殷中、杜少，齊有徐勃，燕趙之間有堅盧、范生之

屬。大群至數千人，擅自號，攻城邑，取庫兵，釋死罪，縛辱郡太守、都尉，殺二千石，為檄告縣趣具食。小群盜以百數，掠鹵鄉里者，不可勝數也。」這些反抗雖為統治者所鎮壓，但並沒有被消滅，不久又「復聚黨阻山川者，往往而群居，無可奈何」。從這些敘述中我們可以看出，司馬遷是同情人民的起義反抗的，他承認了「官逼民反」的合理性。基於這種認識，司馬遷熱情歌頌了秦末農民的起義。他在《陳涉世家》裡，詳細地敘述了陳涉發動起義的經過和振臂一呼群雄響應的革命形勢，指出了農民起義的正義性，分析了他們失敗的基本原因，並肯定了他們推動歷史前進的不朽功績。認為「桀紂失其道而湯武作；周失其道而《春秋》作；秦失其政而陳涉發跡。諸侯作難，風起雲蒸，卒亡秦族。天下之端，自涉發難」。他更以極其飽滿的情緒寫《項羽本紀》，項羽的勇猛直前摧毀暴力統治的英雄形象給予讀者極深的印象。作者雖批評項羽「自矜功伐，奮其私智而不師古」「欲以力征經營天下」，指出了他必然失敗的原因，但仍把他看成秦漢之際的中心人物，寄予深刻的同情，說他「乘勢起隴畝之中，三年，遂將五諸侯滅秦，分裂天下，而封王侯，政由羽出，號為霸王。位雖不終，近古以來，未嘗有也」！司馬遷這樣熱烈地歌頌人民對暴力統治的反抗，以及把陳涉和項羽分別安排在「世家」和「本紀」的做法，都充分顯露了他卓越的思想見解和救世濟民的熱情。這是以後的封建正統史家所不可能達到的思想高度。

《史記》的人民性、戰鬥性，還表現在記載那些為正史官書所不肯收的下層人物，並能從被壓迫、被剝削人民的觀點出發，分別給他們以一定的評價。《遊俠列傳》寫朱家「振人不贍，先從貧賤始」；寫郭解「振人之命，不矜其功」。在對遊俠的「言必信」「行必果」「已諾必誠，不愛其軀」的高尚品格的熱烈歌頌中，表達了封建社會人民要求

擺脫被侮辱、被損害處境的善良願望。《刺客列傳》寫荊軻的勇敢無畏、視死如歸的英雄行為是那麼繪聲繪色，激蕩人心。在我們今天看來，刺客的個人暴力行動不可能真正解決政治上任何實質問題，但在漫長的封建黑暗統治之下，刺客們自我犧牲、反抗強暴的俠義精神，卻是可歌可泣，在一定程度上打擊了封建暴力統治的氣燄，恰如夜空一顆皎潔的明星，給人們以鼓舞和希望。作者熱情地說：「此其義或成或不成，然其立意較然，不欺其志，名垂後世，豈妄也哉！」

《史記》中還寫了一系列的愛國英雄。《廉頗藺相如列傳》通過完璧歸趙、澠池之會、將相交歡等歷史情節的敘述，突出了藺相如勇敢機智的英雄性格和「先國家之急而後私仇」的高貴品質。在《魏公子列傳》中，作者親切地用了一百四十七個「公子」，敘述信陵君「仁而下士」的故事，不僅因為這位公子真能放下貴族的架子，「自迎夷門侯生」「從博徒賣漿者遊」，而且更重要的，是因為他這樣做的結果，終於得到遊士、門客的幫助，抵抗了秦國的侵略，救趙存魏，振奮諸侯。《李將軍列傳》也是作者用力寫作的一篇。「君不見，沙場征戰苦，至今猶憶李將軍」「但使龍城飛將在，不教胡馬渡陰山」。漢代名將李廣，千百年來，一直為人們所景慕。他的保衛祖國邊疆的功績，超凡絕倫的勇敢，以及敵人聞之喪膽的聲威，是通過太史公的筆深深地銘刻在人們心上的。但李廣的一生卻是在貴戚的排擠壓抑中度過的，作者對他「引刀自剄」的悲慘結局，寄予深厚的同情，同時也流露了自己不幸遭遇的感慨，從而對封建統治階級的壓抑人才進行了有力地揭露和抨擊。作者不僅寫出了李廣保衛祖國、奮身疆場的功績，而且也寫出了他的體恤士兵、熱愛人民的品質：

　　廣廉，得賞賜輒分其麾下，飲食與士共之。終廣之身，為二千石四十餘年，家無餘財，終不言家產事。……廣之將兵，乏

　　絕之處，見水，士卒不盡飲，廣不近水；士卒不盡食，廣不嘗食。
　　寬緩不苛，士以此愛樂為用。

正因為如此，當李廣被迫自殺後，「廣軍士大夫一軍皆哭。百姓聞之，知與不知，無老壯皆為垂涕」。作者通過這些描寫，不僅說明將帥應該愛護士卒，而且告訴他們，只有上下一心，同甘共苦，才能戰勝敵人，保衛祖國。

　　總之，作為傳記文學的《史記》的思想內容是豐富深刻的：它一方面揭露了統治者及其爪牙的無比醜惡，畫出他們的真實的臉譜；另一方面表達了人民的思想感情和願望，歌頌人民及其領袖的起義反抗，以及可歌可泣的愛國英雄和救人困急的俠義之士，表現了我們偉大民族的革命傳統和優良品質，這對今天都還有積極意義。

　　《史記》的思想意義是和作者精心的構思、高度的寫作技巧密不可分的。作為一種歷史著作，《史記》是忠實於歷史事實的記載的，所以劉向、揚雄、班氏父子等都稱之為「實錄」。但作者卻在「實錄」的基礎上，塑造了鮮明的人物形象，表現了人物思想性格的重要特徵，具有極強的藝術感染力量，這是《史記》傳記的主要特點，也是作者匠心獨運的所在。

　　司馬遷是怎樣在堅持歷史真實的原則下寫人物的呢？我們且看他在《留侯世家》中的一句話：「〔留侯〕所與上從容言天下事甚眾，非天下所以存亡，故不著。」這說明作者並不是有事必錄，而是有所選擇的。張良平日與高祖談論的天下事很多，但只寫那些和天下存亡有重大關係的事件，從而表現其性格特徵。寫其他人物當然也不例外，即只寫重要的，能夠表現人物特徵的東西。在《留侯世家》中還有這樣的話：「語在項羽事中」「語在淮陰事中」；其他各篇也常常有這樣的話。這就是前人指出過的「互見法」。司馬遷使用這種方法情況很複

雜，有的注明，有的並沒有注明，它不只是消極地避免敘述的重複，而且是積極地運用資料，為突出人物的特征服務。例如《項羽本紀》集中了許多重要事件突出他的喑噁叱咤、氣蓋一世的性格特徵。作者對他的行為在傳贊中雖有所貶責，但熱情的歌頌、深切的同情卻是主要的。這樣，就體現了項羽這個歷史人物的形象的完整性。作者在本紀中沒有過多地去批評項羽個人的缺點和軍事上、政治上的錯誤，而把它放在《淮陰侯列傳》，借韓信的口中道出，這樣既不至損害項羽英雄形象的塑造，而又顯出韓信的非凡的才能和過人的見識。就這樣，司馬遷通過對歷史材料的選擇、剪裁和集中，不僅使許多人物傳記正確地反映了他們在歷史上的活動和作用，而且突出了他們的思想和性格，表達了作者的愛憎。

《史記》中人物形象的豐富飽滿、生動鮮明，不僅得力於司馬遷對材料的取捨和安排，而且也得力於他運用了多種方法去表現人物的思想性格和特徵。作者在寫作人物傳記時，盡力避免一般地梗概地敘述，而是抓住主要事件，具體細緻地描寫人物的活動，使人物性格突出。救趙存魏是信陵君一生的重大事件，但《魏公子列傳》中卻沒有過多地寫他在這一事件中政治的、軍事的種種活動，而把描寫的重心放在他如何和夷門監者侯嬴、屠者朱亥的交往以及「從博徒賣漿者遊」的故事上，通過這些故事的具體描寫，突出了他的仁而下士、勇於改過、守信重義、急人之難的性格。特別值得提出的是信陵君自迎侯生的一段：

> 公子於是乃置酒大會賓客。坐定，公子從車騎，虛左，自迎夷門侯生。侯生攝敝衣冠，直上載公子上坐，不讓，欲以觀公子。公子執轡愈恭。侯生又謂公子曰：「臣有客在市屠中，願枉車騎過之。」公子引車入市，侯生下見其客朱亥，俾倪故久立，

與其客語，微察公子。公子顏色愈和。當是時，魏將相宗室賓客
滿堂，待公子舉酒。市人皆觀公子執轡，從騎皆竊罵侯生。侯生
視公子色終不變，乃謝客就車。至家，公子引侯生坐上坐，遍讚
賓客，賓客皆驚。酒酣，公子起，為壽侯生前……

作者通過不同的角度去寫信陵君，他寫侯生毫不謙讓直上公子上座，
寫侯生故意久立市中以微察公子，寫市人皆觀公子執轡，寫公子從騎
者竊罵侯生，寫賓客們的驚訝。通過這些不同人物的不同反應，愈來
愈突出信陵君始終如一的謙虛下士的態度，使我們有身臨其境的感
覺。司馬遷還善於通過瑣事來顯示人物性格的特徵，如《酷吏列傳》
寫張湯兒時的一個故事：

其父為長安丞。出，湯為兒，守舍。還，而鼠盜肉。其父怒，
笞湯。湯掘窟，得盜鼠及餘肉，劾鼠掠治，傳爰書、訊鞫論報。
並取鼠與肉，具獄磔堂下。其父見之，視其文辭如老獄吏，大
驚。遂使書獄。

這雖然是兒時遊戲，卻異常生動地突出了張湯的殘酷的性格。再如
《萬石張叔列傳》中的一段：

〔石〕建為郎中令，書奏事，事下，建讀之曰：「誤書！『馬』
字與尾當五，今乃四，不足一。上譴死矣！」甚惶恐。其為謹慎，
雖他皆如是。萬石君少子慶為太僕。御出，上問車中幾馬？慶以
策數馬畢，舉手曰：「六馬。」慶於諸子中最為簡易矣，然猶如此。

作者通過這些細節，寫出了石家一門的拘謹性格和伴君如伴虎的
心情。其他如《留侯世家》寫張良為圯上老人進履；《淮陰侯列傳》寫韓
信忍辱胯下；《李斯列傳》寫李斯少時見廁鼠和倉鼠而發感歎等，都是
以瑣事刻畫人物性格的例子。這些是司馬遷表現人物所用的故事化的
方法。這種方法避免了平板的敘述，使人物形象具有動人的藝術力量。

　　為了表現人物，司馬遷還通過許多緊張鬥爭的場面，把人物推到矛盾衝突的尖端，讓人物在緊張的鬥爭中，表現他們各自的優點和弱點，表現他們的性格特徵。《項羽本紀》鴻門宴一節是很有代表性的。鴻門宴前，楚漢兩軍幾至火併，而楚強漢弱。劉邦、項羽此時相會鬥爭是相當激烈的。作者就通過這場面對面的鬥爭來表現人物性格。劉邦的懦怯而有機智，項羽的坦率而少謀略，以及其他人物，如范增、張良、樊噲、項伯等的性格，都由於在這場鬥爭中的不同態度而有很好的表現。再如《魏其武安侯列傳》中灌夫使酒罵座和東朝廷辯論兩個場面也寫得十分好。前者寫在宴會上人們對田蚡、竇嬰、灌夫的不同態度，不僅寫盡了貴族社會的炎涼世態，而且也很好地表現了這些人物的不同性格：田蚡得勢後的矜持傲慢，竇嬰失勢後結歡當權者的用心和強爭面子的窘態，特別是灌夫始則不悅，繼則怒而指桑罵槐，終於演成與田蚡的直接衝突，充分地表現了他「為人剛直」「不好面諛」的性格。後者寫大臣們在武帝面前辯論灌夫的曲直，彼此吞吞吐吐，不敢明斷是非，武帝大怒，退入後宮，十足表現了飽經世故的官僚們的虛偽和圓滑。故事化的手法和緊張場面的運用，使《史記》的人物傳記饒有波瀾，人物形象各具特徵，如見其人，如聞其聲，因而成為歷史與文學互相結合的典範著作。

　　《史記》在語言運用上也有極大的創造。從文學角度看，其最大的特色就是善於用符合人物身份的口語來表現人物的神情態度和性格特點。劉邦和項羽都曾見過秦始皇，從他們所表示的感慨中可以看出他們性格的不同。項羽說：「彼可取而代也！」語氣極為坦率，可以想見他強悍爽直的性格。劉邦卻說：「嗟乎！大丈夫當如此也！」說得委婉曲折，又正好表現他貪婪多欲的性格。《陳涉世家》中寫陳涉稱王后，陳涉舊時夥伴見他所居宮殿說：「夥頤！涉之為王沉沉者。」

「夥頤」是陳涉故鄉的土語，是多的意思，這裡用以形容陳涉宮殿陳設的豐富；「沉沉」是形容宮殿廣大深邃，又帶有驚異的語氣，它生動地表現了農民的質樸性格。在《張丞相列傳》中，作者還寫出了周昌的口吃和他又急又怒的神情。《史記》還有一些對話則更深刻地表現了人物的不同性格和當時的精神狀態。《平原君列傳》中毛遂自薦一節，表現了平原君和毛遂不同的身份和性格，特別是毛遂犀利明快的對答和「請處囊中」的自白，真是「英姿雄風，千載而下，尚可想見，使人畏而仰之」(洪邁《容齋五筆》卷五)。《史記》在敘事和記言中還常常引用民謠、諺語和俗語。由於它們產生、流傳於民間，概括了廣大的社會生活，是一種精粹的富於戰鬥性和表現力的語言，因此，使《史記》的語言更加豐富生動，並且有力地表達了作者對歷史事件和人物的批判。如《淮南衡山列傳》引民歌、《魏其武安侯列傳》引潁川兒歌，對統治階級進行了諷刺和斥責；《李將軍列傳》引諺曰「桃李不言，下自成蹊」，來說明好人不用自我宣傳，自然會獲得別人的尊敬。此外如「千金之子，不死於市」「天下熙熙，皆為利來；天下攘攘，皆為利往」(以上《貨殖列傳》)；「以權利合者，權利盡而交疏」(《鄭世家》)；「利令智昏」(《平原君列傳》)等，都是對舊社會、舊風習的深刻揭露，有助於讀者對歷史、人物的理解。最後應該指出，《史記》的語言，在現在看來全部都是所謂文言而不是白話，但它是在當時口語的基礎上提煉加工的書面語，與當時語言是相當接近的。而且為了使那些古奧難懂的古籍能為一般人所理解，司馬遷在引用古書時，往往把已經僵化或含義不明的詞句改成一般易懂的語言。正因為如此，《史記》直到今天，我們讀起來基本上是明白曉暢的。

班固的漢書
（節選）

游國恩

　　司馬遷開創了紀傳體的歷史學，同時也開創了傳記文學。由於《史記》的傑出成就以及它的歷史記載截止到漢武帝時代，後來就有不少文人學者如劉向、劉歆、揚雄、史岑等皆綴集時事來續補它，但大都文辭鄙俗，不能和《史記》相比。班固的父親班彪有鑒於此，乃採集前史遺事，傍貫異聞，著「後傳」數十篇。「後傳」仍是遞續《史記》的，不能獨立成書，但它成為班固著《漢書》的重要基礎。《漢書》獨立成書，是我國第一部斷代史，同樣對後代史學和文學發生了巨大的影響。舊時史漢、班馬並稱，是有它的一定理由的。

　　班固 (32—92)，字孟堅，扶風安陵 (今陝西咸陽) 人。幼年聰慧好學，「九歲能屬文，誦詩書」，十六歲入洛陽太學，博覽群經九流百家之言，「所學無常師，不為章句，舉大義而已」「性寬和容眾，不以才能高人」，因此，頗為當時儒者所欽佩。二十三歲，父班彪死，還鄉里三年。明帝永平元年 (公元 58 年) 開始私撰《漢書》。五年後，有人上書明帝，控告他私改國史，被捕入獄。弟班超上書解釋，明帝閱讀了他著作的初稿，不但沒有懲罰，反而對他的才能十分讚許，召為蘭台令

史。過了一年，升為郎，典校秘書，並繼續《漢書》的編著工作。經過二十餘年努力，至章帝建初七年 (公元 82 年) 基本完成，一部分「志」「表」是在他死後由妹班昭和馬續續成的。章帝時，班固升為玄武司馬，與諸儒講論五經同異於白虎觀，撰成《白虎通德論》。和帝永元元年，大將軍竇憲出征匈奴，班固為中護軍，隨軍出征。竇憲得罪後，牽連到班固，入獄死，時年六十一。

《漢書》在體制上全襲《史記》，只改「書」為「志」，取消「世家」，併入「列傳」。有十二本紀、八表、十志、七十列傳，共一百篇。它敘述自漢高祖元年至王莽地皇四年共二百二十九年的斷代歷史。

班固出身於仕宦家庭，受正統儒家思想影響極深，因此，他缺乏司馬遷那樣深刻的見識和批判精神，他站在封建統治階級立場來評價歷史事件和人物，特別由於他奉旨修書，所以《漢書》雖多半取材於《史記》，卻沒有《史記》那樣強烈的人民性和戰鬥精神。但班固作為一個歷史家，還是重視客觀歷史事實的，因此，在一些傳記中也暴露了統治階級的罪行，如《外戚列傳》寫了宮闈中種種穢行，特別是成帝和昭儀親手殺死許美人的兒子一段，充分暴露了統治階級殘忍險毒的本質。在《霍光傳》中揭發了外戚專橫暴虐及其爪牙魚肉人民的罪行，在一些字裡行間表示了對他們的譴責。在《東方朔傳》中抨擊了武帝微行田獵和擴建上林苑擾害人民、破壞農業生產的行為。在《漢書》的一些傳記中也接觸到了人民的疾苦，像《龔遂傳》中他寫了人民「困於飢寒而吏不恤」，因而鋌而走險，流露了作者對人民的同情。也正是從這一點出發，他對那些能體恤人民疾苦的正直官吏，如龔遂、召信臣等都特為表揚，對酷吏則肯定其「摧折豪強，扶助貧弱」的進步一面，斥責其殘酷凶暴的一面。此外，班固對司馬遷的不幸遭遇、東方朔的懷才不遇，也都寄予同情，表現了他的愛憎。所有這些

都是《漢書》值得肯定的地方。

作為史傳文學，《漢書》有不少傳記也寫得十分成功。《朱買臣傳》寫朱買臣在失意和得意時不同的精神面貌以及人們對他的不同待遇，從那些具體的描寫中，充分揭發了封建社會中世態炎涼的現象。《陳萬年傳》通過陳咸頭觸屏風的細節，寫出了陳萬年謅媚權貴、卑鄙無恥的醜態；《張禹傳》也只通過了張禹自己的行為、生活和談話，寫出了張禹虛偽狡詐、貪財圖位的醜惡形象。最著名的是《蘇武傳》。它表揚了蘇武堅貞不屈的民族氣節和高尚的品德，通過許多具體生動情節的描寫，突出了蘇武視死如歸、不為利誘、艱苦卓絕的英雄形象，特別是李陵勸降時，表現了蘇武始終如一凜然不可犯的嚴正態度，更給人以深刻的印象。儘管李陵動之以情義，誘之以利害，娓娓動聽，但蘇武卻絲毫沒有動搖。他的言語不多，卻字字有力，表示了為國家寧願肝腦塗地的堅決信念。因此，當蘇武說出「自分已死久矣，王必欲降武，請畢今日之歡，效死於前」的話時，李陵竟不禁自慚形穢而喟然歎息地說：「嗟乎！義士！陵與衛律之罪，上通於天！」兩兩對照，形象是異常鮮明的。最後寫李陵送蘇武返漢也很精彩：

> 於是李陵置酒賀武曰：「今足下還歸，揚名於匈奴，功顯於漢室，雖古竹帛所載，丹青所畫，何以過子卿？陵雖駑怯，令漢且貰陵罪，全其老母，使得奮大辱之積志，庶幾乎曹柯之盟，此陵宿昔之所不忘也！收族陵家，為世大戮，陵尚復何顧乎？已矣！令子卿知吾心耳！異域之人，一別長絕！」陵起舞，歌曰：「徑萬里兮度沙幕，為君將兮奮匈奴。路窮絕兮矢刃摧，士眾滅兮名已隤，老母已死，雖欲報恩將安歸？」陵泣下數行，因與武決。

這又是極其鮮明的對照。雖然這裡只寫了李陵向蘇武表白自己內心

悲痛的一段談話，但其中所流露的重個人恩怨得失而輕國家民族的思想，卻更加反襯出蘇武留居匈奴十九年堅持民族氣節的高尚品格。

《漢書》的許多「紀」「傳」大都採用《史記》原文，但作者在取捨之間也費了一番整理剪裁的功夫，不能完全看作抄襲。《漢書》敘事一般說來不如《史記》的生動，但簡練整飭，詳贍嚴密，有自己的特點。《漢書》中附錄了大量的辭賦和散文，這是它為後來文章家愛好的一個原因，但因此也影響了它敘事的集中和人物特徵的鮮明、突出。

班固又是東漢前期最著名的辭賦家，著有《兩都賦》《答賓戲》《幽通賦》等。東漢建都洛陽，關中父老猶望復都長安，而班固持異議，因作《兩都賦》。賦中假設西都賓向東都主人誇耀西漢都城 (長安) 的繁盛，宮苑的富麗，東都主人則責備他「馳騁乎末流」，轉而向他稱說今朝的盛事。他先頌揚光武帝的建國，繼述明帝修洛邑 (東都)，「備制度」，再稱田獵、祭祀、朝會、飲宴的盛況，以顯示今朝的聲威，最後歸於節儉，「以折西賓淫侈之論」。《兩都賦》體制宏大，亦有不少警句，但他竭力模仿司馬相如，仍舊是西漢大賦的繼續，沒有自己的獨特風格。《答賓戲》仿東方朔《答客難》、揚雄《解嘲》，表現作者「篤志於儒學，以著述為業」的志趣。《幽通賦》仿《楚辭》，也是述志之作。

班固在《兩都賦序》、《漢書》一些傳贊和《藝文志·詩賦略》中表達了自己對辭賦的看法。他認為辭賦源於古詩，要求辭賦應有《詩》的諷諫作用。但由於東漢初期社會還比較穩定，他陶醉於「海內清平，朝廷無事」的歌頌，因此，就不可能看到漢賦的根本弱點。他不同意揚雄對辭賦的看法，他說：「相如雖多虛辭濫說，然要其歸，引之於節儉，此亦《詩》之風諫何異。揚雄以為靡麗之賦，勸百而諷一，猶騁鄭、衛之聲，曲終而奏雅，不已戲乎！」(《漢書·司馬相如傳贊》) 這就未免誇張司馬相如賦的諷諫作用。班固還從「潤色鴻業」出發，把

言語侍從之臣日月獻納和公卿大臣時時間[1]作的辭賦都説成是「或以抒下情而通諷諭，或以宣上德而盡忠孝」，這些看法代表了封建統治階級對文學的要求和正統儒家一般的文學觀點，對東漢辭賦的氾濫文壇起了推波助瀾的作用，影響後世文學亦不小。不過，我們也正從這裡看到漢代辭賦為統治階級服務的本質。

---

1 應為「花時間」。──編者註

兩漢民間樂府

蕭滌非

　　《漢書・藝文志》云：「自漢武立樂府而采歌謠，於是有趙、代之謳，秦、楚之風，皆感於哀樂，緣事而發。亦足以觀風俗，知薄厚云。」此漢民間樂府所由來也。

　　自今論之，民間樂府之於兩漢，一如《詩》《騷》之於周、楚。其文學價值之高以及對於後世影響之大，皆足以追配《詩經》《楚辭》鼎足而三。後人每標舉漢賦以與唐詩、宋詞、元曲，相提並論，非知言也。夫一代有一代之音樂，斯一代有一代之音樂文學，唐詩宋詞元曲，皆所謂一代之音樂文學也。今舉「不歌而誦」之賦與之校衡，亦為不類。善夫《通志・樂府總序》之言曰：「詩者，人心之樂也。不以世之污隆而存亡，豈三代之時，人有是心，心有是樂，三代之後，人無是心，心無是樂乎？繼三代之作者，樂府也！樂府之作，宛同風雅！」真卓見也。《詩藪》亦云：「漢樂府采摭閭閻，非由潤色，然質而不俚，淺而能深，近而能遠，天下至文，靡以過之！後世言詩，斷自兩漢，宜也。」此豈所謂「似不從人間來」之辭賦所能比擬哉？

　　《樂府詩集》列《相和歌辭》一類，其中「古辭」，即為漢世民間之

作。所謂「相和」者，《宋書‧樂志》云：「相和，漢舊曲也。絲竹更相和，執節者歌。」又云：「凡樂章古詞，今之存者，並漢世街陌謠謳，《江南可採蓮》《烏生十五子》《白頭吟》之屬是也。」《古今樂錄》云：「凡《相和》有笙、笛、節、鼓、琴、琵琶七種。」按《漢書‧禮樂志》：「初，高帝過沛，作風起之詩，令沛中僮兒百二十人習而歌之。至孝惠時，以沛宮為原廟，皆令歌兒習吹以相和。」此「相和」二字之始見者。志又云：「武帝定郊祀禮，作十九章之歌，以正月上辛用事甘泉圜丘，使童男女七十人俱歌，昏祠至明。」又《宋書‧樂志》：「《但歌》四曲，出自漢世，無弦節作伎，最先一人唱，三人和。」據此，則漢世相和歌法亦有兩種：一為一人獨唱，即所謂「執節者歌」，一則多人合唱也。

《相和歌辭》外，《雜曲》中亦間有民間之作，綜計約三十餘篇，當為漢樂府之精英，以其價值不僅在文學，且足補史傳之闕文，而使吾人灼見當日社會各方之狀況也。然在當時，則此種作品，地位似甚低，搢紳之士，悉狃於雅、鄭之謬見，以義歸廊廟者為雅，以事出閭閻者為鄭，故班固著《漢書》，於《安世》《郊祀》二歌，一字靡遺，而於此種民歌，則唯錄其總目，本文竟一字不載。歷五百年之久，至梁沈約作《宋書‧樂志》，始稍稍收入於正史。更歷五百年，宋郭茂倩纂《樂府詩集》，始更有所增補。然其散佚，蓋亦多矣。嗚呼！孔子定詩，首列《二南》，《論語》所引，《國風》為多，而兩漢經生文人，乃棄此如遺，視若無睹，三百年間，曾無專集，良可痛惜也。

漢樂「古詞」，其正確之時代，本甚難斷言，今姑就一己所見，依作品之風格，及有本事足徵者，略別東西，作一較有系統之敘述。大抵西漢之作，樸茂直梗，東漢則趨於平妥。準斯以觀，儻亦庶幾乎。

西漢民間樂府

揆之事理；證以班書所錄吳、楚、汝南歌詩，邯鄲、河間歌詩，燕、代、雁門、雲中、隴西歌詩，周謠歌詩，秦歌詩，以及淮南、南郡、雒陽、齊、鄭等諸歌詩之篇目，西漢民歌，其數量當遠過於東漢。唯今則適得其反。在三十餘首古詞中，吾人能確認其為西漢之作者，不過寥寥數首而已。

(1)《江南》：

> 江南可採蓮，蓮葉何田田！魚戲蓮葉間。魚戲蓮葉東，魚戲蓮葉西。魚戲蓮葉南，魚戲蓮葉北。

吳兢《樂府古題要解》：「江南古詞，蓋美芳辰麗景，嬉遊得時。」按此篇始載《宋書·樂志》，《通志·相和歌》亦首列《江南曲》，以為正聲。當為傳世五言樂府之最古者，殆武帝時所采吳楚歌詩。西北二字，古韻通，《楚辭·大招》：「無東無西，無南無北。」是其證。

(2)《薤露》：(相和曲)

> 薤上露，何易晞！露晞明朝更復落，人死一去何時歸？

(3)《蒿里》：

> 蒿里誰家地？聚斂魂魄無賢愚。鬼伯一何相催促，人命不得少踟躕！

《古今註》曰：「薤露蒿里，並喪歌也。本出田橫門人，橫自殺，門人傷之，為作悲歌，言人命奄忽，如薤上之露易晞滅也。亦謂人死魂魄歸於蒿里。至漢武帝時，李延年乃分為二曲，《薤露》送王公貴人，《蒿里》送士大夫庶人。使挽柩者歌之，亦謂之《輓歌》。」是二歌蓋作於漢初。然以其中多用七言句一事按之，必經李延年潤色增損，以武帝之世，樂府始大倡七言也。要為西漢文字無疑。

薤露一名，始見《文選‧宋玉對楚王問》：「其為陽阿薤露，國中屬而和者數百人。」「蒿里」者，《漢書‧武五子傳》：「蒿里召兮郭門閱。」師古註：「蒿里，死人里。」又《武帝紀》：「太初元年十二月禮高裡。」註引伏儼曰：「山名，在泰山下。」師古曰：「此高字，自作高下之高。而死人之里，謂之蒿里，或呼為下里者也。字則為蓬蒿之蒿。或者既見泰山神靈之府，高里山又在其旁，即誤以高里為蒿里，混同一事。文學之士，共有此謬，陸士衡尚不免，（按指陸《泰山吟》：「梁甫亦有館，蒿里亦有亭。」）況其餘乎！今流俗書本，此高字有作蒿者，妄加增耳。」然則高里自高里，乃泰山下一山名；蒿里自蒿里，為死人里之通稱，或曰下里，不容相混也。

此二曲者，至東漢已不僅為喪歌。有用之宴飲者，如《後漢書‧周舉傳》：「商（大將軍梁商）大會賓客，宴於洛水，舉時稱疾不往，商與親暱酣飲極歡，及酒闌倡罷，續以《薤露》之歌，座中聞者皆為掩涕。太僕張種時亦在焉，會還，以事告舉，舉歎曰：此所謂哀樂失時，非其所也，殃將及乎。商至秋果薨。」有用之婚嫁者，如《風俗通》云：「時京師殯、婚、嘉會，皆作魁欙，酒酣之後，續以《輓歌》。魁欙，喪家之樂；《輓歌》，執紼相偶和之者。」按曹植有《元會》詩，而云「悲歌厲響，咀嚼清商」。所謂悲歌，當即輓歌，則知流風所及，至魏猶未泯。於此，亦可見二曲感人之深矣。

(4)《雞鳴》：(相和曲)

雞鳴高樹巔，狗吠深宮中。蕩子何所之？天下方太平。刑法非有貸，柔協正亂名。黃金為君門，璧玉為軒堂。上有雙樽酒，作使邯鄲倡。劉王碧青甓，後出郭門王。舍後有方池，池中雙鴛鴦。鴛鴦七十二，羅列自成行。鳴聲何啾啾，聞我殿東廂。兄弟四五人，皆為侍中郎。五日一時來，觀者滿路傍。黃金絡馬頭，

頴頴何煌煌。桃生露井上，李樹生桃傍。蟲來齧桃根，李樹代桃
　　僵。樹木身相代，兄弟還相忘！

按漢作多「緣事而發」，此詩必有所刺！云天下方太平者，微詞也。正
言若反。夫刑法非有所假貸，況正當此亂名之時乎？故戒蕩子以不可
輕犯法網。亂名者，謂善惡無別，尊卑無序，即下文所敘僭越諸事。
《爾雅·釋詁》：「協，服也。」柔協，猶柔服。《左傳》：「伐叛，刑也。
柔服，德也。」此蓋謂優柔姑息，為亂名之漸。《漢書·外戚列傳》：
趙昭儀「居昭陽舍，……切皆銅沓冒，黃金塗。壁帶往往為黃金釭，
函藍田璧，明珠翠羽飾之。」註云：「切，門限也。沓冒，其頭也。塗，
以黃金塗銅上也。壁帶，壁之橫木露出如帶者也。於壁帶之中，往往
以金為釭，若車釭之形也。其釭中着玉璧明珠翠羽耳。」是金門玉堂
唯皇家為能有之，非臣下所得僭用。劉王者，漢同姓諸侯王也。郭門
王，則郭門外之異姓諸侯王也。陳沆云：「漢制，非劉氏不得王。故
惟宗室王家，得殿砌青瑣，而僭效之者則郭門之王氏也。郭門，其所
居之地。鴛鴦七十二，伎妾之盛也。」按《漢書·武五子·昌邑哀王
賀傳》：「賀到霸上，旦至廣明東都門，(龔) 遂曰：『禮，奔喪，望見國
都哭，此長安東郭門也。』賀曰：『我嗌痛，不能哭。』至城門，遂復
言。賀曰：『城門與郭門等耳。』」是長安當西漢時，城門外別有郭門
也。陳氏以為所居之地，蓋得之。凡此，皆詩所謂「亂名」之事。

　　朱乾《樂府正義》云：「本言其僭侈，言外有尊本宗，抑外戚意，
此詩人微旨。」說甚有見。按西漢外戚，勢最猖獗，故《漢書·王商傳
贊》云：「自宣、元、成、哀，外戚興者，許、史、三王、丁、傅之家，
皆重侯累將，窮貴極富，見其位矣，未見其人也。」而就中尤以三王
之一，五侯家為最僭侈。《漢書·元後傳》：「河平 (成帝) 二年 (公元前 26
年)，上悉封舅譚為平阿侯，商成都侯，立紅陽侯，根曲陽侯，逢時高

平侯,五人同日受封,故世謂之五侯。」此事在當日,度必轟動天下,為世豔羨也。《傳》又云:「上幸商第,見穿城引水,意恨,內銜之,未言。後微行出,過曲陽侯第,又見園中土山漸台,似類白虎殿,於是上怒……乃使尚書責問司隸校尉、京兆尹:知成都侯商擅穿帝城,決引灃水,曲陽侯根驕奢僭上,赤墀青瑣、司隸、京兆,皆阿縱不舉奏正法。二人頓首省戶下。……是日,詔尚書奏文帝時誅將軍薄昭故事。商、立、根皆負斧質謝,上不忍誅。」此五侯之僭侈,固嘗觸天子之怒者。《傳》又云:「五侯群弟,爭為奢侈,賂遺珍寶,四面而至,後庭姬妾,各數十人,僮奴以千百數。羅鐘磬,舞鄭女,作倡優狗馬馳逐。大治第室,起土山漸台,洞門高廊閣道,連屬彌望。百姓歌之曰:『五侯初起,曲陽最怒。壞決高都,連竟外杜。土山漸台西白虎。』(註:皆仿效天子之制也)其奢侈如此!」此五侯之僭侈見於民歌者。又劉向《極諫外家封事》云:「今王氏一姓,乘朱輪華轂者二十三人,大將軍(王鳳)秉事用權,五侯驕奢僭盛,並作威福,尚書、九卿、州牧、郡守,皆出其門。歷上古至秦漢,外戚僭貴,未有如王氏者也。」此五侯之僭侈,見於宗室大臣之奏疏者。與詩所詠甚切合,疑即為五侯作也。

又王鳳於五侯,本屬同產,鳳卒後,以次當及平阿侯譚為大司馬,乃鳳以其不附己,因以死保從弟音以自代,致譚、音二人搆隙。其後,曲陽侯根復陰陷紅陽侯立,致立被遣就國,皆兄弟相忘之事也。要之此詩必有所刺,其所表現之時代,亦為一驕奢僭侈之時代,而求之兩漢,厥為五侯之事,適足以當之,則此篇固亦西漢末作品也。

(5)《烏生八九子》:

烏生八九子,端坐秦氏桂樹間。唶!我秦氏家有遨遊蕩子,工用睢陽彊,蘇合彈。左手持彊彈兩丸,出入烏東西。唶!我一丸即發中烏身,烏死魂魄飛揚上天。阿母生烏子時,乃在南山巖

石間。嗟！我人民安知烏子處？蹊徑窈窕安從通？白鹿乃在上林西苑中，射工尚復得白鹿脯。嗟！我黃鵠摩天極高飛，後宮尚復得烹煮之。鯉魚乃在洛水深淵中，釣竿尚得鯉魚口。嗟！我人民生，各各有壽命，死生何須復道前後！

句格蒼勁，迥異尋常。黃鵠二句，與《鐃歌》「黃鵠高飛離哉翻，關弓射鵠，令我主壽萬年」情事相同。又篇中言及上林苑，上林苑當景、武之世，多養白鹿狡兔，為遊獵之地，並足為作於西京（長安）之證。

此篇為寓言，極言禍福無形，主意只在末二句。《文選》李善註：「古《烏生八九子》歌曰：黃鵠摩天極高飛。」是作「嗟我」一讀。朱嘉徵云：「嗟音借，歎聲，一音謫。嘆、嗟，多辭句也。」陳祚明曰：「嗟字，讀嗟歎之音。」李子德曰：「嗟，託烏語以發之。白鹿、鯉魚不用嗟字，極有理。」是諸家又皆作嗟字一讀也。按《史記‧滑稽列傳》：「郭舍人疾言罵之曰：『咄！老女子何不疾行？陛下已壯矣！』」又《外戚世家》：「武帝下車泣曰：『嘻！大姊何藏之深也！』」又《漢書‧東方朔傳》，朔笑之曰：「咄！口無毛，聲謷謷，尻益高。」又《後漢‧光武紀》[1]：「後望氣者蘇伯阿為王莽使至南陽，望見舂陵郭，嘆曰：『氣佳哉！鬱鬱蔥蔥然。』」註云：「嗟，歎也。音子夜反。」則知漢人原有此種語法。作嗟字讀，似於義為長。我秦氏，我黃鵠，蓋烏與黃鵠自我也。此類漢樂府中多有之。如《豫章行》：「何意萬人巧，使我離根株。」則白楊自我也。《蜨蝶行》：「奈何卒逢三月養子燕，接我苜蓿間。」則蜨蝶自我也。《戰城南》：「為我謂烏，且為客豪。」則死者自我也。《白鵠行》：「吾欲銜汝去，口噤不能開。吾欲負汝去，毛羽何摧頹。」吾，亦白鵠自吾也。所謂「我人民」「我黃鵠」者，亦猶《漢

---

1 即《後漢書‧光武帝紀》。——編者註

書》:「我兒子,安敢望漢天子!」(《匈奴傳》) 又「我丈夫,一取單于耳」
(《李陵傳》) 之類。

《毛傳》:「善其事曰工。」彊,彊弩也。睢陽,古宋國地,漢為梁
所都,梁孝王嘗廣睢陽城七十里,其人夙善為弓,故云。蘇合,西域
香也。

(6)《董逃行》:(清調曲)

吾欲上謁從高山。山頭危險大難。遙望五嶽端,黃金為闕班
璘。但見芝草葉落紛紛。 (一解)

百鳥集來如煙。山獸紛綸麟辟邪。其端鵾雞聲鳴,但見山獸
援戲相拘攀。 (二解)

小復前行玉堂,未心懷流還。傳教出門:「來!門外人何求
所言?」「欲從聖道求得一命延!」(三解)

教敕凡吏受言:「採取神藥若木端。玉兔長跪擣藥蝦蟆丸。
奉上陛下一玉柈。服此藥可得神仙。」(四解)

服爾神藥莫不歡喜,陛下長生老壽。四面肅肅稽首。天神擁
護左右。陛下長與天相保守! (五解)

按別有《董逃歌》,為董卓時童謠,見《後漢書·五行志》,與此
無涉。吳旦生《歷代詩話》引《樂府原題》,謂《董逃行》作於漢武之
時,蓋武帝有求仙之興。董逃者,古仙人也。朱嘉徵亦謂此方士迂怪
語,使王人庶幾遇之,或武帝時使方士入海求三神山,為公孫卿輩所
作。按《史記·封禪書》:武帝時,李少君、欒大等以方術見,少君拜
文成將軍,欒大拜五利將軍,貴震天下。「而海上燕齊之間,莫不搤
腕而自言有禁方,能神仙矣。」篇中神藥若木,玉兔蝦蟆,即所謂禁
方、不死之藥也。

五嶽者,聞一多先生云:「《列子·湯問》篇曰:『渤海之東,其中

有五山焉，一曰岱輿，二曰員嶠，三曰方壺，四曰瀛洲，五曰蓬萊，其上臺觀皆金玉，其上禽獸皆純縞。五山之根，無所連著，帝乃命禺彊使臣[1]鰲十五舉首而戴之，五山始峙。而龍伯之國有大人，一釣而連六鰲，合負而趨歸其國，於是岱輿、員嶠二山流於北極，沉於大海。』疑五嶽初謂海上五山。此詩黃金為闕之語，與《列子》臺觀皆金玉，《史記》黃金銀為闕《封禪書》正合。《王子喬》古辭曰，東遊四海五嶽山，謂大海中之五山也。」（節錄）

《急就篇》：「射魃辟邪。」《韻會》：「辟邪，獸名。」按《漢書·西域傳》：「烏弋山離國有桃拔。」孟康註：「桃拔一名符拔。似鹿長尾。一角者或為天鹿，兩角者或為辟邪。」是此獸蓋出於西域。漢人往往篆刻其形於鐘旋、印鈕，或帶鉤。雖皇后首飾亦用之（見《後漢書·輿服志》）。隋時繪於軍旗。至唐則多繡於簾額，秦韜玉詩所謂「地衣鎮角香獅子，簾額侵鉤繡辟邪」者是也。五代以後，始無聞。前人多以「麟辟邪其端」為句，誤。其端，即指上五嶽端也。何求所言，倒語，猶云何所求言也。崑崙山有碧玉之堂，見《十洲記》。流還，猶遊旋，言行至玉堂，而求仙之意彌堅也。

李子德曰：「幻想直寫，樸淡參差，而音節殊遒，樂府之本也。」范大士曰：「短長錯綜間，真鳴金石而叶宮商。」然則即以作風論，亦允為西漢作品也。

(7)《平陵東》：

平陵東，松柏桐，不知何人劫義公。劫義公，在高堂上。交錢百萬兩走馬。兩走馬，亦誠難。顧見追吏心中惻。心中惻，血出漉。歸告我家賣黃犢！

---

1 「臣」應為「巨」。——編者註

崔豹《古今註》曰：「《平陵東》，漢翟義門人所作也。」《樂府古題要解》云：「義，丞相方進之少子，字文仲，為東郡太守，以莽篡漢，舉兵誅之，不克，見害。門人作歌以悲之也。」

按其事詳《漢書·翟方進傳》，茲節錄如下：「義為東郡太守數歲，平帝崩，王莽居攝，義心惡之。謂陳豐曰：吾幸得備宰相子，身守大郡，父子受漢厚恩，義當為國討賊。設令時命不成，死國埋名，猶可以不慚於先帝。於是舉兵，立劉信為天子，移檄郡國，郡國皆震，比至山陽，眾十餘萬。莽大懼，乃拜孫建為奮武將軍，凡七人，以擊義。攻圍義於圉城（在河南），破之。義與劉信，棄軍庸亡，至固始（在河南）界中，捕得義。屍磔陳都市。莽盡壞義第宅污池之，發父方進及先祖塚在汝南者，燒其棺柩，夷滅三族，誅及種嗣，至皆同坑以棘五毒并葬之。莽於是自謂大得天人之助，至其年十二月，遂即真矣。」此其本末也。《王莽傳》亦謂：「莽既滅翟義，自謂威德日盛，獲天人之助，遂謀即真之事矣。」然則義不死，莽不得篡漢也。

此篇之作，其當翟義兵敗被捕之時乎？《漢書·地理志》：「右扶風有平陵縣。」註云：「昭帝置，莽曰廣利。」在今西安市咸陽縣[1]西北。曰平陵東，松柏桐者，暗指莽居攝地也。《後漢書·郡國志》，長安下，註引《皇覽》云：「衛思後葬城東南桐松園，今千人聚是。」是知漢時長安固多植松柏梧桐也。不知何人者，不敢斥言，故云不知也。交錢百萬兩走馬，言如其可贖，則不惜以百萬巨資贖之，蓋漢法可以貨賄贖罪也。然義於新莽，實為大逆，罪在不赦，故曰亦誠難。顧見追吏，想像之詞，言營救者法當連坐，自身且將為吏追抓，正所謂誠難也。錢既不能贖，則唯有救之以力耳，故云歸告我家賣黃犢，

___
1 咸陽縣，即今咸陽市。——編者註

言欲賣牛買刀，以死救之也。觀末語，知此歌必出於民間。

　　作者作此詩時，殆尚不知義之已死，故猶存萬一之望。吳兢以為門人悲義之見害，後人不察，牽強為說，皆非詩意。按《後漢書·王昌傳》：「王昌一名郎。更始元年（公元 23 年）十二月，林（景帝七代孫）等遂立郎為天子。移檄州郡曰：『王莽竊位，獲罪於天。天命佑漢，故使東郡太守翟義，嚴鄉侯劉信，擁兵征討。普天率土，知朕隱在人間，朕仰觀天文，以今月壬辰即位趙宮，蓋聞為國，子之襲父，古今不易（郎詐稱為成帝子子輿）。劉聖公（劉玄）未知朕，故且持帝號，已詔聖公及翟太守䢴與功臣詣行在所。』郎以百姓思漢，既多言翟義不死，故詐稱之，以從人望。」（節引）考翟義被害，在居攝二年（公元 7 年）冬，下迄更始，凡十六年。據此，則當日翟義之死，民間或不遍知，故歷十餘年後，猶多有不死之傳說，因而王昌輩得以詐稱之。然義之忠義，其感人之深，結人之固，亦正可見。此詩所以有「義公」之目，與心惻血出，歸家賣犢諸語也。舊以為出義門人，正不必爾。嗚呼，樂府「緣事而發」之言，豈欺我哉！

　　西漢民間樂府，約如上述七篇。其《東光》一曲，詠漢武平南越事，然張永《元嘉伎錄》云：「《東光》，舊但有弦無音，宋識造其聲歌。」則此曲終當存疑也。

東漢民間樂府
── 論東漢樂府之采詩

　　西漢之有民間樂府，因其事見班書，故可無疑。東漢則樂府之設立，史無明文，藉令有之，其是否仍采用民謠，一如武帝故事，尤屬茫昧，此誠一先決問題也。就下舉諸事實觀之，則東漢初年，蓋已有

樂府，且仍必采詩也。

　　按《後漢書·祭遵傳》：「建武八年（公元32年）秋，復從車駕上隴。及（隗）囂破，帝（光武）東歸過汴，幸遵營，勞饗士卒，作黃門武樂，良夜乃罷。」又《光武紀》：「建武十三年（公元37年）三月，益州傳送公孫述瞽師、郊廟樂器、葆車輿輦，於是法物始備。」又《南匈奴傳》：「建武二十六年（公元50年），南單于奉奏詣闕，更乞和親，並請音樂。」又《祭祀志》：「隴蜀平後，乃增廣郊祀。……凡樂奏青陽、朱明、西皓、玄冥、及雲翹、育命舞。」（青陽四曲，在前《郊祀歌》內。）又崔豹《古今註》：「明帝為太子，樂人作歌詩四章，以讚太子之德，其一曰《日重光》，其二曰《月重輪》，其三曰《星重輝》，其四曰《海重潤》，漢末喪亂，其二章亡。」凡此，皆光武時事也。使無樂府之設立，恐不能至此。蔡邕《禮樂志》謂漢樂四品：一曰《大予樂》，二曰《周頌雅樂》，三曰《黃門鼓吹》，四曰《短簫鐃歌》。按明帝永平三年（公元60年）八月，改《大樂》曰《大予樂》。則知至明帝時，樂府且益形完備。又《安帝紀》：「永初元年（公元107年）九月，詔太僕少府減黃門鼓吹以補羽林士。」《漢官儀》曰：「黃門鼓吹，百四十五人。」是迄東漢中葉，且以樂府人員過剩為患矣。

　　至於當時樂府，仍必采詩，則亦有足取證者。兩漢政治，有共同之特點者一：即民意之重視是也。易言之，即歌謠之重視是也。如《漢書·韓延壽傳》：

　　　　（延壽）徙潁川，潁川多豪強難治。延壽欲教以禮讓，恐百姓
　　　不從，乃歷召郡中長老為鄉里所信向者，設酒具食，親與相對，
　　　接以禮意。人人問以謠俗，民所疾苦。（節引）

師古註：「謠俗，謂閭里歌謠，政教善惡也。」又《王尊傳》：

　　　　尊居部二歲，懷來徼外，蠻夷歸附其威信。博士鄭寬中，使

行風俗，舉奏尊治狀，遷為東平相。

又《谷永傳》：

> 永對曰：「臣願陛下立春遣使者循行風俗，宣佈聖德，存恤孤寡，問民所苦勞。」

所謂「使行風俗」「循行風俗」，蓋即古者「聽於民謠」之意，亦即延壽所云「人人問以謠俗」是也。而《王莽傳》亦云：

> 元始四年（公元4年）四月，遣大司徒司直陳崇等八人，分行天下，覽觀風俗。其秋（五年秋），風俗使者八人還，言天下風俗齊同，詐為郡國造歌謠，頌功德，凡三萬言。（節引）

事亦見《後漢書·譙玄傳》。此雖出於風俗使者之欺下罔上，假造民意，但亦足覘當時政治重視民意之風氣焉。惜此三萬言之假造歌謠，今皆不存，否則對於吾人研究詩體之流變者，必有不少裨益，以其內容雖為假造，而形式則必為當代民歌之形式也。

此種重視民謠之風氣，至東漢猶未稍歇，並實行以民謠為黜陟之標準。故范曄《後漢書·循吏列傳》敘云：「初，光武起於民間，頗達情偽。廣求民瘼，觀納風謠，故能內外匪懈，百姓寬息。然建武、永平之間，吏事刻深，亟以謠言單辭，轉易守長。」（節引）茲更舉其事之見於本紀及列傳者，節錄如下。

《順帝紀》：

> 漢安元年（公元142年）八月，遣侍中杜喬，光祿大夫周舉，守光祿大夫郭遵、馮羨、欒巴、張綱，周栩、劉班等八人，分行州郡，班宣風化，舉實臧否。

《周舉傳》：

> 時詔遣八使巡行風俗，皆選素有威名者，分行天下。其刺史二千石有臧罪顯明者，驛馬上之。墨綬以下，便輒收舉。其有

忠清惠利，為百姓所安，宜表異者，皆以狀上。於是八使同時俱
拜，天下號曰八俊。

《雷義傳》：

順帝時，使持節督郡國，行風俗，太守令長坐者凡七十人。

以上皆順帝時事。《劉陶傳》：

光和（靈帝）五年（公元182年），詔公卿以謠言舉刺史二千石為
民蠹害者。（註云：謠言，謂聽百姓風謠善惡，而黜陟之也。）時太尉許馘，
司空張濟，承望內官，宦者子弟賓客，雖貪污穢濁，皆不敢問；
而虛糾邊遠小郡清修有惠化者二十六人，吏人詣闕陳訴。耽（陳
耽）與議郎曹操上言：公卿所舉，率黨其私，所謂放鴟梟而囚鳳
凰[1]。其言忠切，帝以讓馘、濟。由是諸坐謠言徵者，悉拜議郎。」

《蔡邕傳》：

熹平六年（公元177年）制書引咎，詔群臣各陳政要所當施行。
邕上封事曰：夫司隸校尉，諸州刺史，所以督察奸枉，分別白黑
者也。伏見幽州刺史楊憙等，各有奉公疾奸之心，憙等所糾，其
效尤多。餘皆枉橈，不能稱職，公府台閣，亦復默然。五年制書，
議遣八使，又令三公謠言奏事。（《漢官儀》曰：三公聽采長史臧否，人
所疾苦，條奏之，是為舉謠言者也。）是時，奉公者欣然得志，邪枉者憂
悸失色。未詳斯議，所因寢息？今始聞善政，旋復變易，足令海
內，測度朝政。宜追定八使，糾舉非法。更選忠清，平章賞罰。

（節錄）

則知在光和五年前，當熹平之五年，已嘗有謠言奏事之議，但未實
行，故邕以為言。此皆靈帝時事也。而觀《季郃傳》：「和帝即位，分

1「鳳凰」應為「鸞鳳」。——編者註

遣使者，皆微服單行，各至州縣，觀采風謠。」則東漢采詩之舉，並遠在順帝以前，當和帝之世矣。今樂府有《雁門太守行》，其篇首云：「孝和帝在時，雒陽令王君」云云，亦足資推證。

夫既遣使者以行風俗，因謠言而為黜陟，則自必存錄，以為黜陟之張本，而樂工因采以入樂，此事理之當然者，前舉《雁門太守行》，即其明例也。由是可知，東漢一代，亦自有其民間樂府。所異者，采詩之目的，純為政治，不為音樂，與武帝時微有別耳。此誠兩漢政治上一大特色，亦即兩漢樂府高出後世之根本原因也。（按王符《潛夫論·明闇》篇：「夫田常囚簡公，踔齒懸湣王，二世亦既聞之矣，然猶復襲其敗跡者何也？過在於不納卿士之箴規，不受民氓之謠言，自以為賢於簡、湣，聰於二臣也。」認為秦二世之滅亡，過在「不受民謠」，「自絕於民」，此亦當時重視民謠之反映。）

漢樂府之時代，本多不可考，茲所謂東漢民間樂府者，實亦難必其皆東漢作也。茲為取便觀覽，且以明一代社會之概況，特就其性質，析為幻想、說理、抒情、敘事四類，敘之於後。

（一）幻想之類

所謂幻想，蓋指諸言遊仙之作。按《後漢書·方術傳》敘：「漢自武帝頗好方術，天下懷協道藝之士，莫不負策抵掌，順風而屆焉。後王莽矯用符命，光武尤信讖言，自是習為內學。尚奇文，貴異數，不乏於時也。」夫上有好者，下必甚焉，此漢樂府所以多神仙迂怪之文也。

(1)《長歌行》：（相和平調曲）

仙人騎白鹿，髮短耳何長！導我上太華，攬芝獲赤幢。來到主人門，奉藥一玉箱：「主人服此藥，身體日康強。髮白復更黑，延年壽命長。」

王逸《楚辭》註:「攬,采也。」《方言》:「翮,幢,翳也。楚曰翮。關東關西曰幢。」起二語殊有奇趣,所謂「彌幻彌真」。

(2)《王子喬》:(相和吟歎曲)

　　　王子喬,參駕白鹿雲中遨。參駕白鹿雲中遨。下遊來,王子喬,參駕白鹿上至雲戲遊遨。上建逋陰廣里踐近高。結仙宮,過謁三台。東遊四海五嶽,上過蓬萊紫雲台。三王五帝不足令,令我聖明應太平。養民若子事父明。當究天祿永康寧。玉女羅坐吹笛簫嗟行。聖人遊八極[1],鳴吐銜福翔殿側。聖主享萬年,悲吟皇帝延壽命。

王子喬,周靈王太子晉。好吹笙作鳳鳴,遊伊洛間,道人浮丘公接以上嵩高山。時人為立祠緱氏山下及嵩高之首(見劉向《列仙傳》)。吳旦生謂:王喬有三人:一為王子晉,二為葉令王喬,三為柏人令王喬,皆神仙也(《歷代詩話》卷二十四)。《樂府正義》:「建,立也。逋陰未詳其地,廣里見王隱《晉書》。」按當指立祠之處。高,謂嵩高。《白虎通》:「中央之嶽,獨加高字者何?中央居西方之中,可高,故曰嵩高。」又《搜神後記》:「嵩高山北有大穴,莫測其深。」亦嵩高連文。踐近高者,謂近於嵩高可履踐也。究,盡也。劉熙《釋名》云:「嗟,佐也。言之不足以盡意,故發此聲以自佐也。」蓋謂玉女吹簫笛以佐行耳。聖人,指王子喬。鳴吐句,頌詞。如宣帝時鳳凰神雀降集京師之類。此篇,《樂府正義》以為武帝時作,王子喬蓋比戾太子,恐不足信。

(3)《步出夏門行》:(相和瑟調曲)

　　　邪逕[2]過空廬,好人嘗獨居。卒得神仙道,上與天相扶。過

---

1 此處應為:「玉女羅坐吹笛簫。嗟行聖人遊八極……」——編者註

2 逕,今作「徑」。——編者註

謁王父母，乃在太山隅。離天四五里，道逢赤松俱。攬轡為我御，將吾天上遊。天上何所有？歷歷種白榆。桂樹夾道生，青龍對伏趺。

按《後漢書‧百官志》載：洛陽城十二門，有夏門。此篇題曰《步出夏門行》，當係東漢作也。王父母，謂東王公、西王母。白榆，桂樹，青龍，雙關星名。陳祚明曰：「好人必有所指。廖廖空廬，獨居其中，此高士也，何以為娛。富貴不足縈念，故期以神仙也。『卒得』字妙，與《善哉行》『要道不煩』同旨。極言其易。與天相扶，語奇！東父西母，乃在太山，荒唐可笑。天何可里計？乃言四五里，見得極近，最荒唐語，寫若最真確，故佳。」按此類，漢樂府中多有之，尤以言神仙諸作為然。往往參互舛錯，不可究詰，與諸傳記不符，正不必一一求其適合。妄言之，妄聽之，斯為得之。陳氏所謂荒唐，實亦即所謂詼諧。此種詼諧性，乃漢樂府一大特色，不獨此一篇然也。

　　(4)《善哉行》：(相和瑟調曲)

來日大難，口燥唇乾。今日相樂，皆當喜歡。(一解)

經歷名山，芝草翻翻。仙人王喬，奉藥一丸。(二解)

自惜袖短，內手知寒。慚無靈輒，以報趙宣！(三解)

月沒參橫，北斗闌干。親交在門，飢不及餐。(四解)

歡日尚少，戚日苦多。以何忘憂？彈箏酒歌。(五解)

淮南八公，要道不煩。參駕六龍，遊戲雲端。(六解)

遊仙思想發生之原因有二：一為希圖不死，如秦皇、漢武是也；一為逃避現實，如屈原《遠遊》所謂「悲時俗之迫阨，願輕舉而遠遊」是也。此篇情緒雜遝[1]，忽而求仙，忽而報恩，忽而恤貧交，自悲自解，無倫

---

1 遝，今多作「沓」。——編者註

無序，然其中自有一段憤懣，蓋《遠游》之類。

《左傳》宣公二年傳：「晉侯飲趙盾酒，伏甲將攻之。初，宣子(盾卒諡宣子)田於首山，舍於翳桑，見靈輒餓，問其病，曰：『不食三日矣。』食之。既而為公介，倒戟以禦公徒而免之。問何故，對曰：『翳桑之餓人也。』問其名居，不告而退，遂自亡也。」《淮南子》：淮南王(劉)安養士數千人，中有高才八人為八公。大難，猶大樂、大佳之類，蓋漢人語。內，同納。闌干，橫斜貌。

(二) 說理之類

此類多言處世避難，安身立命之道。大抵不出儒道兩家思想。其為道家思想者，多屬寓言體，頗具神仙度世之點化作用。其為儒家思想者，則率含教訓意味。然要皆有深切濃厚之感情為之背景，故亦不同於子書箴銘焉。

(1)《君子行》：(相和平調曲)

> 君子防未然，不處嫌疑間：瓜田不納履，李下不正冠。嫂叔不親授，長幼不並肩。勞謙得其柄，和光甚獨難。周公下白屋，吐哺不及餐。一沐三握髮，後世稱其賢。

純為儒家思想。《周易》：「勞謙君子有終吉。」又曰：「謙，德之柄也。」《老子》：「和其光，同其塵。」和光謂令名高位與人同之。而能如此者甚難也。二句言避嫌之道。末舉周公以實之。陳祚明曰：「瓜田李下句，當其創造時，豈不新警！」邱光庭云：「諸經無納履之語，按《曲禮》：俯而納履。正義曰：俯，低頭也。納，猶着也。低頭着屨，則似取瓜，故為人所疑也。履無帶，着時不必低頭，故知履當屨，傳寫誤也。」《漢書·蕭望之傳》：「恐非周公相成王，躬吐握之禮，致白屋之意。」師古註：「周公攝政，一沐三握髮，一飯三吐餔，以致天下

之士。白屋，謂白蓋之屋，以茅覆之，賤人所居。」

（2）《長歌行》：（平調曲）

　　青青園中葵，朝露待日晞。陽春布德澤，萬物生光輝。常恐秋節至，焜黃華葉衰。百川東到海，何日復西歸？少壯不努力，老大徒傷悲！

按此篇亦見文選。感物興懷，臨流歎逝，理語亦情語也。焜黃，色衰貌。

（3）《猛虎行》：（平調曲）

　　飢不從猛虎食！暮不從野雀棲！「野雀安無巢？遊子為誰驕？」

朱徵嘉[1]曰：「猛虎行，謹於立身也。」杜詩云：「紈綺不餓死，儒冠多誤身。」又云：「禮樂攻吾短。」蓋士君子潔身自愛，見得思義，勢必至此。末二語，託為野雀反唇相譏之詞。猶言我野雀豈無巢哉？若爾天涯遊子，則真無家矣，尚驕誰乎？驕字根上「不從」字來。要知世間，乃多此種俗物。

（4）《豔歌行》：（瑟調曲）

　　南山石嵬嵬，松柏何離離。上枝拂青雲，中心十數圍。洛陽發中梁，松柏竊自悲。斧鋸截是松，松樹東西摧，持作四輪車，載至洛陽宮。觀者莫不歎，問是何山材？誰能刻鏤此，公輸與魯船。被之用丹漆，薰用蘇合香。本自南山松，今為宮殿梁！

（5）《豫章行》：（清調曲）

　　白楊初生時，乃在豫章山。上葉摩青雲，下根通黃泉。涼秋八九月，山客持斧斤。我□何皎皎，梯落□□□。根株已斷絕，

---

1 應為「朱嘉徵」。——編者註

顛倒岩石間。大匠持斧繩，鋸墨齊兩端。一驅四五里，枝葉自相
捐。□□□□□，會為丹船燔。身在洛陽宮，根在豫章山。多謝
枝與葉，何時復相連？吾生百年□，自□□□俱。何意萬人巧，
使我離根株。

以上兩篇皆表現道家思想者。即《莊子》「山木自寇」意，但更不道破，
令讀者自悟。夫以南山之松，得為宮殿之梁，此乃儒家之所榮，亦正
道家之所悲。蓋道家崇尚清靜，貴全天年，故以不才為大才，以無用
為大用也。李子德曰：「如對三代鼎彝，見其殘缺寇，令人撫之有餘
思也。」信然。

(6)《枯魚過河泣》：（雜曲歌辭）

　　枯魚過河泣，何時悔復及？作書與魴鱮，相教慎出入！

此亦離言警世之作。張嘉蔭[1]《古詩賞析》云：「此罹禍者規友之詩。出
入不謹，後悔何及？卻現枯魚身而為説法。」李子德曰：「枯魚何泣？
然非枯魚，則何知泣也？！」

　　按《後漢書·陳留老父傳》：「桓帝世黨錮事起，守外黃令陳留張
升，去官歸鄉里，道逢友人，共班草而言。升曰：吾聞趙殺鳴犢，孔
子臨河而返，覆巢竭淵，龍鳳逝而不至。今宦豎日亂，陷害忠良，賢
人君子，其去朝乎？夫德之不建，人之無援，將性命之不免，奈何？
因相抱而泣。老父趨而過之曰：吁！二大夫何泣之悲也。夫龍不隱
鱗，鳳不藏羽。網羅高懸，去將安所？雖泣，何及乎？」諸寓言之作，
其當桓、靈之日，黨錮之世乎？要其為亂世之音，固無可疑者。

---

1 應為「張蔭嘉」。——編者註

（三）抒情之類

《文心雕龍》云：「吐納英華，莫非情性。」凡在詩歌，本皆摯情之結晶，而此獨以情標類者，亦權其輕重，為便利計耳，無所過執可也。

(1)《怨詩行》：（楚調曲）

> 天德悠且長，人命一何促。百年未幾時，奄若風吹燭。嘉賓難再遇，人命不可續。齊度遊四方，各繫太山錄。人間樂未央，忽然歸東嶽。當須蕩中情，遊心恣所欲！

舊說岱宗上有金篋玉策，能知人年壽修短。《爾雅》：「泰山為東嶽。」《博物志》：「泰山主召人魂。」

(2)《西門行》：（瑟調曲）

> 出西門，步念之：今日不作樂，當待何時？（一解）
>
> 夫為樂，為樂當及時。何能坐愁怫鬱，當復待來茲！（二解）
>
> 飲醇酒，炙肥牛。請呼心所歡，可用解愁憂。（三解）
>
> 人生不滿百，常懷千歲憂。晝短苦夜長，何不秉燭遊？（四解）
>
> 自非仙人王子喬，計會壽命難與期！自非仙人王子喬，計會壽命難與期！（五解）
>
> 人壽非金石，年命安可期？貪財愛惜費，但為後世嗤！
>
> （六解）

此篇為晉樂所奏，漢「本辭」稍異。晉人每增加本詞，寫令極暢，或漢、晉樂律不同，故不能不有所增改。步念之者，謂步步念之也，蓋重言而用一字。如《雞鳴曲》：「池中雙鴛鴦。」謂雙雙也；《董逃行》：「其端鶤雞聲鳴。」亦謂聲聲也，皆其例。《呂氏春秋》：「今茲美禾，來茲美麥。」高誘註：「茲，年也。」上二作，皆死生之感。

(3)《悲歌》：（雜曲歌辭）

悲歌可以當泣，遠望可以當歸。思念故鄉，鬱鬱纍纍。欲歸家無人，欲渡河無船。心思不能言，腸中車輪轉。

按《文選》李善註引《古樂府詩》曰：「還望故鄉鬱何纍。」文句稍異。鬱鬱纍纍，謂墳墓也。漢詩用比，皆極新穎得當，如言人命短促，則云「奄若風吹燭」「奄忽若飆塵」「命如鑿石見火」；言時光之一去不回，則云「百川東到海，何時復西歸」；言君子之不處嫌疑，則云「瓜田不納履，李下不正冠」；譏兄弟之不相愛，則云「蟲來嚙桃根，李樹代桃僵」；此篇車輪之喻亦然。

(4)《古歌》：

秋風蕭蕭愁殺人。出亦愁，入亦愁。座中何人誰不懷憂？令我白頭！胡地多飆風，樹木何修修。離家日趨遠，衣帶日趨緩。

心思不能言，腸中車輪轉。

按此歌郭茂倩《樂府詩集》，左克明《古樂府》並不載。然其本身即為一含有音樂性之文字，觀末二句與《悲歌》悉同，亦足證其出於樂府也。沈德潛曰：「蒼莽而來，飄風急雨，不可遏抑。」良然！以上二篇皆寫遊子天涯之感者，古時交通不便，行路艱難，真有如所謂「一息不相知，何況異鄉別」者。初不如吾人今日之瞬息千里，迅速安全，故古人於離別一事，乃甚多血淚之作。此則時代環境有以左右吾人之情感者也。

在漢樂府抒情一類中，最可注意者，厥為描寫夫婦情愛一類作品。南朝清商曲，多男女相悅及女性美之刻畫，漢時則絕少此種。蓋兩漢實為儒家思想之一尊時期，其男女之間，多能以禮義為情感之節文。讀上《君子行》亦可見。故其所表現之女性，大率溫厚貞莊，與南朝妖冶嬌羞，北朝之決絕剛勁者，歧然不同。如云「他家但願富貴，賤妾與君共餔糜。」如云「若生當相見，亡者會黃泉。」如云「願得一

心人，白頭不相離。」「使君自有婦，羅敷自有夫」之類，皆忠厚之至也。故即就此點以觀，《孔雀東南飛》亦絕不能作於六朝。無他，風格太不類耳！

（5）《公無渡河》：（瑟調曲）

公無渡河，公竟渡河。墮河而死，當奈公何！

按此曲《樂府詩集》附於《相和六引·箜篌引》下，《古樂府》及《漢魏詩乘》，又直以為《箜篌引》。按《古今樂錄》云：「今三調中自有《公無渡河》，其聲哀切，故入瑟調。」然則非《箜篌引》明矣。崔豹《古今註》云：「《箜篌引》者，朝鮮津卒霍里子高妻麗玉所作也。子高晨起刺船，有一白首狂夫，被髮提壺，亂流而渡，其妻隨而止之，不及，遂墮河而死。於是援箜篌而歌曰云云。聲甚淒愴，曲終亦投河而死。子高還，以語麗玉，麗玉傷之，乃引箜篌而寫其聲，名曰《箜篌引》。則《箜篌引》乃感此曲而作，此曲實《箜篌引》所託始，非《箜篌引》甚明。《古今樂錄》謂「其聲哀切」，今其聲雖不可得而聞，而讀其詞猶覺有餘悲焉。此篇與後《孔雀東南飛》同為寫夫婦殉情之作，雖修短懸殊，其於感人一也。魏晉以下，無聞焉爾。

（6）《東門行》：（瑟調曲）

出東門，不顧歸。來入門，悵欲悲。盎中無斗米儲，還視架上無懸衣。拔劍東去，舍中兒母牽衣啼：「他家但願富貴，賤妾與君共餔糜。上用倉浪天，故下當用此黃口小兒！」「今非咄行，吾去為遲。白髮時下難久居！」

《東門行》有兩篇，一為晉樂所奏，即所謂「古詞」（文字頗有增改），一為漢樂府原作，即所謂「本詞」（本詞之名，首見唐吳兢《樂府古題要解》，宋郭茂倩《樂府詩集》因之），此處所錄，乃未經晉樂修改之「本詞」。不曰攜劍、帶劍，而曰「拔劍」，其人其事，皆可想見。飢寒切身，舉家待斃，忍

無可忍，故鋌而走險耳。「他家」數語，妻勸阻其夫之詞。用，為也。古人迷信，謂天能禍福人，而殺人者必且報及後嗣，故又以父子之情動其夫。黃口，雛鳥，此指小兒。《淮南子》：「古之伐國，不殺黃口。」他家、我家、是家，皆漢人語也。明陸深《春風堂隨筆》：「王忠肅公翱字九皋，鹽山人，為太宰時，每呼二侍郎崔家、嚴家，今相傳以公為樸直。此字亦有所本，蓋尊敬之詞。漢稱天子曰官家，石曼卿呼韓魏公為韓家。若今人則為輕鮮之詞矣。」按漢時稱天子但曰「是家」，尚無稱「官家」者。《漢書·外戚傳》：「是家輕族人，得無不敢乎？」謂成帝也。然當時稱「家」，確含尊意。「今非」以下，夫答妻之詞。言今非咄嗟之間行，則吾去為已遲。應上「牽衣啼」。《爾雅》：「下，落也。」

(7)《豔歌何嘗行》：(瑟調曲)

　　飛來雙白鵠，乃從西北來。十十五五，羅列成行。(一解)
　　妻卒被病行，不能相隨。五里一反顧，六里一徘徊。(二解)
　　吾欲銜汝去，口噤不能開。吾欲負汝去，毛羽何摧頹。(三解)
　　樂哉新相知，憂來生別離。躇躊顧群侶，淚下不自知。(四解)
　　「念與君離別，氣結不能言。各各重自愛，遠道歸還難。妾當守空房，閉門下重關。若生當相見，亡者會黃泉！」今日樂相樂，延年萬歲期。

此篇亦載《宋書·樂志·大曲》。沈約云：「念與下為趨，曲前有豔。(郭茂倩曰：「諸調曲皆有辭有聲，而大曲又有豔，有趨有亂。辭者，其歌詩也。聲者，若羊吾夷伊那何之類也。豔在曲之前，趨與亂在曲之後。亦猶《吳聲》《西曲》前有和，後有送也。」) 按「念與」數語，為妻答夫之詞。劉履《選詩補註》謂此曲為新婚遠別之作。朱乾亦云：「此為夫婦相離別之詞。妻字指白鵠，硬下得妙。」想當然也。漢魏樂府，結尾多作祝頌語，往往與上文略不

相屬，此蓋為當時聽樂者設，與古詩不同，不可連上文串講也。

(8)《豔歌行》：(瑟調曲)

> 翩翩堂前燕，冬藏夏來見。兄弟兩三人，流宕在他縣。故衣
> 誰當補？新衣誰當綻？賴得賢主人，覽取為吾組。夫婿從門來，
> 斜柯西北眄。——「語卿且勿眄，水清石自見！」「石見何纍纍，
> 遠行不如歸！」

此蓋夫疑其妻之作。末四語對話，口角甚肖。李子德曰：「石見何纍
纍，承之曰遠行不如歸，接法高絕。非遠行何以有補衣之事？故觸事
思歸耳。」按：末二語，當是夫婿反脣相譏之詞，有逐客之意。斜柯
句神態如繪，黃晦聞先生曰：「案梁簡文《遙望》詩『斜柯插玉簪』，畢
曜《情人玉清歌》『善踏斜柯能獨立』，段成式《聯句》『斜柯欲近人』，
則斜柯原是古語，當為欹斜之意。」按孟棨《本事詩》載崔護郊遊尋
春事，有女子「獨倚小桃斜柯佇立，而意屬殊厚」之文，此斜柯似兼
有斜視之意。覽通作攬，說文：「攬，撮持也。」廣韻：「組，補縫。」

(9)《白頭吟》：(楚調曲)

> 皚如山上雪，皎若雲間月。聞君有兩意，故來相決絕。今日
> 斗酒會，明旦溝水頭。蹀躞御溝上，溝水東西流。淒淒復淒淒，
> 嫁娶不須啼。願得一心人，白頭不相離。竹竿何嫋嫋，魚尾何簁
> 簁。男兒重意氣，何用錢刀為！

此篇舊多誤以為卓文君作。陳沆云：「《玉台新詠》載此篇，題作《皚
如山上雪》，不云《白頭吟》，亦不云何人作也。《宋書·大曲》有《白
頭吟》，作古辭。《御覽》《樂府詩集》同之，亦無文君作《白頭吟》之
說。自《西京雜記》始附會文君，然亦不著其辭，未嘗以此詩當之。
及宋黃鶴註杜詩，混合為一，後人相沿，遂為妒婦之什，全乖風人之
旨。且兩意決絕，溝水東西，文君之於長卿，何至是乎？蓋棄友逐婦

之詩，非小星逮下之刺。願得一心人，白頭不相離，忠厚之至也。男兒重意氣，何用錢刀為，慷慨之思也。勿以嫉妒誣風人焉。」

《禮記》：「孔子曰：嫁女之家，三夜不息燭，思相離也。取婦之家，三日不舉樂，思嗣親也。」以此推之，則古時女子出嫁，亦必悲啼，所謂「嫁娶不須啼」者，實即嫁時不須啼耳。張蔭嘉曰：「淒淒二句從他人嫁娶時憑空指點，以為婦人有同一之願。不從己身說，而己身已在里許。」裊裊，弱貌。簁簁，魚尾長貌。二句謂釣者以竹竿得魚，猶之男子以意氣而得婦，結合之間，初不在金錢也。「溝水東西流」，象徵夫妻之離散。古人云：「天生江水向東流。」而溝水則不必然，故隋庾抱詩云：「人世多飄忽，溝水易西東。」

(10)《陌上桑》：(相和曲)

　　日出東南隅，照我秦氏樓。秦氏有好女，自名為羅敷。羅敷憙蠶桑，採桑城南隅。青絲為籠繩，桂枝為籠鈎。頭上倭墮髻，耳中明月珠，緗綺為下裙，紫綺為上襦。行者見羅敷，下擔捋髭鬚。少年見羅敷，脫帽著帩頭。耕者忘其犁，鋤者忘其鋤。來歸相怨怒，但坐觀羅敷。 (一解)

　　使君從南來，五馬立踟躕。使君遣吏往：「問是誰家姝！」「秦氏有好女，自名為羅敷。」「羅敷年幾何？」「二十尚不足，十五頗有餘。」使君謝羅敷：「寧可共載否？」羅敷前置詞：「使君一何愚！使君自有婦，羅敷自有夫。」(二解)

「東方千餘騎，夫婿居上頭。何以識夫婿，白馬從驪駒。青絲繫馬尾，黃金絡馬頭。腰間鹿盧劍，可直千萬餘。十五府小吏，二十朝大夫；三十侍中郎，四十專城居。為人潔白皙，鬖鬖頗有鬚。盈盈公府步，冉冉府中趨。坐中數千人，皆言夫婿殊。」(三解)

漢時太守、刺史有「行縣」之制，名曰「勸課農桑」，實多擾民，

此詩即其證也。詩中寫羅敷之美，分兩層，首從正面描摹，亦止言其服飾之盛。次從旁面烘托，此法最為新奇！然亦正以行者、少年、耕者、鋤者逗起下文使君。見得「雅俗共賞」，有如孟子所謂「不知子都之美者無目者也」意。唐權德輿《敷水驛》詩：「空見水名敷，秦樓昔事無。臨風駐征騎，聊復捋髭鬚。」數百年後猶能使人如此神往，足見此詩之藝術魅力。末段為羅敷答詞，當作海市蜃樓觀，不可泥定看殺！以二十尚不足之羅敷，而自云其夫已四十，知必無是事也。作者之意，只在令羅敷説得高興，則使君自然聽得掃興，更不必嚴詞拒絕。（請參閱拙作《漢樂府的詼諧性》。）

　　倭墮髻即墮馬髻，見《後漢書‧梁統傳》。《風俗通》：「墮馬髻者，側在一邊。始自梁冀家所為，京師翕然皆放效[1]。」《古今註》：「墮馬髻，今(指晉)無復作者。倭墮髻，一云墮馬之餘形也。」按溫庭筠《南歌子》：「倭墮低梳髻。」是唐時猶有為之者。帩頭一作綃頭，《釋名》：「綃頭，綃，鈔也。鈔髮使上從也。」沈德潛曰：「坐，緣也。歸家怨怒，緣觀羅敷之故也。」《漢書‧雋不疑傳》晉灼註：「古長劍首以玉作井鹿盧[2]形。」古諸侯五馬，漢太守甚重，比諸侯，故用五馬。《漢書‧酷吏‧寧成傳》：「〔成〕稱曰：仕不至二千石，賈不至千萬，安可比人乎？」今羅敷所以盛誇其夫婿者，亦至太守而極，蓋一時觀念然也。漢人似頗以有鬚為美觀，如《漢書‧霍光傳》：「光長才七尺三寸，白皙，疏眉目，美鬚髯。」又《後漢書‧光武紀》：「光武身七尺三寸，美鬚眉。與李通等起於宛，時年二十八。」又《馬援傳》：「〔援〕為人明鬚髮，眉目如畫。」皆其證。

---

1 放效即仿傚。——編者註

2 鹿盧：轆轤，即指轆轤劍。——編者註

　　盈盈冉冉，並行遲貌，二句一意，重言以成章耳。案漢世男女，
皆各有步法。《梁冀傳》謂冀妻能作「折腰步」，又《孔雀東南飛》云：
「纖纖作細步，精妙世無雙。」此漢代女子步法之可考見者。《後漢書·
馬援傳》：「勃（朱勃）衣方領，能矩步。」註云：「頸下施衿，領正方，
學者之服也。矩步者，迴旋皆中規矩。」服既為學者之服，則「矩步」
當亦學者之步，與此詩所謂「公府步」者必自不同。此漢士大夫步法
之可考見者。度其間方寸疾徐之節，必各有不同及難能之處，故彼傳
特表而出之，而此詩亦以為言也。聞一多先生云：「案古禮，尊貴者
行遲，卑賤者行速，孫堪以縣令謁府，而趨步遲緩，有近越禮，故遭
譴斥（見《後漢書·儒林·周澤傳》）。太守位尊，自當舉趾舒泰，節度遲緩。
此所謂公府步府中趨，猶今人言官步矣。」則是官步中，又有尊卑之
別焉。（按《陌上桑》，實為我國五言詩歌發展史上之明珠，後世大詩人如曹植、杜甫、
白居易等莫不為之醉心傾倒。曹《美女篇》「行徒用息駕，休者以忘餐」，顯係從此脫胎。
曹乃建安作者，則此篇產生時代之早，固約略可見，其早於《孔雀東南飛》，則可斷言耳。）

（四）敘事之類

　　漢樂府本多「緣事而發」（上述三類中亦多如此），故此類特多佳製，於
當時民情風俗，政教得失，皆深有足徵焉。樂府不同於古詩者，此亦
其一端。蓋古詩多言情，為主觀的，個人的；而樂府多敘事，為客觀
的，社會的也。

　　(1)《雁門太守行》：(瑟調曲)

　　　　孝和帝在時，洛陽令王君。本自益州廣漢蜀民。少行宦，學
　　通五經論。（一解）

　　　　明知法令，歷世衣冠。從溫補洛陽令，治行致賢。擁護百
　　姓，子養萬民。（二解）

外行猛政，內懷慈仁。文武備具，料民富貧。移惡子姓，篇著里端。（三解）

傷殺人，比伍同罪對門。禁鑿矛八尺，捕輕薄少年。加笞決罪，詣馬市論。（四解）

無妄發賦，念在理冤。敕吏正獄，不得苛煩。財用錢三十，買繩禮竿。（五解）

賢哉賢哉，我縣王君。臣吏衣冠，奉事皇帝。功曹主簿，皆得其人。（六解）

臨部居職，不敢行恩。清身苦體，夙夜勞勤。治有能名，遠近所聞。（七解）

天年不遂，早就奄昏。為君作詞，安陽亭西，欲令後世，莫不稱傳。（八解）

東漢民間樂府之有確實時代可考者，只此一篇。按《後漢書·王渙傳》：「渙字稚子，廣漢郪人也。少好俠，晚改節敦儒學，州舉茂才，除溫令，在溫三年。永元（和帝）十五年（公元 103 年）為洛陽令，以平正居身，得寬猛之宜。又能以讖數擿發奸伏，京師稱歎，以為渙有神算。元興元年病卒。民思其德，為立祠安陽亭西，每食輒弦歌而薦之。延熹中，桓帝事黃老道，悉毀諸房祀，唯特詔密縣存故太傅卓茂廟，洛陽留王渙祠焉。」（節錄）蓋即此篇所詠。按和帝永元十七年（公元 105 年）四月改元元興，是年十二月帝崩，渙卒於元興初，而此詩首云「孝和帝在時」，則是當作於殤帝延平（公元 106 年）後也。

《後漢書·百官志》：「縣萬戶以上為令，不滿為長。」東漢都洛陽，為河南尹所治，故得為令。致與至通，致賢猶至賢。料民貧富，猶《百官志》所謂「知民貧富，為賦多少。」移惡二句，按《宋書·樂志》及《渙傳》註引此詩均作「移惡子姓名五篇著里端」。多出「名五」

二字,此從《樂府詩集》刪去。移謂移書,猶今言「行文」。《漢書·尹賞傳》:「使鄉吏、亭長、里正、父老、伍人,雜舉少年惡子。」師古註:「惡子,不承父母教命者。」按惡子即違法亂紀之壞人,其在少年,即一般所謂「惡少」,在舊社會,此種惡少,大都市最多。《説文》:「關西謂榜曰篇。」篇著,猶言榜示、揭示。《後漢書·循吏·王景傳》:「景又訓令蠶織,為作法制,皆著於鄉亭。是其證。里謂鄉里,東漢里有里魁,掌一里百家。(見《百官志》。)端者,里中顯目之處。所以如此者,欲使四方明知其為惡人以示戒也。《百官志》云:「民有什伍,善惡相告。什主十家,伍主五家,以相檢察。」《周禮·地官》:「五家為比,使之相保。」是比亦五家也。蓋謂凡傷殺人者比伍與對門皆同坐也。《東觀記》曰:「馬市正,數從賣羹飯家乞貸,不得,輒毆罵之至忿。渙聞知事實,便諷吏解遣。」財與才通。《漢書·宣帝紀》:「詔池御未御幸者,假與貧民。」註:「折竹以繩綿連禁御,使人不得往來,律名為御。」此亦謂假與貧民田,才用錢三十,便可買繩理竹以治其地也。禮,理也。按以上諸事,傳多失載,此樂府有以補史之闕文者。

(2)《隴西行》:(瑟調曲)

  天上何所有?歷歷種白榆。桂樹夾道生,青龍對道隅。鳳凰鳴啾啾,一母將九雛。顧視世間人,為樂甚獨殊!好婦出迎客,顏色正敷愉。伸腰再拜跪,問客平安否。請客北堂上,坐客氈氍毹。青白各異樽,酒上正華疏。酌酒持與客,客言主人持。卻略再拜跪,然後持一杯。談笑未及竟,左顧敕中廚。促令辦粗飯,慎莫使稽留!廢禮送客出,盈盈府中趨。送客亦不遠,足不過門樞。取婦得如此,齊姜亦不如。健婦持門戶,亦勝一丈夫!

張蔭嘉曰:「此羨健婦能持門戶之詩。舊解皆云中含諷意,蓋因婦人

宜處深閨，不應自應賓客也。然玩詩意，以鳳凰和鳴，一母九雛興起，則此好婦之無夫無子，自可想見。門戶既藉以持，賓客胡能不待？篇中絕無含刺之痕。起八句言天上物物成雙，鳳凰和鳴，惟有將雛之樂，以反興世間好婦，不幸無夫無子，自出待客之不得已來。似與下文氣不屬，卻與下意境有關。」張氏以此為羨健婦能持門戶之作是矣。唯又謂此健婦為無夫之寡婦，則尚有可議。按《漢書‧陳遵傳》：「初，遵為河南太守，而弟為荊州牧，當之官，過長安富人故洛陽王外家左氏，飲食作樂。後司直陳崇聞之，劾奏遵兄弟曰：始遵初除，乘藩車，入閭巷，過寡婦左阿君，置酒歌謳，遵起舞跳梁，頓仆坐上，暮因留宿。遵知禮不入寡婦之門，而湛灑淫涪，亂男女之別，臣請俱免。」（節錄）觀此，可知漢時習俗。既云禮不入寡婦之門，則為寡婦者亦自不應置酒待客。信如張氏之說，則此婦不得稱好婦，而此客之來，亦如陳遵兄弟先為失禮矣。好婦之夫，自可行役在外，似不必定解作「無夫」也。

　　按《漢書‧藝文志》有《燕代謳、雁門、雲中、隴西歌詩》九篇之目，此篇題為《隴西行》，而其所表現之女性，亦復豪健有丈夫氣，與其他諸篇，如《東門行》《豔歌行》《白頭吟》等之第為文弱者迥異，當即所采《隴西歌詩》也。至其所以特異之故，則由於地氣與環境之關係。班固嘗兩著其說，《漢書‧地理志》云：「凡民函五常之性，而其剛柔緩急，音聲不同，繫水土之風氣，故謂之風。好惡取捨，動靜無常，隨君上之情欲，故謂之俗。秦地天水、隴西，山多林木，民以板為室屋，及安定、北地、上郡、西河，皆迫近戎狄，修習戰備，高上氣力，以射獵為先。漢興，名將多出焉。孔子曰『小人有勇而無誼則為盜』，故此數郡民俗質木，不恥寇盜。」又《趙充國傳》贊云：「秦漢以來，山東出相，山西出將。何則？山西天水、隴西、安定、北地，

處勢迫近羌胡，民俗修習戰備，高上勇力，鞍馬騎射。故秦詩曰：『王於興師，修我甲兵，與子偕行。』其風聲氣俗，自古而然，今之歌謠慷慨，風流猶存耳。」夫男既如此，女當亦然，此篇中所以有「健婦持門戶，亦勝一丈夫」之文也。所惜班氏於此種慷慨歌謠，皆未記錄。今之所存，吾人亦難辨別。此篇雖可確認為出於隴西，然是否為西漢所采，在《藝文志》所列「《隴西歌詩》九篇」之內，吾人亦無法斷言。向使班氏一載其詞，則此歌時代，便成鐵鑄。而吾人於五言詩體源流之探究，將更得一有力之佐證，其嘉惠後學，豈有既乎？！

(3)《相逢行》：(清調曲)

　　相逢狹路間，道隘不容車，不知何年少，夾轂問君家。君家誠易知，──易知復難忘：黃金為君門，白玉為君堂。堂上置樽酒，作使邯鄲倡。中庭生桂樹，華燈何煌煌，兄弟兩三人，中子為侍郎。五日一來歸，道上自生光。黃金絡馬頭，觀者盈道傍。入門時左顧，但見雙鴛鴦。鴛鴦七十二，羅列自成行。音聲何噰噰，和鳴東西廂。大婦織綺羅，中婦織流黃。小婦無所為，挾瑟上高堂：「丈人且安坐，調絲方未央。」

《樂府古題要解》：「《相逢行》，古詞。文意與《雞鳴曲》同。」按《雞鳴》兼諷兄弟不相顧，此則專刺富貴家庭之淫樂，亦微有別。曰夾轂問君家，曰易知復難忘，意存譏誚，而語自渾成，蓋以才能德行為仕宦者，更不待問而後知也。黃金以下，一路寫去，似句句恭維，實句句奚落。作使猶役使。邯鄲，趙地。倡，女樂也。《漢書·地理志》：「邯鄲，北通燕涿，南有鄭衛，漳河之間，一都會也。其土廣俗雜。」又云：「趙中山地薄人眾，丈夫相聚遊戲，作奸巧，多弄物，為倡優，女子彈弦跕躧，遊媚富貴，遍諸侯之後宮。」漢詩多言燕、趙、邯鄲，知其俗至漢猶然也。丈人解不一，此為婦尊舅姑之稱。

（4）《長安有狹斜行》：（清調曲）

　　長安有狹斜，狹斜不容車。適逢兩少年，夾轂問君家，君家新市傍，易知復難忘。大子二千石，中子孝廉郎。小子無官職，衣冠仕洛陽。三子俱入室，室中自生光。大婦織綺紵，中婦織流黃。小婦無所為，挾瑟上高堂。「丈人且徐徐，調絲詎未央。」
李子德曰：「既曰無官職，又曰衣冠仕洛陽。世冑子弟，當自醜矣。此篇所刺尤深，漢詩亦不多得。」按賣官之風，雖自西漢已開其端，然不如東漢之甚，此篇殆對當時以入錢為官者而發，故有「衣冠仕洛陽」之語。如《後漢書・桓帝紀》：「延禧四年（公元161年）七月，占賣關內侯、虎賁、羽林、緹騎，營士、五大夫，錢各有差。」又《靈帝紀》：「光和元年（公元178年）十二月，初開西邸賣官，自關內侯、虎賁、羽林，入錢各有差。私令左右賣公卿，公千萬，卿五百萬。中平四年（公元187年），是歲賣關內侯，假金印紫綬傳世，入錢五百萬。」（節引）官爵之濫如此，漢安得不亡，而民間又安能無刺乎？

　　（5）《上留田行》：（瑟調曲）

　　里中有啼兒，似類親父子。回車問啼兒，慷慨不可止！
《古今註》云：「上留田，地名也。人有父母死，不字其孤弟者，鄰人為其弟作悲歌以諷其兄。」按「親父子」，猶云一父之子，謂同產兄弟。《孔雀東南飛》云「我有親父兄」，亦謂同產兄也。李子德以為似諷父之聽後婦而不恤前子，恐誤。回車一問，始知果然為「親父子」，故不勝慷慨。啼兒答語，更不揭出，語極含蓄，故曰聞者足戒。

　　（6）《婦病行》：（瑟調曲）

　　婦病連年累歲，傳呼丈人前一言。當言未及得言，不知淚下一何翻翻。「屬累君兩三孤子，莫我兒飢且寒！有過慎莫笪笞！行當折搖，思復念之！」亂曰：抱時無衣，襦復無裡。閉門塞牖

舍，孤兒到市。道逢親交，泣坐不能起。從乞求與孤買餌。對交啼泣，淚不可止。——「我欲不傷悲不能已。」探懷中錢持授。交入門，見孤兒啼索其母抱。徘徊空舍中，「行復爾耳，棄置勿復道！」

寫母愛極深刻。「當言」二句，傳神之筆。「舍」即房舍，膈舍連文，正漢魏詩古樸處，亦如舟船、觴杯連文之類。下文云「空舍」，即根此舍字來。曰「兩三孤子」，則知孤兒非一，逢親交乞錢，是大孤兒，啼索母抱，是小孤兒，蓋幼不知其母之已死也。慘狀一一從親交眼中寫出，徘徊棄置，蓋有不忍言者矣。親交猶親友，漢魏時常語，如《善哉行》：「親交在門。」曹植詩：「親交義不薄。」皆其證。「行當」猶今言不久就要。《舊唐書·張嘉貞傳》：「若貴臣盡當可杖，但恐吾等行當及之。」「折搖」猶折夭，謂孤子。爾，如此也。「行復爾耳」，謂妻死不久，即復如此，置子女於不顧也。吳旦生曰：「亂者，樂之卒章。」

(7)《孤兒行》：一曰《孤子生行》。（瑟調曲）

孤兒生，孤子遇生，命獨當苦！父母在時，乘堅車，駕駟馬。父母已去，兄嫂令我行賈。南到九江，東到齊與魯。臘月來歸，不敢自言苦。頭多蟣蝨，面目多塵，大兄言辦飯，大嫂言視馬。上高堂，行取殿下堂，孤兒淚下如雨。使我朝行汲，暮得水來歸。手為錯，足下無菲。愴愴履霜，中多蒺藜。拔斷蒺藜，腸肉中，愴欲悲。淚下渫渫，清涕纍纍。冬無複襦，夏無單衣。居生不樂，不如早去下從地下黃泉！春風動，草萌芽。三月蠶桑，六月收瓜。將是瓜車，來到還家。瓜車翻覆，助我者少，啖瓜者多。「願還我蒂！兄與嫂嚴，獨且急歸，當興校計。」亂曰：里中一何嶢嶢，願欲寄尺書，將與地下父母：「兄嫂難與久居！」

後母之憎前子，兄嫂之疾孤弟，幾為吾國數千年來之通病，此亦一社會問題也。沈德潛曰：「淚痕血點，凝綴而成。」信然。觀南到九江，東到齊魯，此篇疑亦秦地歌謠，班固所謂「慷慨」者也。「行取」猶行趣，趣與趨通。古者屋高嚴皆名為殿，不必宮中。錯，石也。菲，粗屨也。《漢書·朱雲傳》：「雲攀檻呼曰：臣得下從龍逢、比干遊於地下足矣。」與此「下從地下黃泉」語法正同。唯此處復黃泉二字，此當為音節關係，猶《婦病行》「連年累歲」疊用之類。下從地下黃泉句後，忽然蕩開，間以「春風動，草萌芽」二語，令讀者耳目心情，隨之一豁，然後再折回本題，轉到收瓜事上，所謂樂府之妙，往往於回翔曲折處感人者，此類是也。後世長短句，唯李後主《浪淘沙》：「晚涼天淨月華開。想得玉樓瑤殿影，空照秦淮。」頗同此神味。

　　(8)《十五從軍征》：

　　　　十五從軍征，八十始得歸，道逢鄉里人：「家中有阿誰？」「遙望是君家，松柏塚纍纍。」兔從狗竇入，雉從梁上飛。中庭生旅穀，井上生旅葵。烹穀持作飯，採葵持作羹。羹飯一時熟，不知貽阿誰。出門東向望，淚落沾我衣。

《樂府古題要解》云：「此詩，晉宋入樂奏之，首增四句，名《紫騮馬》。(見《樂府詩集·梁鼓角橫吹曲》。) 十五從軍征以下，古詩也。」則此篇在漢雖為古詩，而在晉、宋則嘗播於樂府，緣附錄於後。《後漢書·光武紀》：「至是野穀旅生。」註云：「不因播種而生，故曰旅。」按江總詩「旅竹本無行」，又張正見詩「秋窗被旅葛」，皆指野生者。范大士曰：「後代離亂詩，但能祖述而已，未有能過此者。」(按漢制：民年二十三為正卒，一歲為衛士，一歲為材官、騎士，五十六歲免兵役。核之此詩，特欺人耳。按沈約《宋書·自序》：「伏見西府兵士，或年幾八十，而猶伏隸。」唐令狐楚《塞下曲》亦有「黃塵滿面長須戰，白髮生頭未得歸」之句，又知不獨漢代為然也。)

　　兩漢民間樂府，大部具如上述。凡兩漢之政教吏治，民情風俗以及思想道德等，吾人於此皆得窺其梗概焉。後世樂府既不采詩，文人所製，又多緣情綺靡，故求如漢作之足為論世之資者，乃絕不可得。下迄於南朝之清商，五季之豔詞而極矣。

第三章

蕭滌非講魏晉南北朝文學

曹操、曹丕

曹操（155—220），字孟德，沛國譙（今安徽亳縣[1]）人。二十歲舉孝廉。黃巾起義時，他起兵鎮壓。軍閥董卓要廢漢獻帝自立時，他又起兵討卓。後因收編農民起義軍，壯大了力量。建安元年迎獻帝都許，從此「挾天子以令諸侯」，成為北方的實際統治者。

曹操是漢末一個傑出的政治家和軍事家。他在當時階級矛盾尖銳的形勢下，實行了抑制豪強兼併、大興屯田、用人唯才等一系列進步的政策，壯大了自己的力量，統一了北方。

曹操「外定武功，內興文學」，他又是漢末傑出的文學家和建安文學新局面的開創者。他一方面憑藉政治上的領導地位，廣泛地蒐羅文士，造成了「彬彬之盛」的建安文學局面；一方面用自己富有創造性的作品開創文學上的新風氣。

他的詩全部都是樂府歌辭，史家說他「御軍卅餘年……登高必賦，及造新詩，被之管弦，皆成樂章」，確是實錄。這些樂府歌辭雖沿用漢樂府古題，卻並不因襲古辭古意，而是繼承了樂府民歌「緣事而發」（《漢書·藝文志》）的精神，「用樂府題目自作詩」（清方東樹語），反映了新的現實，表現出新的面貌。

---

1 亳縣，經行政區劃變更，今為安徽亳州市。——編者註

　　曹操的一部分樂府詩反映了漢末動亂的現實。如《薤露行》描寫了漢末大將軍何進謀誅宦官、召四方軍閥為助，以致董卓作亂京師的事。與此相關的還有《蒿里行》：

　　　　關東有義士，興兵討群凶。

　　　　初期會盟津，乃心在咸陽。

　　　　軍合力不齊，躊躇而雁行。

　　　　勢利使人爭，嗣還自相戕。

　　　　淮南弟稱號，刻璽於北方。

　　　　鎧甲生蟣蝨，萬姓以死亡。

　　　　白骨露於野，千里無雞鳴。

　　　　生民百遺一，念之斷人腸。

獻帝初平元年關東州郡起兵討伐董卓，但是會師之後，渤海太守袁紹、淮南尹袁術等軍閥卻為爭權奪利而自相殘殺。這首詩便是繼前詩[1]之後反映了這一史實。詩末六句概括地寫出了軍閥混戰所造成的慘象，並流露了詩人傷時憫亂的感情，蒼涼激楚，形象鮮明。由於這兩首詩都是用樂府舊題而寫時事的，所以明人鍾惺說：「漢末實錄，真詩史也。」

　　曹操的《苦寒行》《卻東西門行》也是反映漢末動亂中的軍旅征戍生活。前者說，「行行日已遠，人馬同時飢，擔囊行取薪，斧冰持作糜」，描寫山路行軍的艱苦，歷歷如見；後者說，「戎馬不解鞍，鎧甲不離傍，冉冉老將至，何時返故鄉」，抒發徵夫懷鄉之思，也深切感人。

　　曹操的另一部分樂府詩則表現了他的統一天下的雄心和頑強的進取精神。這類詩悲歌慷慨，具有更濃厚的抒情氣氛。《短歌行》是其

1「前詩」指《薤露行》。——編者註

中的代表。全詩共八解，開頭兩解説「對酒當歌，人生幾何？譬如朝露，去日苦多。慨當以慷，憂思難忘，何以解憂，唯有杜康」，抒發了詩人對時光流逝功業未成的深沉感慨。接着通過思念賢才、宴飲嘉賓的描寫，表現了他愛才若渴的心情。末解寫道，「山不厭高，水不厭深，周公吐哺，天下歸心」，表現了他搜攬人才以完成統一事業的宏偉懷抱。全詩在深沉的憂鬱之中激蕩着一股慷慨激昂的情緒，我們可以感覺到在混亂的現實中建立功業的艱難和詩人堅定的信心。這首詩經過幾個低昂迴旋，把詩人起伏不平的心情、複雜多端的感慨，淋漓盡致地表現出來，藝術成就也是很高的。其中三、四兩解，或半章或整章襲用《詩經》成句，使人毫不覺得，也是它藝術上的特點。此外，他的《龜雖壽》「老驥伏櫪，志在千里，烈士暮年，壯心不已」，表現了老當益壯的志士胸懷。《觀滄海》「秋風蕭瑟，洪波湧起。日月之行，若出其中，星漢粲爛，若出其裡」，則通過遼闊雄壯的滄海景色表現了詩人開闊的胸襟，可説是我國詩史上的一首比較完整的寫景詩。

曹操的詩極為本色，藝術上的顯著特點是用樸質的形式披露他的胸襟，使人讀其詩如見其人。他是一個雄心勃勃的政治家和軍事家，所以詩也是「如幽燕老將，氣韻沉雄」。儘管在語言形式上極接近漢樂府，卻有自己的獨特風格。

曹操的詩不僅對建安文學有開風氣的作用，由於創造性較大，對後代文學也有重要的影響。他的以樂府古題寫時事的做法對後來的新樂府詩有很大的啟示。從他這種舊題新事樂府到杜甫的「即事名篇」的新題新事樂府，再到白居易等人掀起的新樂府運動，可以清晰地看出一脈相承的發展。另外，《詩經》以後，四言詩很少佳篇，曹操繼承了「國風」和「小雅」的抒情的傳統，創造出一些動人的篇章，使四言詩再一次放出光彩。後來嵇康、陶淵明等人有成就的四言詩都是沿着

這條路走下去的。

曹操又是「改造文章的祖師」。他的文和詩一樣富有創造性。漢代散文，由於受辭賦的影響，趨向駢偶化，各種體裁的文章也往往形成某種固定的框框。曹操的散文只是用簡潔樸素的文筆把要說的話自由地寫出來，卻自有鮮明的個性。如《讓縣自明本志令》，用簡樸的文筆把他一生的心事披肝瀝膽地傾吐出來，具有政治家雄偉的氣魄和鬥爭的鋒芒。文中說：「設使國家無有孤，不知當幾人稱帝，幾人稱王。」這些話是非曹操不能道的。曹操這種「清峻」「通脫」的散文風格表現了建安散文的新風貌，對魏晉散文的發展有重要的影響。

曹丕 (187—226)，字子桓，曹操之子。建安十六年為五官中郎將，二十二年立為魏太子，二十五年代漢帝自立，做了七年皇帝。

曹丕生活的主要時期是在建安十三年赤壁之戰奠定了天下三分的局勢之後。他在相對安定的環境裡，過着貴公子、王太子和帝王的生活，因此，他的文學創作反映的內容是遠不及曹操豐富的。

曹丕的詩歌有兩個比較明顯的特點：一個是描寫男女愛情和遊子思婦題材的作品很多，而且寫得比較好；一個是形式多種多樣，四言、五言、六言、七言、雜言無所不有。但成就較高的是五言詩和七言詩。

五言詩是建安作家普遍採用的新形式，曹丕的五言詩，如《清河作》寫對深厚的愛情的嚮往，《於清河見挽船士新婚與妻別》寫新婚離別的痛苦，《雜詩》寫遊子思鄉之情，都是較好的作品。如《雜詩》其二：

> 西北有浮雲，亭亭如車蓋。
> 惜哉時不遇，適與飄風會。

> 吹我東南行，行行至吳會。
>
> 吳會非我鄉，安得久留滯。
>
> 棄置勿復陳，客子常畏人。

前六句用比興手法描寫客子身不由主、流離他鄉的境遇，後四句揭示出滯留他鄉的客子惴惴不安的心情，這些地方都明顯地看出漢樂府和古詩的影響。

他的七言詩《燕歌行》兩首特別值得注意，其第一首寫得尤為出色：

> 秋風蕭瑟天氣涼，草木搖落露為霜，群燕辭歸雁南翔。
>
> 念君客遊思斷腸，慊慊思歸戀故鄉，君何淹留寄他方。
>
> 賤妾煢煢守空房，憂來思君不敢忘，不覺淚下霑衣裳。
>
> 援琴鳴弦發清商，短歌微吟不能長。
>
> 明月皎皎照我床，星漢西流夜未央。
>
> 牽牛織女遙相望，爾獨何辜限河梁！

詩人將思婦安放在秋夜的背景中來描寫，把她的纏綿悱惻的相思之情細膩委婉地表現出來，語言淺顯清麗，很能表現曹丕詩歌的一般風格。七言詩，在曹丕以前，只有東漢張衡的《四愁詩》，但第一句夾有「兮」字，曹丕的《燕歌行》要算是現存最早的完整的七言詩，對七言詩的形成是有貢獻的。《燕歌行》是漢樂府舊題，漢古辭已經不存，但從曹丕以後凡是寫這個題目的也全是七言這一點看來，很可能這個曲調原來就是配七言的。從這裡也可以看出七言詩的形成和樂府的關係。不過，曹丕所用的七言還是新起的形式，逐句押韻（相傳為漢武帝時作的柏梁台聯句，雖亦是七言，並逐句押韻，但係偽作），音節不免單調。到了劉宋時代的鮑照，它才在藝術上趨於成熟。

曹丕也比較擅長散文。他著有《典論》一書，可惜大部分篇章都

已散佚或殘缺不全，較完整的只有《自敘》和《論文》兩篇。《自敘》善於敘事，其中寫到一些較量才藝的細事，都能真切地傳達出當時的情景。《論文》則善於議論，其中無論是對當時文人的批評或對文學觀點的表述，都簡明中肯。此外，他的《與吳質書》《又與吳質書》悼念亡友，淒楚感人，對後來短篇抒情散文的發展是有影響的。曹丕這些散文表現了建安散文通脫自然的共同傾向，但又具有自己清麗的特色。

「建安七子」與蔡琰

　　「七子」之稱出於《典論‧論文》，指孔融 (字文舉，153—208)，陳琳 (字孔璋，?—217)，王粲 (字仲宣，177—217)，徐幹 (字偉長，171—217)，阮瑀 (字元瑜，?—212)，應瑒 (字德璉，?—217)，劉楨 (字公幹，?—217) 七人。

　　「七子」中，孔融年輩較高，政治上反對曹操。他公然在父子的倫理上大反孔孟儒家舊說，被曹操加以「敗倫亂理」的罪名而殺害，可說是「漢末孔府上」的「奇人」。他在文學上的成就主要是散文。他的文章雖然沿襲東漢文人的老路，駢儷成分極重，卻能以氣運詞，反映了建安時期文學的新變化。曹丕說他「體氣高妙」，劉勰說他「氣盛於為筆」，張溥說他「詩文豪氣直上」，都指出了這一特點。我們讀他的《論盛孝章書》和《薦禰衡表》，確乎是「飛辯騁辭，溢氣坌湧」的。此外，他的《雜詩》「遠送新行客」寫悼子之情，哀痛欲絕，也是抒情詩中較好的作品。

　　孔融之外，其餘六人則都是曹氏父子的僚屬和鄴下文人集團的重要作家。他們目擊漢末的動亂，有的還經歷困苦流離的生活，他們又都有一定的抱負，想依曹氏父子做一番事業，所以他們的作品反映了動亂的現實，表現了建功立業的精神，具有建安文學的共同特徵。

　　王粲是「七子」中成就最高的作家，《文心雕龍‧才略》稱他為「七子之冠冕」。他能詩善賦。詩以《七哀詩》為最有名，其第一首是漢末

現實的真實寫照：

> 西京亂無象，豺虎方遘[1]患。
>
> 復棄中國去，委身適荊蠻。
>
> 親戚對我悲，朋友相追攀。
>
> 出門無所見，白骨蔽平原。
>
> 路有飢婦人，抱子棄草間，
>
> 顧聞號泣聲，揮涕獨不還：
>
> 「未知身死處，何能兩相完！」
>
> 驅馬棄之去，不忍聽此言。
>
> 南登霸陵岸，回首望長安。
>
> 悟彼下泉人，喟然傷心肝。

這是詩人由長安避亂赴荊州時寫途中所見。詩中通過「白骨蔽平原」的概括描寫和飢婦棄子的特寫場面，深刻地揭示出當時軍閥混戰所造成的悽慘景象和人民的深重災難，使人怵目驚心。這首詩和曹操的樂府一樣體現了以舊題寫時事的精神。

　　王粲滯留荊州登當陽城樓所寫的《登樓賦》是他賦中的名篇，也是當時膾炙人口的抒情小賦。賦中「挾清漳之通浦兮，倚曲沮之長洲，背墳衍之廣陸兮，臨皋隰之沃流。北彌陶牧，西接昭丘。華實蔽野，黍稷盈疇。雖信美而非吾土兮，曾何足以少留」一節，寫他看見異鄉風物之美而引起的思鄉懷土之情，特別深切感人。這篇賦還表現了作者處於亂世壯志不得伸展的沉痛感情：「惟日月之逾邁兮，俟河清其未極。冀王道之一平兮，假高衢而騁力。懼匏瓜之徒懸兮，畏井渫之莫食。」反映了作者積極進取的一面。這篇賦寫景和抒情結合，

---

1 遘，通「構」，構成、造成。——編者註

具有濃厚的詩意，脫盡了漢賦鋪陳堆砌的習氣，顯示了抒情小賦在藝術上的成熟。

王粲而外，陳琳、阮瑀也都有反映現實的詩篇。陳琳的《飲馬長城窟行》假借秦代築長城的事，深刻地揭露了當時繁重的繇役給人民帶來的痛苦與災難：

> 飲馬長城窟，水寒傷馬骨。往謂長城吏，「慎莫稽留太原卒！」「官作自有程，舉築諧汝聲！」「男兒寧當格鬥死，何能怫鬱築長城！」長城何連連，連連三千里。邊城多健少，內舍多寡婦。作書與內舍：「便嫁莫留住。善事新姑嫜[1]，時時念我故夫子。」報書往邊地：「君今出語一何鄙！」「身在禍難中，何為稽留他家子？生男慎莫舉，生女哺用脯。君獨不見長城下，死人骸骨相撐拄！」「結髮行事君，慊慊心意關，明知邊地苦，賤妾何能久自全。」

「長城何連連，連連三千里」，這正是當時永遠服不完的繇役的象徵。詩中役夫忍痛勸妻子改嫁和妻子願以死相守的表示，藝術地概括了繇役制度下無數家庭的悲劇。而通過對話展開情節，真實地表達了人物內心的情緒，又是樂府民歌中慣用的藝術手法。阮瑀的《駕出北郭門行》寫後母虐待孤兒，揭露了封建社會家庭關係的冷酷無情，與漢樂府的《孤兒行》相類。

陳琳、阮瑀又以書檄擅名當時。陳琳避難冀州依袁紹時所寫的《為袁紹檄豫州》和阮瑀的《為曹公作書與孫權》，都鋪張揚厲，縱橫馳騁，具有縱橫家的特色。文中多用排比對偶句法，表現了散文逐漸向駢體發展的傾向。

---

1 姑嫜，古代稱丈夫的母親和父親。——編者註

劉楨也擅長寫詩，在當時名氣很大，可惜流傳下來的作品很少，其中寫得最好的是《贈從弟》三首，其第二首是這樣的：

> 亭亭山上松，瑟瑟谷中風。
>
> 風聲一何盛，松枝一何勁。
>
> 冰霜正慘淒，終歲常端正；
>
> 豈不罹凝寒？松柏有本性。

這首詩通過比興手法寫出了有理想有抱負之士守志不阿的節操，表現了詩人的「真骨凌霜，高風跨俗」的品格。

徐幹是學者，曾著《中論》抨擊儒者之弊。但他的情詩《室思》也寫得很好：「思君如流水，何有窮已時？」寫得一往情深，其意境常為後來的詩人所化用。應瑒的詩則無甚出色。

與「七子」相頡頏並以才華著稱的是女作家蔡琰。琰字文姬，大約生於靈帝熹平（172—178）年間。她是蔡邕之女，自幼有很好的文化教養，史載她「博學有才辯，又妙於音律」。但她一生的遭遇卻非常不幸。幼年曾隨被陷獲罪的父親度過一段亡命流離的生活。後來嫁給河東衛仲道，又遭夫亡，因為無子而回家寡居。未幾，在漢末大亂中，為胡騎所擄，遂流落於南匈奴（今山西地方）。在南匈奴她滯留十二年，嫁給胡人，生了兩個孩子，後為曹操贖回，再嫁陳留董祀。正是這樣的文化教養和不幸遭遇，使她寫下了傑出的詩篇。

現在流傳下來題為蔡琰的作品共有三篇：五言《悲憤詩》、騷體《悲憤詩》和《胡笳十八拍》。它們都是自傳性的作品，由於蔡琰的生平歷史記載不詳，後人對這些詩的真偽有不同的看法，並引起了爭論。但就目前關於蔡琰生平比較可信的一些材料來看，五言《悲憤詩》最符合事實，可以斷定為蔡琰所作。騷體《悲憤詩》和《胡笳十八拍》尚需進一步研究。

　　五言《悲憤詩》是建安文壇上的一篇傑作。它長達五百四十字，像這樣的長篇敘事詩，是前此文人詩歌中所沒有的。這首詩生動地描寫了詩人在漢末軍閥混戰中的悲慘遭遇。她在被擄途中，受盡了胡兵的虐待和侮辱：

　　　　所略有萬計，不得令屯聚。或有骨肉俱，欲言不敢語。失意
　　幾微間，輒言「斃降虜；要當以亭刃，我曹不活汝」！

在滯留胡中的漫長歲月中又無時不為思念親人、鄉土的感情所煎熬：

　　　　感時念父母，哀歎無窮已。

幸而得以歸國了，卻又要和親生的子女離別：

　　　　兒前抱我頸，問「母欲何之。人言母當去，豈復有還時？阿
　　母常仁惻，今何更不慈？我尚未成人，奈何不顧思」！見此崩五
　　內，恍惚生狂癡。號泣手撫摩，當發復回疑。

　　待她回到家後，等着她的是一片廢墟。她雖然「託命於新人」，但是「流離成鄙賤，常恐復捐廢」，在殘酷的禮教統治下，有了像她這樣遭遇的人是為人所不齒的，無可奈何她只有「懷憂終年歲」了。這首詩雖然中心是寫詩人自身的遭遇，但在那個動亂的現實中，遭遇這樣悲慘命運的正不知有多少。所以，它是通過一個人的不幸遭遇反映了漢末動亂中廣大人民特別是婦女的共同命運，同時也控訴了軍閥混戰的罪惡。

　　漢樂府中開始大量出現敘事詩，像《十五從軍征》《孤兒行》等都是以詩中人物自敘身世遭遇。《悲憤詩》正是從精神到藝術手法都接受了這一傳統影響的產物。《悲憤詩》在藝術上的顯著特色是現實主義，它善於通過細節的描寫，具體生動地表現各種場面，使人有如親臨其境，目睹其人。它在我國現實主義詩歌發展史上有重要的地位。唐代偉大的現實主義詩人杜甫的《北征》等詩顯然接受了它的影響。

騷體的一首藝術成就不高。《胡笳十八拍》卻是一首長篇的浪漫主義的抒情傑作。它與《悲憤詩》雖然是同寫一件事，但風格迥異。它不是客觀地、細緻地描寫詩人的種種遭遇，而是飽含血淚地對不幸的命運發出呼天搶地的控訴，感情洶湧澎湃，如第八拍中寫道：

為（謂）天有眼兮何不見我獨漂流？為（謂）神有靈兮何事處我天南海北頭？我不負天兮天何配我殊匹？我不負神兮神何殛我越荒州？

這很能表現這首長詩的藝術特色。

曹植

　　曹植（192—232），字子建，曹丕之弟。他是建安時期最負盛名的作家，《詩品》稱為「建安之傑」。現在流傳下來的作品也最多，詩有八十多首，辭賦、散文完整的與殘缺不全的共四十餘篇。從這些作品來看，其成就的確在建安時期一般作家之上。

　　曹植的一生以曹丕稱帝為界，明顯地分為前後兩期。前期他以才華深得曹操的賞識與寵愛，幾乎被立為太子，志滿意得；後期曹丕父子做了皇帝，由於前期有爭為太子一段經歷，對他深懷猜忌，橫加壓抑與迫害，他雖然仍不失王侯的地位，卻「抑鬱不得志」，終於在憤懣與苦悶中死去。這種生活遭遇，對他的創作有着深刻的影響。

　　曹植前期也是在相對安定的環境中過着貴公子生活，但頗有功名事業心。他一生所熱烈追求的是「戮力上國，流惠下民，建永世之業，流金石之功」（《與楊德祖書》）。當曹操奠定了天下三分的局面時，他的政治雄心便是西滅「違命之蜀」，東滅「不臣之吳」，「混同宇內，以致太和」（《求自試表》）。他的詩歌的主要內容之一，便是表現這種雄心壯志。《薤露篇》說：「願得展功勤，輸力於明君。懷此王佐才，慷慨獨不群。」在《蝦䱇[1]篇》裡，詩人自比為鴻鵠，把「勢利惟是謀」的小人

---

1 蝦䱇，蝦虎魚的統稱，一種小型魚類。 —— 編者註

比為「不知江海流」的鰕鲔和「安識鴻鵠遊」的燕雀。這些都表現了他追求理想和穎脫不群的性格。但由於詩人前後期生活境遇的不同，表現這方面內容的作品，其情調、風貌也有顯著的差異。前期以《白馬篇》為代表，它塑造了一個武藝高強、渴望衛國立功甚至不惜壯烈犧牲的愛國壯士的形象，充滿豪壯的樂觀的精神：「羽檄從北來，厲馬登高堤。長驅蹈匈奴，左顧凌鮮卑。……捐軀赴國難，視死忽如歸。」後期以《雜詩》為代表，更多地表現了壯志不得施展的憤激不平之情。如《雜詩》其五：

> 僕夫早嚴駕，吾行將遠遊。
>
> 遠遊欲何之？吳國為我仇。
>
> 將騁萬里途，東路安足由？
>
> 江介多悲風，淮泗馳急流。
>
> 願欲一輕濟，惜哉無方舟！
>
> 閒居非吾志，甘心赴國憂。

曹植後期備受迫害和壓抑。《世說新語》載一個故事說，曹丕曾命他七步中為詩，不成則將行大法。他作詩道：「煮豆持作羹，漉豉以為汁，萁在釜下然，豆在釜中泣，本自同根生，相煎何太急。」[1] 這個傳說很能表現他當時的處境。他的後期詩歌也主要是表現這種處境和心情。

作於黃初四年的《贈白馬王彪》是詩人後期的一篇重要作品。當時詩人和白馬王曹彪、任城王曹彰都去京師朝會，任城王到京後不明不白地死去，詩人與白馬王回返封地時，又為有司所阻，不能同行，

1《古詩紀》中又作：「煮豆燃豆萁，豆在釜中泣。本是同根生，相煎何太急。」—— 編者註

於是詩人「憤而成篇」，寫下了這首贈詩。全詩共分七章，表現了豐富的複雜的感情。詩中如「鴟鴞鳴衡軛，豺狼當路衢，蒼蠅間白黑，讒巧令親疏」，痛斥了迫使他們分行的有司；「奈何念同生，一往形不歸。孤魂翔故域，靈柩寄京師」，表現了對任城王暴亡的深沉悼念；「變故在斯須，百年誰能持」，也吐露了詩人在岌岌可危的處境中惴惴不安的心境。這首詩雖然只是抒發詩人的主觀感情，客觀上卻深刻地暴露了統治階級內部萁豆相煎的殘酷，是有深刻的思想意義的。這首詩的抒情藝術水平也很高。詩人把複雜的感情，通過章章蟬聯的轆轤體 [1] 的形式，一步步抒發出來，極有層次。另外，詩人的感情雖然十分悲憤激切，卻不是一味地直接傾訴，往往通過敘事、寫景，或通過哀悼、勸勉等方式宕開去寫，這就把感情表現得沉着從容，豐富深厚。

此外，他的《吁嗟篇》以轉蓬為喻形象地描寫了他「十一年中而三徙都」的生活處境和痛苦心情。《野田黃雀行》則表現了他對迫害的憤怒和反抗：

> 高樹多悲風，海水揚其波。
>
> 利劍不在掌，結交何須多。
>
> 不見籬間雀，見鷂自投羅。
>
> 羅家得雀喜，少年見雀悲；
>
> 拔劍捎羅網，黃雀得飛飛；
>
> 飛飛摩蒼天，來下謝少年。

詩人以羅家喻迫害者，以雀喻受害者，塑造了一個解救受難者的俠義少年的形象，寄寓了作者的理想和反抗情緒。曹丕即位就積極剪除曹

---

1 轆轤體，今作轆轤體，一種雜體詩，包括五言或七言律詩五首，五首詩的音節像轆轤一樣旋轉而下，所以叫作轆轤體。—— 編者註

植的羽翼，殺死了他的好友丁儀、丁廙等，可見這樣的詩是有現實背景的。

曹植前期的詩歌主要是表現他的壯志，很少反映社會現實，只有《送應氏》第一首因送友人而連帶寫到友人所居的洛陽的殘破。後期由於自己生活的不幸，逐漸能體會到一些下層人民的痛苦，才寫出了個別反映人民疾苦的詩篇。如《泰山梁甫行》給我們描繪了一幅當時邊海人民貧困生活的畫面：

> 八方各異氣，千里殊風雨。
>
> 劇哉邊海民，寄身於草野。
>
> 妻子象禽獸，行止依林阻。
>
> 柴門何蕭條，狐兔翔我宇。

《雜詩》第二首則表現了對從戎的「客子」的同情。

曹植還寫了不少情詩，如《七哀》《美女篇》等。這些詩與表現壯志的詩風格明顯不同，感情哀婉纏綿，與漢末古詩中的抒情詩極相近。《七哀》一首情調尤肖《古詩十九首》。這些詩中有一些可能寄託了詩人君臣不偶和懷才不遇的感情。

《詩品》說曹植的詩「骨氣奇高，詞采華茂」，很能概括曹植詩歌的藝術風格。曹植一生熱衷功名，追求理想，遭遇挫折後，壯志不衰，轉多憤激之情，所以詩歌內容充滿追求與反抗，富有氣勢和力量，這就形成了「骨氣奇高」的一面。

在建安詩人中，曹植要算是最講究藝術表現的。他的詩歌雖然也脫胎於漢樂府，但同時吸收了漢末文人古詩的成就，並努力在藝術上加以創造和發展。建安詩歌從樂府出來逐漸文人化，到了曹植手裡就具有明顯的文人詩的面目了。如《美女篇》模仿漢樂府《陌上桑》，但描寫的細緻和辭藻的華麗，與《陌上桑》迥異其趣，正表現了這種傾

向。曹植的這種努力造成了他的「詞采華茂」的一面。他的詩善用比喻，不只多而貼切，並且常常以全篇為比，如以少年救雀喻解救受難者，以轉蓬飄蕩喻流徙生活，以女無所歸喻懷才不遇等。他的詩又注意對偶、煉字和聲色。如「明月澄清景，列宿正參差。秋蘭被長坂，朱華冒綠池。潛魚躍清波，好鳥鳴高枝」，一連三聯對偶，後兩聯尤為工整。「被」字、「冒」字見出作者選詞用字的匠心。他有些詩句已暗合律詩的平仄，富於音樂性。此外曹植的詩還工於起調，善為警句，如「高樹多悲風，海水揚其波」「驚風飄白日，光景馳西流」，它們或在篇首，或在篇中，都使全詩增色。曹植這方面的成就提高了詩歌的藝術性，但也開了雕琢辭藻的風氣。

曹植的辭賦也都是抒情小賦。《洛神賦》是他賦中的名作。這篇賦接受了《神女賦》的影響。它熔鑄神話題材，通過夢幻境界，描寫一個人神戀愛的悲劇。賦中先用大量篇幅描寫洛神宓妃的容貌、姿態和裝束，然後寫到詩人的愛慕之情和洛神的感動：「於是洛靈感焉，徙倚彷徨，神光離合，乍陰乍陽。竦輕軀以鶴立，若將飛而未翔。踐椒塗之郁烈，步蘅薄而流芳。超長吟以永慕兮，聲哀厲而彌長。」通過這些動作的描繪把洛神多情的性格也刻畫得十分突出。最後寫到由於「人神之道殊」，洛神含恨贈璫而去，和詩人失意追戀的心情，有濃厚的悲劇氣氛。這篇賦想像豐富，描寫細膩，詞采流麗，抒情意味和神話色彩很濃，藝術的魅力很大。

在曹植的文章中，《與吳季重書》和《與楊德祖書》是兩篇有名的散文書札。後一篇直抒懷抱，譏彈時人，文筆鋒利簡潔，也很能表現他自視甚高的性格。另外，他的《求自試表》《求通親親表》是兩篇駢儷成分極重的文章。但它們都有一定的內容，而在形式上，對偶排比句也往往是三、四、五、六言相間，並且不排斥散句，所以錯落有致，

工整而不萎弱，與後來許多形式主義的駢文有很大不同。特別是前一篇，詩人的急切用世之心，洋溢在字裡行間。

建安文學在我國文學史上佔有重要的地位。一個時期的文學能形成一種傳統而被接受下來是不多的。鍾嶸在反對晉以後的形式主義詩風時，曾慨歎「建安風力盡矣」！初唐詩人陳子昂在進行詩歌革新時，也高舉「漢魏風骨」的旗幟，這說明「建安風骨」的傳統對後世文學的影響是相當深遠的！

阮籍、嵇康

　　繼建安文學之後的正始文學，在文學史上也有它的貢獻，代表作家是阮籍、嵇康。

　　正始時期，代表世族大地主利益的司馬氏，在逐漸掌握了魏國的軍政大權之後，與曹魏統治者展開了激烈的爭奪政權的鬥爭，政治異常黑暗。阮籍、嵇康都有較進步的政治思想，不滿現實的腐朽。他們看到司馬氏假「名教」以達到自私的目的，便以老莊的「自然」與之對抗。他們的創作雖然貫穿着老莊思想，與建安文學有明顯的不同，但仍然反映了這一時期的政治現實，在基本精神上還是繼承了「建安風骨」的傳統的。

　　阮籍 (210—263)，字嗣宗，陳留尉氏 (今河南開封) 人。他早年「好書詩」，有「濟世志」，但處於魏晉易代之際，在統治階級內部的殘酷鬥爭中，不僅抱負無由施展，自身的安全也沒有保障。於是轉而崇尚老莊思想，對黑暗的現實採取了一種消極反抗的態度。他終日「飲酒昏酣，遺落世事」，做官只是「祿仕」而已，言談交際更是「發言玄遠，口不臧否人物」。

　　阮籍儘管在行動上佯狂放誕，內心卻十分痛苦。史載他「時率意獨駕，不由徑路，車跡所窮，輒慟哭而返」。他把這種寓藏在內心的、無由發泄的痛苦與憤懣都在詩歌中用隱約曲折的形式傾瀉出來，這就

是著名的八十二首五言《詠懷詩》。《詠懷詩》不是一時之作，它們真實地表現了詩人一生的複雜的思想感情。如「夜中不能寐」一詩：

　　夜中不能寐，起坐彈鳴琴。

　　薄帷鑒明月，清風吹我襟。

　　孤鴻號外野，翔鳥鳴北林。

　　徘徊將何見，憂思獨傷心。

　　這詩表現了生活在黑暗現實裡的詩人內心苦悶，末兩句更充分表現出他那看不見任何希望和出路的憂思。「獨坐空堂上」一首則典型地表現了詩人孤獨索寞的感情。

　　在魏晉易代之際，最刺激詩人心靈的是政治的恐怖。「嘉樹下成蹊」一首寫道：

　　嘉樹下成蹊，東園桃與李。

　　秋風吹飛藿，零落從此始。

　　繁華有憔悴，堂上生荊杞。

　　驅馬捨之去，去上西山趾。

　　一身不自保，何況戀妻子。

　　凝霜被野草，歲暮亦云已。

詩人通過自然景物由繁華而零落憔悴的過程，形象地揭示出曹魏政權的由盛而衰，表現了自己生命難保的憂懼心情。「一日復一夕」一詩更表現了詩人處於這種險惡環境中「終身履薄冰，誰知我心焦」的戰戰兢兢的心理。

　　阮籍儘管有懼禍的思想，但對暴虐的現實政治仍表現了一種守正不阿的品格：

　　徘徊蓬池上，還顧望大梁。

　　綠水揚洪波，曠野莽茫茫。

走獸交橫馳，飛鳥相隨翔。

是時鶉火中，日月正相望。

朔風厲嚴寒，陰氣下微霜。

羈旅無儔匹，俛仰懷哀傷。

小人計其功，君子道其常。

豈惜終憔悴，詠言著斯章。

詩人用「朔風」「微霜」比司馬氏的肆暴，用「走獸」「飛鳥」比小人的逢迎馳鶩，用羈旅比自己的寡儔，清楚地表現出時局的狀況和詩人的處境（何焯據詩中「是時鶉火中，日月正相望」所指的時序，推定此詩是「指司馬師廢齊王事」，是可信的）。但詩人卻堅定地表示不學計功的小人，而要做守常的君子。此外，他在一些詩中歌頌「氣節故有常」的壯士，揭露「閒遊子」「工言子」「誇毗子」「佞邪子」等小人，以及「外厲貞素談，戶內滅芬芳」的虛偽的禮法之士，也正是這一主題的發揮。

阮籍不僅不滿司馬氏黑暗殘暴的統治，從進步的政治思想出發，他對曹魏統治者的日趨荒淫腐朽也進行了揭露。如「駕言發魏都」：

駕言發魏都，南向望吹台。

簫管有遺音，梁王安在哉。

戰士食糟糠，賢者處蒿萊。

歌舞曲未終，秦兵已復來。

夾林非吾有，朱宮生塵埃。

軍敗華陽下，身竟為土灰。

這首詩借古以寓今，揭露了魏國後期政治的腐敗和統治者的荒淫。結尾大膽地指出這必將導致滅亡的命運。「湛湛長江水」一首表現了同樣的主題。

《詠懷詩》是一個複雜的總體。除了上述這些積極內容之外，也

有不少作品表現了詩人意志消沉、畏禍避世的消極思想。

阮籍處於政治高壓之下，雖然滿腹憤懣不平卻不能直接説出來，因此，儘管他是「使氣以命詩」(《文心雕龍‧才略》)，在表現上卻多用比興手法：或用自然事物象徵，或用神話遊仙暗示，都是言在此而意在彼，隱約曲折地表現思想內容，正如《詩品》説的：「言在耳目之內，情寄八荒之表。……厥旨淵放，歸趣難求。」《詠懷詩》繼承了《小雅》和《古詩十九首》，但比興手法的大量使用，則又顯然是受了楚辭的影響。所以阮籍不僅是建安以來第一個全力作五言詩的人，而且能吸收多方面的影響，創造獨特的風格，在五言詩的發展中是佔有重要地位的。

阮籍這種以詠懷為題的抒情詩對後世作家有很大影響。陶淵明的《飲酒》、庾信的《擬詠懷》、陳子昂的《感遇》、李白的《古風》，這些成組的詠懷之作，顯然都是繼承阮籍《詠懷詩》這一傳統而來的。

阮籍的《大人先生傳》是一篇有價值的散文。傳中所塑造的超世獨往、與道合一的大人先生形象雖然是虛幻的，並有某種引導人們脱離現實的傾向，但對封建社會的批判和揭露卻是深刻尖銳的。傳中説：「君立而虐興，臣設而賊生，坐制禮法，束縛下民。」一語便揭穿了封建統治的本質。作者指出這樣的統治是無法鞏固的，必有一天會遭遇「亡國戮君潰散之禍」，到了這時，那些依附封建統治的寄生蟲也必然同歸於盡：

> 且汝獨不見夫蝨之處於裈[1]中乎？逃乎深縫，匿乎壞絮，自以為吉宅也。行不敢離縫際，動不敢出裈襠，自以為得繩墨也。飢則齧人，自以為無窮食也。然炎丘火流，焦邑滅都，群蝨死於

---

1 裈，今字寫作「褌」，指滿襠褲。——編者註

裋中而不能出，汝君子之處區內，亦何異夫蝨之處裋中乎？

在客觀上散佈了對封建社會的悲觀思想。這篇散文顯然受了《莊子》寓言、楚辭神遊、漢賦鋪張的影響。全篇使氣騁辭，奇偶相生，韻文與散文間雜，有它的獨特風格。

嵇康（223—263），字叔夜，譙國銍（今安徽宿縣[1]西）人。他的性格明顯地表現為兩面：一面崇尚老莊，恬靜寡欲，好服食，求長生；一面卻尚奇任俠，剛腸嫉惡，在現實生活中鋒芒畢露，因此為司馬氏所不容，而遭殺身之禍。嵇康的反對司馬氏，固然與他為魏室姻親有關，但根本的原因卻在於他不滿意司馬氏的黑暗、殘暴的統治。他在《太師箴》中揭露「季世」的情況說：「驕盈肆志，阻兵擅權，矜威縱虐，禍崇丘山。刑本懲暴，今以脅賢。昔為天下，今為一身。」這實際是對司馬氏統治的痛斥。

嵇康在反抗現實的表現上比阮籍激烈，詩歌成就卻不如阮籍。他的詩歌着重表現一種清逸脫俗的境界。如《酒會詩》之一：

> 淡淡流水，淪胥而逝；
> 汎汎柏舟，載浮載滯。
> 微嘯清風，鼓檝容裔。
> 放櫂投竿，優遊卒歲。

不過他也有一些詩，如《答二郭》等明顯地表現了憤世嫉俗的感情，特別是因呂安事牽連入獄後所寫的《幽憤詩》，敘述了他託好老莊不附流俗的志趣和耿直的性格，雖然也責備自己「惟此褊心，顯明臧否」，以致「謗議沸騰」，但他並不肯改變素志，最後表示要「采薇山阿，散髮岩岫」，仍然是以俊逸之辭表現他的硬骨頭。詩風的「峻切」，

---

1 宿縣，經多次行政區劃變更，今大約位於安徽宿州市埇橋區。── 編者註

於此可見。他的四言詩藝術成就高於五言。

　　嵇康的《與山巨源絕交書》是一篇有濃厚的文學意味和大膽的反抗思想的散文。文中說：「人倫有禮，朝廷有法。自惟至熟，有必不堪者七，甚不可者二。」他的「必不堪者七」，是表示蔑視虛偽禮教，「甚不可者二」更是公然對抗朝廷法制，所謂「每非湯武而薄周孔」，正是公開揭穿司馬氏爭奪政權的陰謀。也正因為這篇書信，司馬氏終於殺害了他。這篇散文自始至終貫穿着對司馬氏腐朽統治的決絕態度。他把山濤薦他做官比作是「羞庖人之獨割，引尸祝以自助；手薦鸞刀，漫之羶腥」，極盡辛辣諷刺之能事。並表示如果司馬氏要強迫他做官，他就會像野性難馴的麋鹿，「狂顧頓纓，赴湯蹈火」。全文嬉笑怒罵，鋒利灑脫，很能表現他峻急剛烈的性格。

謝朓和新體詩

　　自魏晉以來，中國聲韻學由於受印度梵音學的影響，有了新的發展。齊永明年間，周顒發現漢字的平、上、去、入四種聲調，始著《四聲切韻》(今佚)，同時的著名詩人沈約 (441—513) 等人，又根據四聲和雙聲疊韻來研究詩句中聲、韻、調的配合，指出平頭、上尾、蜂腰、鶴膝、大韻、小韻、旁紐、正紐等八種聲病必須避免，力求做到「一簡之內，音韻盡殊；兩句之中，輕重悉異」。這樣自覺地運用聲律來寫詩，的確是詩歌史上的空前創舉。在這以前，陸機雖然也談過「暨音聲之迭代，若五色之相宣」，但只是初步地意識到詩歌音韻的必須調協，並未提出具體的調協音韻的辦法。沈約自稱「自靈均以來，雖文體稍精，而此秘未睹。至於高言妙句，音韻天成，皆暗與理合，匪由思至」，雖多少有點誇張，但基本是符合事實的。沈約等所發現的詩歌音律，和晉宋以來詩歌中對偶的形式互相結合，就形成了「永明體」的新體詩。這種新體詩是我國格律詩產生的開端。它的出現，反映了詩歌從比較自由發展到講究格律的必然趨勢。聲律說的產生，是我國文學發展中的重要事件，它除對詩歌的形式有直接影響外，對於辭賦、駢文，以及後來的詞、曲等文學形式，都有很大的影響。

　　唐封演《見聞記》說自沈約倡導詩歌聲病說以後，「王融、劉繪、范雲之徒，慕而扇之。由是遠近文學，轉相祖述，而聲韻之道大行」。

可惜沈約等永明作家的詩歌，雖然在運用聲律、辭藻上有新的成就，但思想內容多半平庸乏味，甚至還有不少空洞無物的形式主義作品。只有謝朓，是這個時代比較優秀的詩人。

謝朓(464—499)，字玄暉，陳郡陽夏(今河南太康附近)人。出身貴族。最初做南齊諸王幕下的參軍、功曹、文學等官職，曾得隨王蕭子隆、竟陵王蕭子良的賞識，後來為明帝掌中書詔誥。公元 495 年出任宣城太守，後回朝任吏部郎，因事牽連，下獄而死。

謝朓的出身經歷，和謝靈運有些類似，他的詩受謝靈運影響較大，現存的優秀的詩篇大部分是山水詩。有的作品頗有模仿謝靈運的痕跡。但總的說來，詩風清新流麗，較少繁蕪詞句和玄言成分，和謝靈運的富豔精工、典麗厚重頗有不同。例如他的名作《晚登三山還望京邑》：

> 灞涘望長安，河陽視京縣。
> 白日麗飛甍，參差皆可見。
> 餘霞散成綺，澄江靜如練。
> 喧鳥覆春洲，雜英滿芳甸。
> 去矣方滯淫，懷哉罷歡宴。
> 佳期悵何許，淚下如流霰。
> 有情知望鄉，誰能鬒不變？

詩中刻畫春江日暮景色，詞語頗為精警工麗。「餘霞散成綺」兩句，由於李白的讚美，向來為人們所傳誦。

謝朓現存的詩歌，有將近四分之一的作品是在做宣城太守的兩年中寫成的。他的名作《之宣城郡出新林浦向板橋》就寫於赴任途中：

> 江路西南永，歸流東北騖。
> 天際識歸舟，雲中辨江樹。

旅思倦搖搖，孤遊昔已屢。

既歡懷祿情，復協滄洲趣。

囂塵自茲隔，賞心於此遇。

雖無玄豹姿，終隱南山霧。

這首詩中「天際識歸舟」兩句，寫天邊疏淡的歸帆遠樹，表現了詩人平靜和諧的心境。「既歡懷祿情，復協滄洲趣」等句，在表現喜得外任的心情中，又流露了士族文人流連光景的生活情趣和迴避現實的政治態度。

宣城是當時江南大郡，經濟發達，又有敬亭、雙溪等名勝。因此，他在宣城所寫的山水詩，膾炙人口的佳句也特別多。例如：「寒城一以眺，平楚正蒼然」（《宣城郡內登望》）；「蒼翠望寒山，崢嶸瞰平陸」（《冬日晚郡事隙》）；「窗中列遠岫，庭際俯喬林。日出眾鳥散，山暝孤猿吟」（《郡內高齋閒望答呂法曹》）；「餘雪映青山，寒霧開白日。曖曖江村見，離離海樹出」（《高齋視事》）。這些詩句，很像一幅幅蕭疏淡遠的水墨畫，平淡而又富有思致。不僅和謝靈運的富豔精工的詩迥然不同，就是和他自己以前在建業、荊州寫的詩篇相比，也頗有變化，藻繪流麗的色彩沖淡了，清新自然的成分增加了。這裡可以看出陶詩對他的一定影響。

謝朓的山水詩，也和謝靈運一樣，存在「有句無篇」的缺點。上面所舉的他在宣城所寫的佳句，多半就是從玉石雜陳的篇章中挑揀出來的。此外，他的《觀朝雨》《答王世子》等篇，還明顯地存在着鍾嶸所說的「善自發端，而末篇多躓」「意銳而才弱」的缺點。

王闓運《八代詩選》選錄謝朓集中的新體詩共二十八首，說明他集中屬於永明體的篇章並不多。其中名篇如《入朝曲》：

江南佳麗地，金陵帝王州。

> 逶迤帶綠水，迢遞起朱樓。
>
> 飛甍夾馳道，垂楊蔭御溝。
>
> 凝笳翼高蓋，疊鼓送華輈。
>
> 納獻雲台表，功名良可收。

這是他的《隋王鼓吹曲》[1]十首之一，內容是歌頌建業京都的富麗氣象。從這首詩，我們可以看到新體詩的特點是：力求平仄調協，音韻鏗鏘，詞采華麗，對仗工整。但是，他在聲律上還沒有完全避免沈約的「八病」，如開頭兩句，就犯了「平頭」的聲病，正像沈約自己的詩也存在聲病一樣。他的新體詩中更值得注意的是那些模仿南朝樂府民歌的小詩：

> 夕殿下珠簾，流螢飛復息。
>
> 長夜縫羅衣，思君此何極？

——《玉階怨》

> 綠草蔓如絲，雜樹紅英發。
>
> 無論君不歸，君歸芳已歇。

——《王孫遊》

這些詩雖然寫的是貴族生活，和民歌內容有別，但語言精練，情味雋永，藝術上比樂府民歌有所提高。謝朓的新體詩，對唐代律詩、絕句的形成是有影響的。嚴滄浪說：「謝朓之詩，已有全篇似唐人者。」也主要是就他的新體詩說的。

唐代一些著名詩人很重視謝朓的詩，李白更在詩中屢次稱引他的佳句。

---

1 又作《齊隨王鼓吹曲》。——編者註

第四章

蕭滌非、游國恩講唐代文學

李白詩歌的思想與藝術成就

蕭滌非

李白詩歌的思想內容

李白的詩現存九百多首。這些詩表現了他一生的思想和經歷，也表現了盛唐時代的社會現實和精神生活面貌。

開元天寶年間，唐帝國國力極度強盛，經濟文化呈現空前繁榮景象，人民創造精神也有所發揚。同時在政治經濟各方面又潛伏着各種危機。李白《古風》第四十六首說：

> 一百四十年，國容何赫然。隱隱五鳳樓，峨峨橫三川。王侯象星月，賓客如雲煙。鬥雞金宮裡，蹴鞠瑤台邊。舉動搖白日，指揮回青天。⋯⋯

一方面是空前強大帝國的繁榮氣象，一方面是統治階級在強大繁榮外衣的掩蓋下已開始走向奢侈和腐化。在《古風》第三首裡，李白又用詠史的形式作了類似的描寫：

> 秦王掃六合，虎視何雄哉！揮劍決浮雲，諸侯盡西來。明斷自天啟，大略駕群才。收兵鑄金人，函谷正東開。銘功會稽嶺，騁望琅邪台。刑徒七十萬，起土驪山隈。尚採不死藥，茫然使

心哀。……

詩中所舉的秦始皇故事，除收兵[1]鑄金人而外，如平定諸侯，籠駕群才，銘功會稽，起土驪山等等的舉動，大唐帝國都曾經先後以不同的形式翻版重演。詩人表面是詠史，實際是對唐王朝極盛而漸衰的徵象深表憂慮。詩的後段寫秦始皇採藥蓬萊，顯然是諷刺唐玄宗好神仙求長生的荒唐夢想。

國家的強大，鼓舞他嚮往功名事業的雄心；政治的危機，更激發了他拯物濟世的熱望。這種心情，在盛唐詩人中是相當普遍的，李白則表現得更為突出。他在許多詩歌裡借歷史人物表達了他的政治抱負。他羨慕姜尚：「君不見朝歌屠叟辭棘津，八十西來釣渭濱。寧羞白髮照清水，逢時壯氣思經綸。廣張三千六百釣，風期暗與文王親」（《梁甫吟》）；羨慕諸葛亮：「魚水三顧合，風雲四海生。武侯立岷蜀，壯志吞咸京」（《讀諸葛武侯傳書懷》）；羨慕謝安：「暫因蒼生起，談笑安黎元」（《書情贈蔡舍人雄》）。在這一類的詩歌裡，他甚至幻想過一種君臣之間互相禮讓尊敬的平等關係：「如逢渭川獵，猶可帝王師」（《贈錢徵君少陽》）；「劇辛樂毅感恩分，輸肝剖膽效英才」（《行路難》第二）。當他意識到這種想法不現實時，他又極力稱讚那些功成身退、不事王侯的清高人物。例如《古風》第十首：

> 齊有倜儻生，魯連特高妙。明月出海底，一朝開光曜。卻秦振英聲，萬世仰末照。意輕千金贈，顧向平原笑。吾亦澹蕩人，拂衣可同調。

對魯仲連卻秦的功績深表仰慕，對魯仲連意輕千金、顧笑平原的風度則更傾心折服。在《古風》第十二首中讚美嚴子陵「身將客星隱」，用

---

1 指兵器。—— 編者註

意也與此詩約略相似。李白是一個自視很高的人，他屢次自比大鵬。如《上李邕》：

> 大鵬一日同風起，摶搖直上九萬里。假令風歇時下來，猶能簸卻滄溟水。時人見我恆殊調，見余大言皆冷笑。宣父猶能畏後生，丈夫未可輕年少。

他把完成事業，取得功名常常看得輕而易舉。談用兵，是「談笑三軍卻」；談政治，也是「調笑可以安儲皇」。不僅年少時如此強烈自信，就是在長安政治活動失敗以後，他也說：「窮與鮑生賈，飢從漂母餐。時來極天人，道在豈吟歎？樂毅方適趙，蘇秦初說韓。捲舒固在我，何事空摧殘？」（《秋日煉藥院贈元林宗》）但是，他一生在政治上沒有做出重要的成績，也沒有留下重要的論政著作，我們也無法證明他在政治上的實際才能。他之所以這樣口出大言，自信不疑，可能是出於對現實人事的不滿。他的《嘲魯儒》說：「魯叟談五經，白髮死章句。問以經濟策，茫如墜煙霧。」他到長安所見的在朝廷當權的李林甫、高力士之流更是貪鄙自私、不學無術的小人，他自然也就日益佯狂自負。「一生傲岸苦不諧，恩疏媒勞志多乖」，就是他政治失意的悲劇。

李白從少年時就喜好任俠，以後在「混遊漁商，隱不絕俗」的長期生活中，又和許多民間遊俠之徒往來，受到這些無名人物的感染，寫了不少歌頌遊俠的詩，如《俠客行》：

> 趙客縵胡纓，吳鉤霜雪明。銀鞍照白馬，颯沓如流星。十步殺一人，千里不留行。事了拂衣去，深藏身與名。閒過信陵飲，脫劍膝前橫。將炙啖朱亥，持觴勸侯嬴。三杯吐然諾，五嶽倒為輕。眼花耳熱後，意氣素霓生。救趙揮金槌，邯鄲先震驚。千秋二壯士，烜赫大梁城。縱死俠骨香，不慚世上英。誰能書閣下，白首太玄經。

從這首詩，我們可以看出，無論「十步殺一人」「救趙揮金槌」的俠義行動，「事了拂衣去，深藏身與名」的慷慨無私的精神，或是不甘心過白首儒生寂寞生活的性格作風，都和他拯物濟世的政治理想，不願屈己干人[1]的性格，以及「功成不受賞」的高尚品德，有着相當密切的內在聯繫。

　　長安三年的政治生活，對李白的生活和創作有很深刻的影響。他抱着種種的理想和幻想來到長安，表面上受到玄宗禮賢下士的優待，但是，當權的宦官外戚等等人物卻暗中對他讒毀打擊，他的政治理想和黑暗現實形成了尖銳的矛盾。他寫了不少詩歌抒發了自己的痛苦和憤懣。如《行路難》三首之一：

　　　　金樽美酒[2]斗十千，玉盤珍羞直(值)萬錢。停杯投箸不能食，拔劍四顧心茫然。欲渡黃河冰塞川，將登太行雪滿山。閑來垂釣碧溪上，忽復乘舟夢日邊。行路難，行路難，多歧路，今安在。

　　　　長風破浪會有時，直掛雲帆濟滄海！

這首詩揭示了詩人在坎坷仕途上茫然失路的強烈痛苦，但是，他並不因為失敗而放棄理想的追求。有時，同樣的心情，又以憤怒控訴的形式表現出來，例如《梁甫吟》：「我欲攀龍見明主，雷公砰訇震天鼓，帝旁投壺多玉女。三時大笑開電光，倏爍晦冥起風雨。閶闔九門不可通，以額叩關閽者怒。」悲憤聲中充滿不屈不撓的鬥爭精神。直到詩的結尾，他一直高揚着勝利的信心：「張公兩龍劍，神物合有時。風雲感會起屠釣，大人嵼屼當安之！」

1　出李白《代壽山答孟少府移文書》，「爾其天為容，道為貌，不屈己，不干人，巢、由以來，一人而已。」—— 編者註

2　「美酒」一為「清酒」。—— 編者註

　　昏庸腐朽的幸臣權貴，始終是他的對立面，他想起屈原所痛恨的那些「黨人」：「殷后亂天紀，楚懷亦已昏。夷羊滿中野，菉葹滿高門。」（《古風》第五十一）他在《雪讒詩》裡，痛斥了恃寵弄權的楊貴妃，在《古風》第二十四裡，揭露了因鬥雞而得權勢的佞幸小人。在《答王十二寒夜獨酌有懷》詩裡，這種憤激憎惡的心情表現得最為突出：

> ……君不能狸膏金距學鬥雞，坐令鼻息吹虹霓。君不能學哥舒橫行青海夜帶刀，西屠石堡取紫袍。吟詩作賦北窗裡，萬言不值一杯水。世人聞此皆掉頭，有如東風射馬耳！魚目亦笑我，謂與明月同。騄駬拳跼不能食，蹇驢得志鳴春風。折楊黃華合流俗，晉君聽琴枉清角。巴人誰肯和陽春，楚地由來賤奇璞。黃金散盡交不成，白首為儒身被輕。一談一笑失顏色，蒼蠅貝錦喧謗聲。曾參豈是殺人者，讒言三及慈母驚！與君論心握君手，榮辱於余亦何有！孔聖猶聞傷鳳麟，董龍更是何雞狗。一生傲岸苦不諧，恩疏媒勞志多乖。嚴陵高揖漢天子，何必長劍拄頤事玉階！達亦不足貴，窮亦不足悲，韓信羞將絳灌比，禰衡恥逐屠沽兒。君不見李北海，英風豪氣今何在？君不見裴尚書，土墳三尺蒿棘居！少年早欲五湖去，見此彌將鐘鼎疏。

詩中提到李邕、裴敦復被殺，哥舒翰屠石堡的事，發生於天寶六載和八載。在這首長詩裡，他對以鬥雞媚上的幸臣，以屠殺邀功的武將，投以憎惡輕蔑的嘲笑。對自己光明磊落而遭受讒言誹謗，被逐出朝，懷着滿腹的悲憤。末尾對被杖殺的李北海，更稱讚其「英風豪氣」，為之呼冤叫屈。他的是非愛憎，和朝廷完全處於對立地位。這不僅表現了李白的桀驁不馴的叛逆精神，同時對封建統治者「珠玉買歌笑，糟糠養賢才」，顛倒黑白、殘酷暴虐的種種黑暗面目，也作了盡情的揭發。他這種悲憤痛苦的心情，有時甚至發展到難以排遣的程度。他在

《宣州謝朓樓餞別校書叔雲》裡說：

> 棄我去者昨日之日不可留；亂我心者今日之日多煩憂。長風萬里送秋雁，對此可以酣高樓。蓬萊文章建安骨，中間小謝又清發。俱懷逸興壯思飛，欲上青天攬明月。抽刀斷水水更流，舉杯消愁愁更愁。人生在世不稱意，明朝散髮弄扁舟。

這首詩起落無跡，斷續無端。仰懷古人，壯思欲飛；自悲身世，愁懷難遣。好像整個人生只有駕着扁舟遨遊江湖一條出路了。

李白一生大半過着浪遊生活，寫下了不少遊歷名山大川的詩篇，其中還有一些詩和他求仙學道的生活聯繫在一起。他那種酷愛自由、追求解放的獨特性格，常常是借這類詩篇表現出來。當他政治失意之後，這種詩歌也寫得特別多，特別好。他喜愛的山水往往不是寧靜的丘壑，幽雅的林泉，而是奇峰絕壑的大山，天外飛來的瀑布，白波九道的江河，這些雄偉奇險的山川，特別契合他那叛逆不羈的性格，他好像要登涉這些山川和天地星辰同呼吸，和天仙神靈相往來。他的傑作《夢遊天姥吟留別》就是這方面的代表。其中夢境的描寫，特別令人目眩神迷：

> ……我欲因之夢吳越，一夜飛渡鏡湖月。湖月照我影，送我至剡溪。謝公宿處今尚在，淥水蕩漾清猿啼。腳着謝公屐，身登青雲梯。半壁見海日，空中聞天雞。千岩萬轉路不定，迷花倚石忽已暝。熊咆龍吟殷岩泉，慄深林分驚層巔。雲青青分欲雨，水淡淡[1]分生煙。列缺霹靂，丘巒崩摧，洞天石扇，訇然中開。青冥浩蕩不見底，日月照耀金銀台。霓為衣分風為馬，雲之君分紛紛而來下。虎鼓瑟分鸞回車，仙之人分列如麻……

---

1 「淡淡」一為「澹澹」。 —— 編者註

從謐靜幽美的湖月到奇麗壯觀的海日，從曲折迷離的千岩萬轉的道路到令人驚恐戰慄的深林層巔，境界愈轉愈奇，愈幻愈真。最後由夢境幻入仙境，更完全是彩色繽紛的神話世界。淋漓揮灑、心花怒放的詩筆，寫出了詩人精神上的種種歷險和追求，好像詩人苦悶的靈魂在夢中得到了真正的解放。無怪他夢醒後發出了這樣的呼聲：

安能摧眉折腰事權貴，使我不得開心顏！

詩人從夢幻回到了現實。夢境的自由美好，更加強了他對現實中權貴人物的憎惡和反抗。餐霞飲露的求仙生活是他所神往的，但是他也很明白這種生活只是一種無可奈何的排遣憂愁的手段。他的《贈蔡山人》詩說：「我本不棄世，世人自棄我。」正說明他那種不得已的心情。有時他說：「待吾盡節報明主，然後相攜臥白雲」（《駕去溫泉後贈楊山人》），其中心思想更完全是在從政，而不在隱逸求仙。他的思想常常前後矛盾，有時說「功成拂衣去，歸入武陵源」（《登金陵冶城西北謝公墩》），有時又說「若待功成拂衣去，武陵桃花笑殺人」（《當塗趙炎少府粉圖山水歌》）。從這種矛盾中，更可以看出他的確是「好神仙非慕其輕舉」。

李白一千多年以來被人稱為「謫仙」「詩仙」，但是，他歸根到底還是一個熱愛祖國、關懷人民、不忘現實的偉大詩人。我們前面所引的那些詩歌，都和他憂國憂民的思想有或深或淺的聯繫。

李白對國家的強大統一非常關懷，他像盛唐邊塞詩人一樣，對保衛祖國邊疆的將士曾經作過熱情的歌頌。在《塞下曲》六首之一裡，他寫道：

五月天山雪，無花只有寒。笛中聞折柳，春色未曾看。曉戰隨金鼓，宵眠抱玉鞍。願將腰下劍，直為斬樓蘭。

在塞外奇寒的艱苦生活裡，將士們的報國雄心卻絲毫不變。其他各首裡，用「橫行負勇氣，一戰靜妖氛」鼓舞前方士氣；用「玉關殊未入，

少婦莫長嗟」安慰後方家屬，也同樣體現了愛國的精神。

　　但是，到天寶年間，唐統治者窮兵黷武，不斷向吐蕃和南詔用兵，發動戰爭，斷送士卒的生命，破壞人民的生產，引起了李白極大的憤慨，他前後寫了好幾篇詩反對這種不義的戰爭。對哥舒翰屠殺邀功的行為，作了尖銳指責。對楊國忠派兵遠征南詔喪師二十萬的事，他寫了《書懷贈南陵常贊府》和《古風》第三十四等詩，後一首說：

> ……渡瀘及五月，將赴雲南征。怯卒非戰士，炎方難遠行。長號別嚴親，日月慘光晶。泣盡繼以血，心摧兩無聲。困獸當猛虎，窮魚餌奔鯨。千去不一回，投軀豈全生？如何舞干戚，一使有苗平。

這裡對楊國忠分道捕捉壯丁送雲南從事戰爭的罪行，作了大膽的揭露。他的《戰城南》更是概括了當時窮兵黷武的現象而寫成的名作。安史之亂發生後，戰爭的性質變了，他雖遠在江南，卻寫成了一系列的充滿愛國激情的詩。在《永王東巡歌》裡，他對「三川北虜亂如麻，四海南奔似永嘉」的局面，感到焦急，他對永王說：

> 試借君王玉馬鞭，指揮戎虜坐瓊筵。南風一掃胡塵靜，西入長安到日邊。

後來他因為從璘的事被捕入獄，流放夜郎，他的愛國之心絲毫沒有減弱。他的《贈張相鎬》說：「石勒窺神州，劉聰劫天子。撫劍夜吟嘯，雄心日千里。誓欲斬鯨鯢，澄清洛陽水。」《經亂離後天恩流夜郎》這首長詩中也說：「桀犬尚吠堯，匈奴笑千秋。中夜四五歎，常為大國憂。」而《聞李太尉大舉秦兵百萬出征東南，懦夫請纓》這首詩，更說明他愛國之心至老不衰。他安史亂後能寫出這些充滿愛國激情的詩，也說明他和王維、高適、岑參等盛唐詩人有所不同。

　　從上述有關戰爭的詩篇裡，我們已經可以看到李白對人民疾苦的

密切關懷。此外，他也還有少數直接寫人民生活的詩篇。例如《丁都護歌》：

> 雲陽上徵去，兩岸饒商賈。吳牛喘月時，拖船一何苦！水濁不可飲，壺漿半成土。一唱都護歌，心摧淚如雨。萬人鑿盤石，無由達江滸。君看石芒碭，掩淚悲千古。

芒碭諸山產文石，統治者為了營建宮室甲第，強迫人民開鑿搬運，這首詩寫人民在夏天挽船運石的勞苦，是深表同情的。他的《宿五松山下荀媼家》也寫得很動人：

> 我宿五松下，寂寥無所歡。田家秋作苦，鄰女夜春寒。跪進雕胡飯，月光明素盤。令人慚漂母，三謝不能餐。

這裡不僅真切地寫出農民秋作夜春的勞苦生活，而且表達出詩人對勞動人民深情厚意的衷心感激。在他看來，這一盤雕胡飯，比他平時作客所吃的「蘭陵美酒」「瓊杯綺食」都更值得珍貴。李白直接寫勞動人民生活的作品雖然為數不多，但是他的詩歌中反映人民的生活並不限於這少數詩篇。李白曾經寫過很多樂府詩，並取得很大的成就，像《長干行》《子夜吳歌》等詩已經成為人們喜聞樂見、普遍傳誦的名作。從這些詩裡，我們可以看到他對人民的生活、感情、語言是多麼熟悉，對樂府民歌是多麼熱愛。沒有長期「混遊漁商」的生活，他是寫不出這些詩歌的。

　　李白是偉大的浪漫主義詩人，我們上面所說的他的政治上的遠大抱負，他對祖國和人民的熱愛，對權貴勢力、對封建社會一切壓迫和羈束毫不調和的叛逆態度，正是他詩歌浪漫主義精神的主要表現。這些思想內容，錯綜交織地貫穿着他的優秀作品。當然，由於內容性質、感情色彩以及表現手法的不同，他有一些作品可以說是現實主義的，例如那些描繪揭露黑暗現實面貌、幻想成分較少的作品就屬於這一類。

　　但是，李白究竟是一個封建時代的詩人，他的理想，無法超越他的時代和階級視野的限制；他的反抗，也更多是針對他階級內部的黑暗現象，針對妨礙他個人自由發展的那些壓迫和束縛。他的要求和當時人民的利益有一定相通的地方，但和人民的要求本質上也有區別。他那種要求個人絕對自由的傾向，今天看來，當然只是一種脫離實際的幻想。

　　還應該注意，李白是一個極其矛盾的詩人。他蔑視權貴人物，蔑視榮華富貴，這是主要的。但是，他往往又以接近皇帝、權貴為榮，又對榮華富貴表示羨慕或留戀。「長安宮闕九天上，此地曾經為近臣。」「昔在長安醉花柳，五侯七貴同杯酒。」這類詩句在他集中屢見不鮮。他羨慕謝安攜妓享樂的生活，也見於行動，流於歌詠。至於沉迷酒杯，昏飲逃世，消極地感歎人生的詩篇詩句，為數更多，如《襄陽歌》《春日醉起言志》，都是眾所周知的。這些顯然更是他詩中消極的糟粕了。

李白詩歌的藝術成就

　　作為一個浪漫主義詩人，李白是偉大的，也是最典型的。他說自己的詩是「興酣落筆搖五嶽，詩成嘯傲凌滄洲」。杜甫稱讚他的詩也說：「筆落驚風雨，詩成泣鬼神。」這種無比神奇的藝術魅力，確是他的詩歌最鮮明的特色。他的詩歌，不僅具有最強烈的浪漫主義精神，而且還創造性地運用了一切浪漫主義的手法，使內容和形式得到高度的統一。

　　李白不是一個「萬事不關心」的詩人，相反，他似乎甚麼都關心，很多生活他都體驗過，表現過。儘管沒有一種生活能永遠使他滿足，

但他那熾熱的感情，強烈的個性，在表現各種生活的詩篇中都打下了不可磨滅的烙印，處處留下濃厚的自我表現的主觀色彩。他要入京求官，就宣稱：「仰天大笑出門去，我輩豈是蓬蒿人！」政治失意了，就大呼：「大道如青天，我獨不得出！」他要控訴自己的冤屈，就說：「我欲攀龍見明主，雷公砰訇震天鼓。」他想念長安，就是：「狂風吹我心，西掛咸陽樹。」他登上太白峰，就讓「太白與我語，為我開天關」。他要求仙，就有「仙人撫我頂，結髮受長生」。他要飲酒，就有洛陽董糟丘「為余天津橋南造酒樓」。他悼念宣城善釀紀叟，就問：「夜台無李白，沽酒與何人？」這種強烈的自我表現的主觀色彩，從藝術效果來說，有的地方使詩歌增加了一種排山倒海而來的氣勢，先聲奪人的力量；有的地方又讓人讀來感到熱情親切。當然，這種主觀色彩，並不限於有「我」字的詩句和詩篇，例如在很多詩篇裡，魯仲連、嚴子陵、諸葛亮、謝安等人的名字，也往往被李白當作第一人稱的代用語，讓古人完全成為他的化身。

　　和上述特點相適應，他在感情的表達上不是掩抑收斂，而是噴薄而出，一瀉千里。當平常的語言不足以表達其激情時，他就用大膽的誇張；當現實生活中的事物不足以形容、比喻、象徵其思想願望時，他就藉助非現實的神話和種種奇麗驚人的幻想。從前節中所引用的一些抒情詩裡，已經可以感覺到這種特點，用「抽刀斷水水更流」，比喻「舉杯消愁愁更愁」，本來是極度的誇張，卻讓人感到是最高的真實。又如《秋浦歌》的「白髮三千丈，緣愁似個長」，借有形的髮，突出無形的愁，誇張也極為大膽。其他如《俠客行》「三杯吐然諾，五嶽倒為輕」，以五嶽為輕來誇張俠客然諾之重。《箜篌謠》「輕言託朋友，對面九疑峰」，又用山峰來誇張朋友之間的隔膜與猜疑。《北風行》裡「燕山雪花大如席，片片吹落軒轅台」，大家都很熟悉，但這首詩結尾兩

句「黃河捧土尚可塞，北風雨雪恨難裁」也同樣是驚心動魄的。沒有黃河可塞這樣驚人的比喻，我們也就不會懂得陣亡士卒的妻子那種深刻絕望的悲哀。大膽的誇張，永遠離不開驚人的想像。這裡，我們還要着重介紹他那些最富於浪漫主義奇情壯采的山水詩，尤其是使李白獲得巨大聲譽的《蜀道難》：

> 噫，吁嚱，危乎高哉！蜀道之難難於上青天！蠶叢及魚鳧，開國何茫然。爾來四萬八千歲，不與秦塞通人煙。西當太白有鳥道，可以橫絕峨眉巔。地崩山摧壯士死，然後天梯石棧相鈎連。上有六龍回日之高標，下有衝波逆折之回川。黃鶴之飛尚不得過，猿猱欲度愁攀援。青泥何盤盤，百步九折縈岩巒。捫參歷井仰脅息，以手撫膺坐長歎。問君西遊何時還？畏途巉岩不可攀，但見悲鳥號古木，雄飛雌從繞林間。又聞子規啼夜月，愁空山。
> 蜀道之難難於上青天，使人聽此凋朱顏！……

這首詩，以神奇莫測之筆，憑空起勢。從蠶叢魚鳧說到五丁開山，全用渺茫無憑的神話傳說，烘托奇險的氣氛。高標插天可以使「六龍回日」，也是憑藉神話來馳騁幻想。以下又用黃鶴、猿猱、悲鳥、子規作誇張的點綴，然後插入脅息、撫膺、凋朱顏的敘述，作為全詩的骨幹。「蜀道之難難於上青天」的詩句在篇中三次出現，更給這首五音繁會的樂章確定了迴旋往復的基調。李白一生並未到過劍閣，這篇詩完全是憑傳說想像落筆。正因為如此，他的胸懷、性格在這裡更得到了最充分的表現。殷璠《河嶽英靈集》說這首詩「可謂奇之又奇，自騷人以還，鮮有此體」，正反映了同時代人對這首詩的驚奇讚歎。就在蜀道暢通的今天，它仍然是具有歷史價值和美學價值的不朽傑作。他的《望廬山瀑布》二首、《廬山謠》也是歷來傳誦的名作，後一詩中寫他在廬山頂上望大江的景色，「登高壯觀天地間，大江茫茫去不還。

黃雲萬里動風色，白波九道流雪山」，完全擺脫了真實空間感覺的拘束，以大膽的想像誇張，突出了山川的壯麗，展示了詩人壯闊的胸懷。白居易《登香爐峰頂》詩「江水細如繩，湓城小於掌」，完全出於寫實。把兩詩互相比較，藝術價值的高下，不言而自明。

　　李白的浪漫主義是有其豐富生活為基礎的。他的詩歌往往呈現感情充沛、瞬息萬變的特色。我們前面引用過的《行路難》第一首、《宣州謝脁樓餞別校書叔雲》、《夢遊天姥吟》[1]等篇，已經可以看出這一點。他的名作《將進酒》也是這方面非常突出的例子。在詩裡，他正在勸人開懷痛飲：「人生得意須盡歡，莫使金樽空對月。」好像他很安於頹廢享樂的生活，但是，他那像黃河一樣奔騰跳動的感情是這樣變化莫測，他突然又說：「天生我材必有用，千金散盡還復來！」強烈的信心轉眼又代替了消極的悲歎。他的《梁園吟》也有這種類似的情況，詩的前段盡情地描繪痛飲狂歡，甚至沉吟流淚地感慨功名富貴的無常，但是臨到結尾，他突然又說：「歌且謠，意方遠。東山高臥時起來，欲濟蒼生未應晚。」詩人的感情在轉瞬之間竟判若兩人。把矛盾複雜的思想感情，處理得這樣灑脫靈活，並且達到藝術上的高度完美，在詩史上只有極少數的詩人達到這個水平。從這種跳脫變化的特點繼續發展，於是他在有些詩篇裡就同時運用浪漫主義和現實主義兩種創作方法。有的詩既寫實，又想像誇張，像《北風行》《關山月》；有時竟把抒寫理想願望和描寫苦難的現實結合在一篇詩裡，如《古風》第十九：

> 西上蓮花山，迢迢見明星。
>
> 素手把芙蓉，虛步躡太清。

---

1 即《夢遊天姥吟留別》。——編者註

霓裳曳廣帶，飄拂升天行。

邀我登雲台，高揖衛叔卿。

恍恍與之去，駕鴻凌紫冥。

俯視洛陽川，茫茫走胡兵。

流血塗野草，豺狼盡冠纓。

在升天神遊的美麗幻想中，突然俯見被安祿山蹂躪毀滅了的洛陽，使我們不禁想起《離騷》的結尾：「陟陞皇之赫戲兮，忽臨睨乎舊鄉。」急轉直下的感情，浪漫幻想的破滅，深刻地表現出詩人無比沉痛的愛國心情。

「清水出芙蓉，天然去雕飾」，李白這兩句詩是他詩歌語言最生動的形容和概括。李白的詩歌語言所以能達到這樣理想的樸素自然境界，是和他認真學習漢魏六朝樂府民歌分不開的。據權德輿作的《韋渠牟詩集》序說，李白曾經把「古樂府學」傳授給十一歲的韋渠牟。他的樂府詩中擬古樂府之作很多，眾所周知，不必舉例。但他最得力於樂府民歌的地方，首先還是語言。他的《長干行》《子夜吳歌》的語言，多麼酷似《孔雀東南飛》《子夜歌》和《西洲曲》。「小時不識月，呼作白玉盤。又疑瑤台鏡，飛向青雲端。」「清風朗月不用一錢買，玉山自倒非人推。」「蜀道之難難於上青天。」寫得多麼活潑自然，叫人一讀難忘。「君不見黃河之水天上來，奔流到海不復回。」學習漢樂府《長歌行》：「百川東到海，何時復西歸？」又是多麼地青出於藍。這些初看來是最平凡的地方，但是後代模擬李白的詩人沒有一個人達到這種高度完美的境地。學腔調似難而實易，學語言似易而實難。

李白運用的詩體很多樣，但貢獻最大的是七古和七絕。這兩種詩體在當時也是最新最自由的，和他那自由豪放的個性也特別適應。他

這方面的成就也很得力於學習樂府民歌。七古無須再談，這裡只舉他
幾首膾炙人口的七絕：

　　　　峨眉山月半輪秋，影入平羌江水流。
　　　　夜發清溪向三峽，思君不見下渝州。

　　　　　　　　　　　　　　　　　　　　——《峨眉山月歌》

　　　　朝辭白帝彩雲間，千里江陵一日還。
　　　　兩岸猿聲啼不住，輕舟已過萬重山。

　　　　　　　　　　　　　　　　　　　　——《早發白帝城》

　　　　故人西辭黃鶴樓，煙花三月下揚州。
　　　　孤帆遠影碧空盡，惟見長江天際流。

　　　　　　　　　　　　　　　　　——《黃鶴樓送孟浩然之廣陵》

　　　　李白乘舟將欲行，忽聞岸上踏歌聲。
　　　　桃花潭水深千尺，不及汪倫送我情。

　　　　　　　　　　　　　　　　　　　　　　——《贈汪倫》

沈德潛《唐詩別裁》說：「七言絕句以語近情遙，含吐不露為貴。只眼
前景，口頭語，而有弦外音，使人神遠，太白有焉。」他說的這些特
點，實際上也就是深得民歌天真自然的風致。即以《早發白帝城》一
詩而論，全篇詞意完全出於《水經注》「巫峽」一篇，但語言之自然，
心情之舒暢樂觀，與原文風貌，卻迥然不同。他的七絕向來和王昌齡
齊名，各具特色。但就接近民歌一點說，他卻超過了王昌齡。他的五
律，運古詩質樸渾壯氣勢於聲律格調之中，往往不拘對偶，也很別具
風格。如《夜泊牛渚懷古》《送友人》等篇，歷來為評論家所稱引。

　　李白在創作上，繼承了前代詩歌的豐富遺產。他所繼承的傳統，
首先是楚辭和漢魏六朝樂府民歌。他受屈原的影響是多方面的，他發
揚了屈原愛國主義精神和堅強不屈的鬥爭精神，也繼承了屈原的浪漫

主義的創作方法，像熔鑄神話傳說、大膽地幻想誇張、重視民歌遺產等方面，他都和屈原完全一致。就具體作品來說，如《遠別離》《梁甫吟》《夢遊天姥吟》乃至《蜀道難》都在精神面貌以及題材、構思、句法的形式上和屈原作品有接近的地方。他對漢魏六朝文人作品也很認真學習。段成式《酉陽雜俎》說：「李白前後三擬《文選》，不如意，悉焚之。」這個傳說想必有一定根據。他稱讚建安詩歌，稱讚阮籍、陶淵明、謝靈運、謝朓、鮑照的話，屢有所見。他仿效、化用這些詩人的詩篇和詩句的例子，更不勝枚舉。杜甫贈他的詩，也指出他的作品有近似鮑照、庾信、陰鏗的地方。沒有對遺產的認真學習，他不可能成為一個偉大的浪漫主義詩人。

李白在浪漫主義詩歌發展中的地位及其影響

我國文學史的現實主義和浪漫主義兩個偉大的傳統在唐詩中都發展到新的高度。李白的詩歌在浪漫主義詩歌發展中有着崇高的地位。

遠古時代人民口頭創作的神話傳說，是我國文學史上浪漫主義的萌芽。到了戰國時代，屈原吸取前代文學和文化的成就，在現實鬥爭中創造了一系列光輝的詩篇，以宏富博大的內容，奇情壯采的形式，「軒翥詩人之後，奮飛辭家之前」，為浪漫主義傳統創造了第一個高峰。和他同時的莊子在哲理散文中創造了許多幻想奇麗的寓言，也對浪漫主義傳統有重要貢獻。從兩漢到唐初，浪漫主義傳統在民間和進步文人創作中不斷發展着，漢魏六朝樂府民歌中的《陌上桑》《木蘭詞》[1] 等等作品，曹植、阮籍、左思、陶淵明、鮑照的某些詩篇，以及

---

1 即《木蘭辭》。—— 編者註

六朝志怪小說中的優秀傳說，都對浪漫主義傳統有所豐富。到盛唐時代更出現了以李白為代表的浪漫主義詩歌高潮。

李白的詩歌，繼承了前代浪漫主義創作的成就，以他叛逆的思想，豪放的風格，反映了盛唐時代樂觀向上的創造精神以及不滿封建秩序的潛在力量，擴大了浪漫主義的表現領域，豐富了浪漫主義的手法，並在一定程度上體現了浪漫主義和現實主義的結合。這些成就，使他的詩成為屈原以後浪漫主義詩歌的新的高峰。

李白對唐代詩歌的革新也有傑出的貢獻。他繼承了陳子昂詩歌革新的主張，在理論和實踐上使詩歌革新取得了最後的成功。他在《古風》第一首中，回顧了整個詩歌發展的歷史，指出「自從建安來，綺麗不足珍」，並以自豪的精神肯定了唐詩力挽頹風，恢復風雅傳統的正確道路。在《古風》第三十五首中，又批評了當時殘餘的講求模擬雕琢、忽視思想內容的形式主義詩風：「一曲斐然子，雕蟲喪天真。」在創作實踐上，他也和陳子昂有相似之處，多寫古體，少寫律詩，但他在學習樂府民歌以及大力開拓七言詩上，成就卻遠遠超過陳子昂。他這些努力對詩歌革新任務的完成起了巨大作用。李陽冰在他死後為他編的詩集《草堂集》序中說：「盧黃門云：『陳拾遺橫制頹波，天下質文，翕然一變。』至今朝詩體，尚有梁陳宮掖之風，至公大變，掃地以盡。」這是對他革新詩歌功績的正確評價。

杜甫詩歌的思想與藝術成就
（節選）

蕭滌非

杜甫詩歌的人民性

「窮年憂黎元，歎息腸內熱！」《赴奉先詠懷》——對人民的深刻同情，是杜甫詩歌人民性的第一個特徵。杜甫始終關切人民，只要一息尚存，他總希望能看到人民過點好日子，所以他說「尚思未朽骨，復睹耕桑民」《別蔡十四著作》。因此他的詩不僅廣泛地反映了人民的痛苦生活，而且大膽地深刻地表達了人民的思想感情和要求。在「三吏」「三別」中，他反映出廣大人民在殘酷的兵役下所遭受的痛楚。在這裡，有已過兵役年齡的老漢，也有不及兵役年齡的中男，甚至連根本沒有服兵役義務的老婦也被捉去。《羌村》第三首也說到「兒童盡東征」。在《赴奉先詠懷》中，他更指出了勞動人民所創造的物質財富養活了達官貴族：「彤庭所分帛，本自寒女出；鞭撻其夫家，聚斂貢城闕。」並一針見血地揭露了封建社會剝削者與被剝削者之間的階級對立這一根本矛盾：「朱門酒肉臭，路有凍死骨！」

在《又呈吳郎》中，他通過寡婦的撲棗，更說出了窮人心坎裡的話：

　　堂前撲棗任西鄰，無食無兒一婦人。不為困窮寧有此？只緣
恐懼轉須親。即防遠客雖多事，便插疏籬卻甚真。已訴微求貧到
骨，正思戎馬淚盈巾。

他不僅體貼農民的「困窮」，而且還以熱情酣暢的詩筆，描繪了田夫野
老真率粗豪的精神面貌。如《遭田父泥飲》：

　　步屧隨春風，村村自花柳。田翁逼社日，邀我嘗春酒。酒酣
誇新尹，畜眼未見有。回頭指大男，渠是弓弩手。名在飛騎籍，
長番歲時久。前日放營農，辛苦救衰朽。差科死則已，誓不舉家
走。今年大作社，拾遺能住否？叫婦開大瓶，盆中為吾取。感此
氣揚揚，須知風化首。語多雖雜亂，說尹終在口。朝來偶然出，
自卯將及酉。久客惜人情，如何拒鄰叟？高聲索果栗，欲起時被
肘。指揮過無禮，未覺村野醜。月出遮我留，仍嗔問升斗。

「指揮過無禮，未覺村野醜」，在一千二百多年前，一個曾經侍候過皇
帝的人，對待勞動人民竟能如此平等親切，是極為少見而可貴的，也
是富有進步意義的。白居易《觀稼》詩「言動任天真，未覺農人惡」便
是受到杜甫的教益。總之，作為一個詩人，只有在杜甫筆下才能看到
如此眾多的人民形象。

　　杜甫在多年飢寒的體驗中，加深了對人民的同情。有時一想到人
民的痛苦，他便忘懷了自己，甚至不惜犧牲自己的生命。在「幼子飢
已卒」的情況下，他想到的卻是：「生常免租稅，名不隸征伐……默
思失業徒，因念遠戍卒。」當茅屋為秋風所破時，他卻發出了這樣的
宏願：

　　安得廣廈千萬間，大庇天下寒士俱歡顏。風雨不動安如山。
　　嗚呼，何時眼前突兀見此屋，吾廬獨破受凍死亦足！

他寧願「凍死」來換取天下窮苦人民的溫暖。白居易《新製布裘》詩：

「安得萬里裘，蓋裹周四垠。穩暖皆如我，天下無寒人。」黃徹《碧溪詩話》說白居易「推身利以利人」，不及杜甫的「寧苦身以利人」，這評比也是公允的。

當然，杜甫對人民的同情是有限度的。他是一個封建士大夫，只能在維護封建制度的前提下尋求減緩人民災難的辦法，反對人民的「造反」。儘管他寫過「盜賊本王臣」，承認了「官逼民反」；當元結在詩中痛恨官不如賊的時候，他也給以熱烈的支持；但是當袁晁在浙東起義時，他卻寫出了「安得鞭雷公，滂沱洗吳越」的詩句，這就很清楚地表現了他的階級局限。

「濟時敢愛死，寂寞壯心驚！」《歲暮》—— 對祖國的無比熱愛，是杜甫詩歌人民性的第二個特徵。

正如上引詩句所表明的那樣，杜甫是一個不惜自我犧牲的愛國主義者。他的詩歌滲透着愛國的血誠。可以這樣說，他的喜怒哀樂是和祖國命運的盛衰起伏相呼應的。當國家危難時，他對着三春的花鳥會心痛得流淚，如《春望》：

> 國破山河在，城春草木深。感時花濺淚，恨別鳥驚心。烽火
> 連三月，家書抵萬金。白頭搔更短，渾欲不勝簪。

一旦大亂初定，消息忽傳，他又會狂喜得流淚。如《聞官軍收河南河北》：

> 劍外忽傳收薊北，初聞涕淚滿衣裳。
> 卻看妻子愁何在，漫捲詩書喜欲狂。
> 白日放歌須縱酒，青春作伴好還鄉。
> 即從巴峽穿巫峽，便下襄陽向洛陽。

真是「潑血如水」。由於熱情洋溢，一派滾出，因而也就使人忘其為戒律森嚴的律詩。

　　杜甫始終關懷着國家命運，像「向來憂國淚，寂寞灑衣巾」「安危大臣在，不必淚長流」這類詩句是很多的。隨着國家局勢的轉變，他的愛國詩篇也有了不同的內容。比如，在安史之亂期間，他夢想和渴望的就已經不是周公、孔子，而是呂尚、諸葛亮那樣的軍事人物：「淒其望呂葛，不復夢周孔。」（《晚登瀼上堂》）他大聲疾呼：「猛將宜嘗膽，龍泉必在腰！」（《寄董卿嘉榮》）而「哀鳴思戰鬥，迥立向蒼蒼」（《秦州雜詩》），也絕不只是寫的一匹「老驌驦」，而是蘊含着一種急欲殺敵致果的報國心情在內的詩人自己的形象。因此從最深刻的意義上來說，「三吏」「三別」並非只是揭露兵役黑暗、同情人民痛苦的諷刺詩，同時也是愛國的詩篇。因為在這些詩中也反映出並歌頌了廣大人民忍受一切痛苦的愛國精神。「勿為新婚念，努力事戎行！」（《新婚別》）這是人民的呼聲，時代的呼聲，也是詩人自己通過新娘子的口發出的愛國號召。黃家舒說：「均一兵車行役之淚，而太平黷武，則志在安邊；神京陸沉，則義嚴討賊。」（《杜詩註解》序）從戰爭的性質指出杜甫由反戰到主戰同樣是從國家人民的利益出發，是有見地的。

　　「必若救瘡痍，先應去蟊賊！」（《送韋諷上閬州錄事參軍》）——一個愛國愛民的詩人，對統治階級的各種禍國殃民的罪行也必然是懷着強烈的憎恨，而這也就是杜詩人民性的第三個特徵。

　　杜甫的諷刺面非常廣，也不論對象是誰。早在困守長安時期，他就抨擊了唐玄宗的窮兵黷武，致使人民流血破產。在這方面，《兵車行》是有其代表性的：

> 車轔轔，馬蕭蕭，行人弓箭各在腰。
> 爺娘妻子走相送，塵埃不見咸陽橋。
> 牽衣頓足攔道哭，哭聲直上干雲霄。
> 道旁過者問行人，行人但云點行頻。

或從十五北防河，便至四十西營田。

去時里正與裹頭，歸來頭白還戍邊。

邊庭流血成海水，武皇開邊意未已。

君不聞漢家山東二百州，千村萬落生荊杞。

縱有健婦把鋤犁，禾生隴畝無東西。

況復秦兵耐苦戰，被驅不異犬與雞。

長者雖有問，役夫敢伸[1]恨？

且如今年冬，未休關西卒。

縣官急索租，租稅從何出？

信知生男惡，反是生女好：

生女猶得嫁比鄰，生男埋沒隨百草。

君不見，青海頭，古來白骨無人收。

新鬼煩冤舊鬼哭，天陰雨濕聲啾啾！

在《前出塞》中，詩人也代人民提出了同樣的抗議：「君已富土境，開邊一何多！」

楊國忠兄妹，當時炙手可熱，勢傾天下，但杜甫卻在《麗人行》中揭露了他們的奢侈荒淫的面目：

三月三日天氣新，長安水邊多麗人。態濃意遠淑且真，肌理細膩骨肉勻。繡羅衣裳照暮春，蹙金孔雀銀麒麟。頭上何所有，翠微匎葉垂鬢唇。背後何所見，珠壓腰衱穩稱身。就中雲幕椒房親，賜名大國虢與秦。紫駝之峰出翠釜，水精之盤行素鱗。犀箸厭飫久未下，鸞刀縷切空紛綸。黃門飛鞚不動塵，御廚絡繹送八珍。簫鼓哀吟感鬼神，賓從雜遝實要津。後來鞍馬何逡巡，當軒

___
1「伸」一為「申」。——編者註

下馬入錦茵。楊花雪落覆白蘋，青鳥飛去銜紅巾。炙手可熱勢絕倫，慎莫近前丞相嗔！

詩人還把楊國忠兄妹們這種生活和人民的苦難，和國家的命運聯繫起來：「朝野歡娛後，乾坤震蕩中。」（《寄賀蘭銛》）同時，他又警告統治者要節儉，認為：「君臣節儉足，朝野歡呼同。」[1]

唐肅宗、代宗父子信用魚朝恩、李輔國和程元振一班宦官，使掌兵權，杜甫卻大罵：「關中小兒壞紀綱！」認為只有把他們殺掉，國家才能有轉機：「不成誅執法，焉得變危機！」在《冬狩行》中他諷刺地方軍閥只知打獵取樂：「草中狐兔盡何益？天子不在咸陽宮。」伴隨着叛亂而來的是官軍的屠殺姦淫，《三絕句》之一對此作了如下的無情揭露：

殿前兵馬雖驍雄，縱暴略與羌渾同。聞道殺人漢水上，婦女多在官軍中。

這時，官吏的貪污剝削也有加無已，《歲晏行》說：「況聞處處鬻男女，割慈忍愛還租庸。」針對這些現象，作為一個人民詩人，他有時就難免破口大罵，把他們比作虎狼：「群盜相隨劇虎狼，食人更肯留妻子！」（《三絕句》）把他們看作凶手：「萬姓瘡痍合，群凶嗜欲肥！」（《送盧十四侍御護韋尚書靈櫬歸上都》）可惜，階級的局限使杜甫仍只能把希望寄託在統治者身上：「誰能叩君門，下令減徵賦？」同時在力所能及的範圍內忠告他的朋友們要做清官：「眾僚宜潔白，萬役但平均！」真是「告誡友朋，若訓子弟」（《杜詩胥鈔》）。

除上述三方面這些和當時政治、社會直接有關的作品外，在一些詠物、寫景的詩中，也都滲透着人民的思想感情。比如說，同是一個

1　出自《往在》。——編者註

雨，杜甫有時則表示喜悦，如《春夜喜雨》：「好雨知時節，當春乃發生。隨風潛入夜，潤物細無聲。」即使是大雨，哪怕自己的茅屋漏了，只要對人民有利，他照樣是喜悦：「敢辭茅葦漏，已喜禾黍高。」（《大雨》）但當久雨成災時，他卻遏止不住他的惱怒：「吁嗟乎蒼生，稼穡不可救。安得誅雲師，疇能補天漏！」（《九日寄岑參》）可見他的喜怒是從人民的利益出發，以人民的利益為轉移的。在詠物詩中，有的直接和現實聯繫，如《枯椶》《病桔》等；有的則是借物寓意，因小明大，如《螢火》刺宦官的竊弄權柄，《花鴨》刺奸相的箝制言論，至如《麂》詩「衣冠兼盜賊，饕餮用斯須」那更是憤怒的譴責。所有這些，都可以看作政治諷刺詩。

杜甫熱愛生活，熱愛祖國的大自然。他那些有關夫妻、兄弟、朋友的抒情詩，如《月夜》《月夜憶弟》《夢李白》等，也無不浸透着摯愛和無私精神。「三夜頻夢君，情親見君意」「世人皆欲殺，吾意獨憐才」，他對李白的友誼是如此深厚。我們祖國的山川風物是美不勝收的，杜甫並不是山水詩人，但他卻比之一般山水詩人寫出了更多的山水詩，而且自具特色。中國有五嶽，杜甫用同一詩題「望嶽」寫了其中的三個：泰山、華山、衡山。此外像隴山、劍閣、三峽、洞庭等等也都作了出色的描繪。「秦城樓閣煙花裡，漢主山河錦繡中」（《清明》），「一重一掩吾肺腑，山鳥山花吾友于」（《嶽麓山道林二寺行》），從這類句子，我們也就可以看出這類詩同樣飽含着詩人的愛國激情。

杜甫詩歌的藝術性

杜甫異常重視詩歌的藝術性。他對於一篇詩的要求非常嚴格，即所謂「毫髮無遺憾」。因此，他的詩不僅具有高度的思想性，而且具

有高度的藝術性，是內容與形式高度統一的典範。

從創作方法上來看，杜甫的最大成就和特色，是現實主義。杜甫有他獨特的豐富的生活經驗，他的詩多取材於人民生活，和社會現實密切結合，為了真實地形象地反映現實生活，他需要採用現實主義的表現手法。這就是形成他的詩的這一特色的內在原因。

為了比較便於闡明杜詩現實主義的若干特點，我們可以分別地就敘事詩和抒情詩兩方面來談。

杜甫的敘事詩，特別值得我們珍視。在他以前，文人寫的敘事詩是很少的，敘人民的事的就更少。杜甫的敘事詩，不僅數量多，而且質量高，現實主義特色也表現得最為突出，最為充分。這有以下幾點：

第一，善於對現實生活作典型的藝術概括。在杜甫許多著名的敘事詩中，我們可以看到他很善於選擇和概括有典型意義的人物，通過個別，反映一般。比如《兵車行》中那個「行人」的談話，便說出了千萬個徵夫戍卒的相同或相似的遭遇；「三吏」「三別」更是典型概括的最好的範例。例如《無家別》裡，寫亂後鄉里的面目，寫無家可歸的士兵的心理：「近行只一身，遠去終轉迷。家鄉既蕩盡，遠近理亦齊」；寫士兵對死於溝壑的母親的回憶，都有極其深廣的現實內容。就以《羌村》來說，雖然是敘述詩人自己亂後回鄉的經歷，但是，詩中所寫的「妻孥怪我在，驚定還拭淚」「夜闌更秉燭，相對如夢寐」等家人相逢的情景，以及「鄰人滿牆頭，感歎亦歔欷」的場面，絕不只是反映了詩人自己的生活經歷。杜甫這些詩所以千百年來都一直能令人讀後感到驚心動魄，其秘密也就在於它是現實生活的高度集中的概括。杜甫還善於把巨大的社會內容集中在一兩句詩裡，「朱門酒肉臭，路有凍死骨」之所以震撼人心，就因為它是詩人以如椽的詩筆，概括了社會現實中的尖銳的矛盾，寫出了統治集團的鐵案如山的罪證。他

如：「十室幾人在，千山空自多」「戰血流依舊，軍聲動至今」等，同樣是以高度集中概括而「力透紙背」的名句。盧世淮評「萬姓瘡痍合，群凶嗜欲肥」二句說：「合字肥字，慘不可讀。詩有一字而峻奪人魄者，此也！」「合」「肥」二字所以具有「峻奪人魄」的力量，便是高度集中的結果。

第二，寓主觀於客觀。也就是將自己的主觀意識、思想感情融化在客觀的具體描寫中，而不明白說出。這是杜甫敘事詩最大的特點，也是杜甫最大的本領，因為必須具有善於克制自己的激動的冷靜頭腦。這方面最典型的例子是《石壕吏》：

> 暮投石壕村，有吏夜捉人。老翁踰[1]牆走，老婦出門看。吏呼一何怒！婦啼一何苦！聽婦前致詞：「三男鄴城戍，一男附書至，二男新戰死。存者且偷生，死者長已矣。室中更無人，惟有乳下孫。孫有母未去，出入無完裙。老嫗力雖衰，請從吏夜歸。急應河陽役，猶得備晨炊。」夜久語聲絕，如聞泣幽咽。天明登前途，獨與老翁別。

除「吏呼一何怒」二句微微透露了他的愛憎之外，便都是對客觀事物的具體描寫。他把自己的主觀感受和評價融化在客觀的敘述中，讓事物本身直接感染讀者。只如「有吏夜捉人」這一句，無疑是客觀敘述，但同時也就是作者的諷刺、斥責。不必明言黑暗殘暴，而黑暗殘暴之令人髮指，已自在其中。此外，《麗人行》中對楊國忠兄妹的荒淫，只是從他們的服飾、飲饌和行動上作具體的刻畫，不顯加譴責，而諷意自見。白居易也是現實主義詩人，我們如果拿他同樣是反對窮兵黷武的名詩《新豐折臂翁》來和杜甫的《兵車行》對照，馬上就可以發現它

---

1 踰，通「逾」。——編者註

們之間的差異。在《兵車行》裡，杜甫始終沒有開腔，「行人」的話說完，詩也就結束了。但在《新豐折臂翁》中，白居易在敘述那折臂翁的談話之後，卻自發議論，明白點破作詩的主旨。白詩的諷刺色彩雖然很鮮明，但杜詩寓諷刺於敘事之中，更覺真摯哀痛，沁人心脾。

第三，對話的運用和人物語言的個性化。為了把人物寫得生動，杜甫吸收了漢樂府的創作經驗，常常運用對話或人物獨白，並做到了人物語言的個性化。這類作品很多，現以《新婚別》為例。這是寫的一位新娘子的獨白：

> 兔絲附蓬麻，引蔓故不長。嫁女與徵夫，不如棄路旁。結髮為君妻，席不暖君床。暮婚晨告別，無乃太匆忙！君行雖不遠，守邊赴河陽。妾身未分明，何以拜姑嫜！父母養我時，日夜令我藏。生女有所歸，雞狗亦得將。君今往死地，沉痛迫中腸。誓欲隨君去，形勢反蒼黃。勿為新婚念，努力事戎行！婦人在軍中，兵氣恐不揚。自嗟貧家女，久致羅襦裳。羅襦不復施，對君洗紅妝。仰視百鳥飛，大小必雙翔。人事多錯迕，與君永相望。

新婚竟成生離死別，本是痛不欲生，但一想到自己還是剛過門的新娘子，所以態度不免矜持，語帶羞澀，備極吞吐，這是完全符合人物的特定身份和精神面貌的。所以我們讀起來，總有一種如見其人、如聞其聲的感覺。

第四，採用俗語。這是杜詩語言的一大特色。杜甫在抒情的近體詩中即多用俗語，但在敘事的古體詩中則更為豐富，關係也更為重要。因為這些敘事詩許多都是寫的人民生活，採用一些俗語，自能增加詩的真實性和親切感，並有助於突出人物性格和語言的個性化。比如同是一個呼喚妻子的動作，在《病後過王倚飲》一詩中，杜甫用的是「喚婦出房親自饌」，而在《遭田父泥飲》中，卻用的是「叫婦開大

瓶」,「叫婦」這一俗語,便顯示了田父的本色。其他如《兵車行》的「爺娘妻子走相送」「牽衣頓足攔道哭」,《新婚別》的「生女有所歸,雞狗亦得將」,也是很生動的例子。至如《前出塞》的「挽弓當挽強,用箭當用長。射人先射馬,擒賊先擒王」,更是有同謠諺了。

第五,細節描寫。杜甫善於捕捉富於表現力的、能夠顯示事物本質和人物精神面貌的細節。例如《兵車行》「長者雖有問,役夫敢伸恨?」便是這樣一個細節。它不僅揭示了那個役夫「敢怒而不敢言」的痛苦心情,而且也揭露了封建統治階級的殘酷壓迫。又如《石壕吏》用「夜久語聲絕,如聞泣幽咽」這一細節暗示出老婦竟被拉走的慘劇,《麗人行》用「犀筋厭飫久未下」這一小動作來刻畫那班貴婦人的驕氣,都是很好的例證。他細節描寫最出色的是《北征》中寫他妻子兒女的一段:

　　……經年至茅屋,妻子衣百結。慟哭松聲回,悲泉共幽咽。平生所嬌兒,顏色白勝雪。見爺背面啼,垢膩腳不襪。床前兩小女,補綻才過膝。海圖坼波濤,舊繡移曲折。天吳及紫鳳,顛倒在短褐。老夫情懷惡,嘔泄臥數日。那無囊中帛,救汝寒凜冽。粉黛亦解苞,衾裯稍羅列。瘦妻面復光,癡女頭自櫛。學母無不為,曉妝隨手抹。移時施朱鉛,狼藉畫眉闊。生還對童稚,似欲忘飢渴。問事競挽鬚,誰能即嗔喝。翻思在賊愁,甘受雜亂聒。……

這裡不僅生動地描繪了小兒女的天真爛漫,而且也烘托出了他自己的悲喜交集的複雜心情。前人說杜甫「每借沒要緊事,形容獨至」,其實就是細節描寫。

應該指出:上述諸特點,在杜甫的敘事詩中往往是同時出現的。

作為一個現實主義詩人,杜甫的抒情詩也有他自己的風格。他往

往像在敘事詩中刻畫人物那樣對自己曲折、矛盾的內心世界進行深入的解剖，《赴奉先詠懷》頭一大段就是最典型的例子。《聞官軍收河南河北》是杜甫生平第一首快詩，乍一看好像很抽象，其實仍很具體，他用「涕淚滿衣裳」來寫他的喜極而悲，並抓住「漫捲詩書」這一小動作來表現他的大喜欲狂，下面四句雖然屬於幻想，但在幻想中仍有豐富的形象性。在敘事詩中，杜甫寄情於事，在抒情詩中，則往往寄情於景，融景入情，使情景交融。這也有兩種情況：一種是情景同時出現，如他的名句：「感時花濺淚，恨別鳥驚心」[1]、「江山如有待，花柳更無私」（《後遊》）。另一種是只見景，不見情，如《登慈恩寺塔》：「秦川忽破碎，涇渭不可求。俯視但一氣，焉能辨皇州。」其中便包含着憂國憂民的心情。「五更鼓角聲悲壯，三峽星河影動搖」[2]、「高江急峽雷霆鬥，古木蒼藤日月昏」（《白帝》），其中也同樣有着詩人跳動的激情和那個混亂時代的陰影。在敘事詩中，杜甫儘量有意識地避免發議論，在抒情詩，具體地說在政治抒情詩中，卻往往大發議論，提出自己的政見和對時事的批評，如「由來強幹地，未有不臣朝」[3]、「安得務農息戰鬥，普天無吏橫索錢」[4]之類。為了適應內容的要求，杜甫的敘事詩概用伸縮性較大的五、七言古體，而抒情詩則多用五、七言近體。

　　杜甫是一個具有遠大政治抱負的詩人，這就決定了他的現實主義是有理想的現實主義。因此在他的某些敘事兼抒情的詩中往往出現現實主義和浪漫主義相結合的作品。《洗兵馬》可以作代表。詩一開

---

1 出自《春望》。——編者註

2 出自《閣夜》。——編者註

3 出自《有感五首》。——編者註

4 出自《晝夢》。——編者註

始就以飄風急雨的筆調寫出了大快人心的勝利形勢，熱情地歌頌了祖國的中興：「中興諸將收山東，捷書夜報清晝同。河廣傳聞一葦過，胡危命在破竹中。」但一面又以唱歎的語氣提醒統治者要安不忘危：「已喜皇威清海岱，常思仙仗過崆峒。三年笛裡關山月，萬國兵前草木風。」並幽默地諷刺了那些因人成事、趨炎附勢的王侯新貴：「攀龍附鳳勢莫當，天下盡化為侯王。」也沒有忘記人民的生計：「田家望望惜雨乾，布穀處處催春種。」詩的結尾更通過「安得壯士挽天河」的壯麗幻想，提出了「淨洗甲兵長不用」的希望。全詩基調是樂觀的，氣勢磅礴，色彩絢麗，充滿鼓舞人心的力量，但又兼有清醒的現實主義的批判精神。王安石選杜詩以此詩為壓卷，是有眼光的。此外《鳳凰台》《茅屋為秋風所破歌》也都是較突出的現實主義和浪漫主義相結合的作品。

杜詩的風格，多種多樣。但最具有特徵性、為杜甫所自道且為歷來所公認的風格，是「沉鬱頓挫」。時代環境的急遽變化，個人生活的窮愁困苦，思想感情的博大深厚，以及表現手法的沉着蘊藉，是形成這種風格的主要因素。比如同是鄙薄權貴，李白說「安能摧眉折腰事權貴，使我不得開心顏」，杜甫卻說「野人曠蕩無靦顏，豈可久在王侯間」；同是寫友情，李白說「我寄愁心與明月，隨風直到夜郎西」，杜甫卻說「故憑錦水將雙淚，好過瞿塘灩澦堆」，一飄逸，一沉鬱，是很明顯的。

杜甫所以能取得這樣高的藝術成就，絕非偶然，而是用盡他畢生的心血換來的，這表現在以下幾方面。第一是虛心的學習。他向古人學習，也向同時代人學習；向作家學習，也向民歌學習。所以他說「不薄今人愛古人」「轉益多師是汝師」。虛心的學習，使杜甫奄有眾長，兼工各體，並能推陳出新，別開生面，做到像元稹所說的「盡得古今

之體勢，而兼人人之所獨專」。但是他也不是無批判地學習，所以又說「別裁偽體親風雅」，而在肯定「清詞麗句必為鄰」的同時，就提醒人們不要滑進形式主義的泥坑：「恐與齊梁作後塵」。第二是苦心的寫作。儘管杜甫稱讚他的詩友李白是「敏捷詩千首」，但卻不諱言自己寫詩的「苦用心」。為了詩語「驚人」，他的苦用心竟達到這樣的程度：「語不驚人死不休！」可貴的是，杜甫還堅持了這種苦心孤詣的寫作態度，他說「他鄉閱遲暮，不敢廢詩篇」，又說「老去漸於詩律細」。他的作品，不是愈老愈少，而是愈老愈多，直到死亡前夕，還力疾寫出《風疾舟中伏枕書懷》那樣長篇的排律。他真是學到老、寫到老。第三是細心的探討。盛唐詩人很多，談論詩的卻少。杜甫與之相反，他好論詩，而且細心。他對李白說「何時一樽酒，重與細論文」，對嚴武說「吟詩好細論」，對高適、岑參說「會待妖氛靜，論文暫裹糧」，此類甚多。他對於論詩，很自負，也很感興趣，所以說「論文或不愧」「說詩能累夜」。他的《戲為六絕句》《偶題》等專門論詩的詩，其中就可能包括他和朋友們「細論文」的一部分內容。此外，對書、畫、音樂、舞蹈等藝術的廣泛愛好和吸收，也有助於他的詩歌藝術的提高。在《劍器行》的序文中，他就曾提到張旭草書的「長進」和「豪蕩感激」，是得到公孫大娘「劍器舞」的啟發這樣一個事例。他從一幅畫中所領會的「咫尺應須論萬里」的畫境，和他要求一首詩所應達到的「篇終接混茫」的詩境，正是近似的、相通的。

白居易詩歌的思想性和藝術性

蕭滌非

　　白居易是唐代詩人中創作最多的一個。他曾將自己五十一歲以前寫的一千三百多首詩編為四類：一諷諭、二閒適、三感傷、四雜律。這個分類原不夠理想，因為前三類以內容分，後一類又以形式分，未免夾雜，但基本上還是適用的。同時從他把雜律詩列為一類來看，也反映了律詩這一新詩體到中唐元和年代已發展到可以和古體詩分庭抗禮了。他晚年又曾將五十一歲以後的詩只從形式上分為「格詩」和「律詩」兩類，也説明這一情況。

　　四類中，價值最高，他本人也最重視的是第一類諷諭詩。這些諷諭詩，是和他的兼善天下的政治抱負一致的，同時也是他的現實主義詩論的實踐。其中《新樂府》五十首、《秦中吟》十首更是有組織有計劃的傑作，真是「篇篇無空文，句句必盡規」，具有高度的人民性和豐富的現實內容。

　　從「惟歌生民病」出發，諷諭詩的第一個特點是廣泛地反映人民的痛苦，並表示極大的同情。這首先是對農民的關切。在《觀刈麥》中，他描寫了「足蒸暑土氣，背灼炎天光」的辛勤勞動的農民，和由於「家田輸税盡」不得不拾穗充飢的貧苦農婦，並對自己的不勞而食

深感「自愧」。在《採地黃者》中更反映了農民牛馬不如的生活，他們沒有「口食」，而地主的馬卻有「殘粟」(餘糧)：「願易馬殘粟，救此苦飢腸！」所以詩人曾得出結論說：「嗷嗷萬族中，唯農最苦辛！」對農民的深厚同情使詩人在《杜陵叟》中爆發出這樣的怒吼：

> 剝我身上帛，奪我口中粟。虐人害物即豺狼，何必鈎爪鋸牙食人肉！

這是農民的反抗，也是詩人的鞭撻。

在封建社會，不只是農民，婦女的命運同樣是悲慘的。對此，白居易也有多方面的反映，如《井底引銀瓶》《母別子》等。對於被迫斷送自己的青春和幸福的宮女，尤為同情。如《後宮詞》：「三千宮女胭脂面，幾個春來無淚痕？」白居易不只是同情宮女，而且把宮女作為一個社會問題、政治問題，認為「上則虛給衣食，有供億糜費之煩；下則離隔親族，有幽閉怨曠之苦」(《請揀放後宮內人》)，要求憲宗儘量揀放。因此在《七德舞》中他歌頌了太宗的「怨女三千放出宮」，而在《過昭君村》一詩中更反映了人民對選宮女的抵抗情緒：「至今村女面，燒灼成瘢痕。」基於這樣的認識和同情，詩人寫出了那著名的《上陽白髮人》：

> 上陽人！上陽人！紅顏暗老白髮新。綠衣監使守宮門，一閉上陽多少春？玄宗末歲初選入，入時十六今六十。同時採擇百餘人，零落年深殘此身。憶昔吞悲別親族，扶入車中不教哭：皆云入內便承恩，臉似芙蓉胸似玉。未容君王得見面，已被楊妃遙側目。妒令潛配上陽宮，一生遂向空房宿。宿空房，秋夜長。夜長無寐天不明。耿耿殘燈背壁影，蕭蕭暗雨打窗聲。春日遲，日退獨坐天難暮。宮鶯百囀愁厭聞，梁燕雙栖老休妒。鶯歸燕去長悄然，春往秋來不記年。惟向深宮望明月，東西四五百回圓。今日

宮中年最老，大家遙賜尚書號。小頭鞋履窄衣裳，青黛點眉眉細
長。外人不見見應笑，天寶末年時世妝。上陽人，苦最多。少亦
苦，老亦苦，少苦老苦兩如何！君不見昔時呂向《美人賦》，又不
見今日《上陽宮人白髮歌》！

唐詩中以宮女為題材的並不少，但很少寫得如此形象生動。「宿空房，
秋夜長」一段，敘事、抒情、寫景，三者融合無間，尤富感染力。歷
史的和階級的局限，使詩人還只能發出「須知婦人苦，從此莫相輕」
「人生莫作婦人身，百年苦樂由他人」這樣無可奈何的感歎和呼籲，但
在那時已是很可貴了。

　　人民的疾苦，白居易知道是從何而來的，他曾一語道破：「一人
荒樂萬人愁！」為了救濟人病，因此諷諭詩的另一特點，就是對統治
階級的「荒樂」以及與此密切關聯的各種弊政進行揭露。中唐的弊政
之一，是不收實物而收現錢的「兩稅法」。這給農民帶來極大的痛苦。
《贈友》詩質問道：「私家無錢爐，平地無銅山；胡為秋夏稅，歲歲輸
銅錢？」為了換取銅錢，農民只有「賤糶粟與麥，賤貿絲與綿」，結果
是「歲暮衣食盡」「憔悴畎畝間」。在《重賦》中，更揭露了兩稅的真
相：「斂索無冬春。」對農民的憔悴也作了描繪，並提出控訴：「奪我
身上暖，買爾眼前恩！」

　　中唐的另一弊政，是名為購物「而實奪之」的「宮市」。所謂宮
市，就是由宮庭派出宦官去市物。這遭殃的雖只限於「輦轂之下」的
長安地區的人民，問題似乎不大，但因為直接關涉到皇帝和宦官的利
益，很少人敢過問，白居易這時卻寫出了《賣炭翁》，並標明：「苦宮
市也！」

　　　賣炭翁，伐薪燒炭南山中。滿面塵灰煙火色，兩鬢蒼蒼十指
黑。賣炭得錢何所營？身上衣裳口中食。可憐身上衣正單，心憂

炭賤願天寒。夜來城外一尺雪，曉駕炭車輾冰轍。牛困人飢日已高，市南門外泥中歇。翩翩兩騎來是誰？黃衣使者白衫兒。手把文書口稱敕，回車叱牛牽向北。一車炭，千餘斤，宮使驅將惜不得。半匹紅紗一丈綾，繫向牛頭充炭值！

篇中「黃衣使者」和「宮使」，便都是指的宦官。此詩不發議論，更沒有露骨的諷刺，是非愛憎即見於敘事之中，這寫法在白居易的諷諭詩裡也是較獨特的。《宿紫閣山北村》一篇，則是刺的掌握禁軍的宦官頭目，曾使得他們「切齒」。

中唐的弊政，還有「進奉」。所謂進奉，就是地方官把額外搾取的財物美其名曰「羨餘」，拿去討好皇帝，謀求高官。白居易的《紅線毯》，雖自言是「憂農桑之費」，其實也就是諷刺「進奉」的。詩中的宣州太守便是這樣一個典型的地方官。

紅線毯，擇繭繰絲清水煮，揀絲練線紅藍染。染為紅線紅於花，織作披香殿上毯。披香殿廣十丈餘，紅線織成可殿鋪。採絲茸茸香拂拂，線軟花虛不勝物。美人踏上歌舞來，羅襪繡鞋隨步沒。太原毯澀毳縷硬，蜀都褥薄錦花冷。不如此毯溫且柔，年年十月來宣州。宣州太守加樣織，自謂為臣能竭力。百夫同擔進宮中，線厚絲多捲不得。宣州太守知不知？一丈毯，千兩絲。地不知寒人要暖，少奪人衣作地衣！

白居易《論裴均進奉銀器狀》說當時地方官「每假進奉，廣有誅求」，又《論於頔裴均狀》也說「莫不減削軍府，割剝疲人（民），每一入朝，甚於兩稅」，可見「進奉」害民之甚。對於統治階級的荒樂生活本身，白居易也進行了抨擊，如《歌舞》《輕肥》《買花》等，都是有的放矢。

作為諷諭詩的第三個特點的，是愛國主義思想。這又和中唐時代

國境日蹙的軍事形勢密切相關。《西涼伎》通過老兵的口發出這樣的慨歎：

> 自從天寶干戈起，犬戎日夜吞西鄙。涼州陷來四十年，河隴侵將七千里。平時安西萬里疆，今日邊防在鳳翔！

這種情況原應激起邊將們的忠憤，然而事實卻是：「遺民腸斷在涼州，將卒相看無意收！」為甚麼無意收呢？《城鹽州》揭穿了他們的秘密：「相看養寇為身謀，各握強兵固恩澤！」令人髮指的，是這班邊將不僅養寇，而且把從失地逃歸的愛國人民當作「寇」去冒功求賞。這就是《縛戎人》所描繪的：「脫身冒死奔逃歸，晝伏露行經大漠」「游騎不聽能漢語，將軍遂縛作蕃生。……自古此冤應未有，漢心漢語吐蕃身！」在這些交織着同情和痛恨的詩句中，也充分表現了作者的愛國精神。當然，非正義的侵略戰爭他也是反對的，如《新豐折臂翁》。但也應看到這首詩是為天寶年間的窮兵黷武而發，帶有詠史的性質。

在藝術形式方面，諷諭詩也有它自身的特點。這是由這類詩的內容和性質決定的。概括地說，諷諭詩約有以下一些藝術特點：

（一）主題的專一和明確。白居易自言《秦中吟》是「一吟悲一事」，其實也是他的諷諭詩的一般特色。一詩只集中地寫一件事，不旁涉他事，不另出他意，這就是主題的專一。白居易效法《詩經》作《新樂府》五十首，以詩的首句為題，並在題下用小序注明詩的美刺目的，如《賣炭翁》「苦宮市也」之類；同時還利用詩的結尾（卒章）作重點突出，不是唯恐人知，而是唯恐人不知，所以主題思想非常明確。這也就是所謂「首句標其目，卒章顯其志」。而且在題材方面，所謂「一吟悲一事」，也不是漫無抉擇的任何一件事，而是從紛繁的各類真人真事中選取最典型的事物。例如「宮市」，《新唐書》卷五十二說：「有賚物入市而空歸者。每中官出，沽漿賣餅之家皆撤肆塞門。」可

見受害的下層人民很多，但他只寫一《賣炭翁》；當時的「進奉」也是形形色色的，同書同卷說當時有所謂「日進」「月進」，但他也只寫一《紅線毯》。這當然也有助於主題的明確性。

（二）運用外貌和心理等細節刻畫來塑造人物形象。例如《賣炭翁》，一開始用「滿面塵灰煙火色，兩鬢蒼蒼十指黑」這樣兩句，便畫出了一個年邁而善良的炭工；接着又用「可憐身上衣正單，心憂炭賤願天寒」來刻畫炭工的內心矛盾，就使得人物更加生動、感人，並暗示這一車炭就是他的命根子。這些都有助於作品主題思想的深化。此外如《縛戎人》的「唯許正朔服漢儀，斂衣整巾潛淚垂」「忽聞漢軍鼙鼓聲，路傍走出再拜迎」，《上陽白髮人》的「惟向深宮望明月，東西四五百回圓」等，也都可為例。

（三）鮮明的對比，特別是階級對比。他往往先盡情摹寫統治階級的糜爛生活，而在詩的末尾忽然突出一個對立面，反戈一擊，這樣來加重對統治階級的鞭撻。如《輕肥》在描繪大夫和將軍們「樽罍溢九醞，水陸羅八珍」之後，卻用「是歲江南旱，衢州人食人」作對比；《歌舞》在暢敘秋官、廷尉「醉暖脫重裘」的開懷痛飲之後，卻用「豈知閿鄉獄，中有凍死囚」作對比，都具有這樣的作用。《買花》等也一樣。這種階級對比的手法也是由階級社會生活本身的對抗性矛盾所規定的。

（四）敘事和議論結合。諷諭詩基本上都是敘事詩，但敘述到最後，往往發為議論，對所寫的事作出明確的評價。這也和他所謂的「卒章顯其志」有關。他有的詩，議論是比較成功的，如《紅線毯》在具體生動的描繪之後，作者彷彿是指着宣州太守的鼻子提出正義的詰責，給人比較強烈的印象。《新豐折臂翁》的卒章也有比較鮮明的感情色彩。但是，也有一些詩，結尾近於純粹說理，給人印象不深，甚

至感到有些枯燥。只有《賣炭翁》等個別篇章，不着一句議論，可以看作例外。

（五）語言的通俗化。平易近人，是白詩的一般風格。但諷諭詩更突出。這是因為「欲見之者易諭」。他仿民歌採用三三七的句調也是為了通俗。把詩寫得「易諭」並非易事，所以劉熙載說：「香山用常得奇，此境良非易到。」（《藝概》二）袁枚也說白詩「意深詞淺，思苦言甘。寥寥千載，此妙誰探？」（《續詩品》）白詩流傳之廣和這點有很大關係。白居易還廣泛地運用了比興手法，有的用人事比喻人事，如「託幽閉喻被讒遭黜」的《陵園妾》，「借夫婦以諷君臣之不終」的《太行路》，更具有雙重的諷刺意義。

諷諭詩的這些藝術特點都是為上述那些內容服務的。當然，也不是沒有缺陷，主要是太盡太露，語雖激切而缺少血肉，有時流於蒼白的說教。宋張舜民說「樂天新樂府幾乎罵」（《瀕南詩話》卷三），是有一定的根據的。這已不是一個單純的藝術技巧問題了。

諷諭詩外，值得着重提出的是感傷詩中的兩篇敘事長詩：《長恨歌》和《琵琶行》。

《長恨歌》是白居易三十五歲時作的，寫唐明皇和楊貴妃的愛情悲劇。一方面由於作者世界觀的局限，另一方面也由於唐明皇這個歷史人物既是安史之亂的製造者又是一個所謂「五十年太平天子」，因此詩的主題思想也具有雙重性，既有諷刺，又有同情。詩的前半露骨地諷刺了唐明皇的荒淫誤國，劈頭第一句就用「漢皇重色思傾國」喝起，接着是「春宵苦短日高起，從此君王不早朝」「姊妹兄弟皆裂土，可憐光彩生門戶，遂令天下父母心，不重生男重生女」，諷意是極明顯的。從全詩來看，前半是長恨之因。詩的後半，作者用充滿着同情的筆觸寫唐明皇的入骨相思，從而使詩的主題思想由批判轉為對他們

堅貞專一的愛情的歌頌，是長恨[1]的正文。但在歌頌和同情中仍暗含
諷意，如詩的結尾兩句，便暗示了正是明皇自己的重色輕國造成了這
個無可挽回的終身恨事。但是，我們也應該承認，詩的客觀效果是同
情遠遠地超過了諷刺，讀者往往深愛其「風情」，而忘記了「戒鑒」。
這不僅因為作者對明皇的看法存在着矛盾，而且和作者在刻畫明皇相
思之情上着力更多也很有關係。《長恨歌》的藝術成就很高，前半寫
實，後半則運用了浪漫主義的幻想手法。沒有豐富的想像和虛構，便
不可能有「歸來池苑皆依舊」一段傳神寫照，特別是海上仙山的奇境。
但虛構中仍有現實主義的精確描繪，人物形象生動，使人不覺得是虛
構。語言和聲調的優美，抒情寫景和敘事的融合無間，也都是《長恨
歌》的藝術特色。

　　《琵琶行》是白居易貶江州的次年寫的，感傷意味雖較重，但比
《長恨歌》更富於現實意義。琵琶女具有一定的典型性，「門前冷落車
馬稀，老大嫁作商人婦」，反映了當時妓女共同的悲慘命運。一種對
被壓迫的婦女的同情和尊重，使詩人把琵琶女的命運和自己的身世很
自然地聯繫在一起：「同是天涯淪落人，相逢何必曾相識。」至於敘述
的層次分明，前後映帶，描寫的細緻生動，比喻的新穎精妙 —— 如形
容琵琶一段，使飄忽易逝的聲音至今猶如在讀者耳際，以及景物烘托
的渾融，如用「惟見江心秋月白」來描寫聽者的如夢初醒的意態，從
而烘托出琵琶的妙絕入神，所有這些則是它的藝術特點。

　　他的閒適詩也有一些較好的篇章。如《觀稼》：「飽食無所勞，何
殊衛人鶴？」對自己的閒適感到內疚。《自蜀江至洞庭湖口有感而作》
一詩中，詩人幻想讓大禹作唐代水官，疏濬江湖，使「龍宮變閭里，

---

1 即《長恨歌》。 —— 編者註

水府生禾麥」，也表現了詩人不忘國計民生的精神。但歷來傳誦的卻是雜律詩中的兩首。一是他十六歲時所作並因而得名的《賦得古原草送別》：

> 離離原上草，一歲一枯榮。野火燒不盡，春風吹又生。遠芳侵古道，晴翠接荒城。又送王孫去，萋萋滿別情。

另一是《自河南經亂關內阻飢兄弟離散》那首七律：

> 時難年荒世業空，弟兄羈旅各西東。
> 田園寥落干戈後，骨肉流離道路中。
> 弔影分為千里雁，辭根散作九秋蓬。
> 共看明月應垂淚，一夜鄉心五處同。

閒適、雜律兩類在他詩集中佔有絕大比重，像這樣較好的詩卻很少。其他多是流連光景之作，寫得平庸浮淺；還有很多和元稹等人的往復酬唱，更往往不免矜奇炫博，「為文造情」。這不能不影響詩人的聲譽。

白居易最大的貢獻和影響是在於繼承從《詩經》到杜甫的現實主義傳統掀起一個現實主義詩歌運動，即新樂府運動。他的現實主義的詩論和創作對這一運動起着指導和示範的作用。白居易在《編集拙詩成一十五卷》一詩中說，「每被老元（元稹）偷格律，苦教短李（李紳）伏歌行」；《和答詩》序更談到元稹因受他的啟發而轉變為「淫文豔韻，無一字焉」的經過，可見對較早寫作新樂府的李、元來說，也同樣起着示範作用。新樂府運動的精神，自晚唐皮日休等經宋代王禹偁、梅堯臣、張耒、陸游諸人以至晚清黃遵憲，一直有所繼承。白居易的另一影響是形成一個「淺切」派，亦即通俗詩派。由於語言的平易近人，他的詩流傳於當時社會的各階層乃至國外，元稹和他本人都曾談到這一空前的盛況。他的《長恨歌》《琵琶行》流傳更廣，並為後來戲劇提供了題材。當然，白居易的影響也有消極的一面。這主要來自閒適

論寫作舊詩

游國恩

　　詩是情和意的組合體，而這情和意又必須借託事物以見；所以無論寫一事，或詠一物，必須要不離乎作者的情和意，才算得是詩。尤必須辭意渾成，言中有物；或者情中有景，景中有情，情景融會，打成一片，才算得是好詩。若徒有其辭而無其意，不足以言詩。徒有其辭，而無性情在內，也算不得是好詩，甚至不能算是詩。所以託事物以見情意的詩，必須要把情意融化在事物之中，同時又把事物分解在情意之內，一經一緯，組織得天衣無縫，不可端倪，這才算寫作的成功。例如杜甫詩：

　　　　感時花濺淚，恨別鳥驚心。

這是情中寓景，在感時恨別的情感裡，裝入所望見的花和鳥。又如岑參詩：

　　　　塞花飄客淚，邊鳥掛鄉愁。

這是景中寓情，在「塞花」和「邊柳」上面，連上了「客淚」和「鄉愁」。又如劉長卿《長沙過賈誼宅》詩：

　　　　秋草獨尋人去後，寒林空見日斜時。

又如柳宗元《登柳州城樓寄四州刺史》詩：

　　嶺樹重遮千里目，江流曲似九回腸。

這都是情景交融的例子。此外又有一句寫景，一句寫情的，如司空曙的：

　　雨中黃葉樹，燈下白頭人。

及張喬的：

　　春風對青塚，白日落梁州。

又有一聯寫景，一聯寫情的，如杜甫《登高》詩：

　　無邊落木蕭蕭下，不盡長江滾滾來。

　　萬里悲秋常作客，百年多病獨登台。

這些例子太多了，真是舉不勝舉。不過寫作舊詩怎樣才能達到辭中有意，情景交融的地步呢？這卻真不容易講。要勉強具體地說，我以為至少有四點應該注意。

一、煉字

　　《文心雕龍·煉字篇》說：「富於萬篇，貧於一字。」煉字之難如此，尤其是詩，下字更不能隨便。前人說：「吟安一個字，撚斷數莖鬚。」可見煉字真不容易。從前賈島初赴舉京師，一日於馬上得句云：「鳥宿池中樹，僧敲月下門。」初欲作「推」字，煉之未定，不覺衝尹。時韓吏部權京尹，左右擁至前，島具告所以，韓立馬良久，曰：「作『敲』字佳矣。」（見《苕溪漁隱叢話》）又僧皎然以詩名於唐，有僧袖詩謁之。皎然指其《御溝》詩云：「此波涵帝澤，『波』字未穩，當改。」僧怫然作色而去。僧亦能詩者也，皎然度其去必復來，乃取筆作「中」字掌中，握之以待，僧果復來云：「欲更為『中』字如何？」（皎）然展手示之，遂定交（見《唐庚文錄》）。又晚唐時僧齊己，攜詩詣鄭谷，詠早梅云：

「前村深雪裡，昨夜數枝開。」谷曰：「數枝，非早也。未若一枝。」齊己拜為一字師（見戴埴《鼠璞》）。又王荊公絕句云：「京口瓜洲一水間，鍾山只隔數重山。春風又綠江南岸，明月何時照我還？」吳中士人家藏其草，初云「又到江南岸」，圈去「到」字，註曰「不好」，改為「過」。後圈去，改為「入」，旋改為「滿」。凡如是十許字，始定為「綠」。又黃山谷詩：「歸燕略無三月事，高蟬正用一枝鳴。」「用」字初曰「抱」，又改曰「占」，曰「在」，曰「帶」，曰「要」，至「用」字始定（並見洪邁《容齋續筆》卷八）。又《六一詩話》載陳從易得杜集舊本，文多脫誤。至《送蔡都尉詩》：「身輕一鳥□」，其下脫一字。陳因令數客各補一字。或云「疾」，或云「落」，或云「起」，或云「下」，或云「度」，莫能定。後得一善本，乃「過」字。陳歎服，以為雖一字亦不能到。可見古人作詩對於用字是很講究的。大凡詩文一句中自有穩當字眼，不善者，往往想不到他。（唐庚、朱子並有此說。）但字有不安時，千萬不可放過，有如法家執法，不可輕恕。工夫久了，自然進益。（陶詩：「採菊東籬下，悠然見南山。」《文選》作「望南山」。東坡謂「望」字不如「見」字。杜公詩：「白鷗沒浩蕩，萬里誰能馴？」謂鷗鳥出沒於煙間，宋敏求《遁齋閒覽》以為鷗不能沒，當作「波浩蕩」，則鷗與水成為兩橛，神氣索然矣。又柳子厚詩：「欲知此後相思夢，長在荊門柳樹煙。」周紫芝《竹坡詩話》以為「煙」本當作「邊」，因避上文重複作煙。不然，則「夢」當改作「處」，「長在」改作「望斷」。其實上云夢，下云煙，本寫迷離之境，改為「邊」字，則膚淺乏味。若改「夢」為「處」、「長在」為「望斷」，益直率無蘊藉矣。）

二、煉句

句有瑕疵，則全篇為之累，故作詩者莫不以煉句為尚。杜甫說：「語不驚人死不休。」就是造語不肯平凡的意思。不肯平凡，所以要

煉。現在不妨舉些為人傳誦的名句來看：王贊的「朔風動秋草，邊馬有歸心」（《雜詩》），見稱於沈約；謝客的「池塘生春草」（《登池上樓》），自言有神助；鮑照的「木落江渡寒，雁還風送秋」（《登黃鵠磯》），見仿於孟浩然（孟詩《早寒有懷》云：「木落雁南渡，北風江上寒。」）；謝朓的「餘霞散成綺，澄江靜如練」（《晚登三山望京邑》），見稱於李白（李詩《金陵城西樓月下》云：「解道澄江靜如練，令人長憶謝玄暉。」）。名句流傳，膾炙人口。藝林仿效，傳為美談。但名句本不在多，一二即堪不朽。例如崔信明以「楓落吳江冷」之句出名，雖然鄭世翼說他餘篇不逮，投諸水中，然而「楓落吳江冷」這一句是永遠不磨的（見《唐書・崔信明傳》）。又如薛道衡以「空梁落燕泥」句，王冑以「庭草無人隨意綠」句並遭隋煬帝的妒忌而致殺身之禍（見《通鑑》百八十二大業九年七月）。這兩句詩害了兩條性命，可是兩人的永垂不朽也是為這兩句詩。所以張船山《論詩絕句》有云：「人口數聯詩好在，不災梨棗亦流傳。」現在舉些例子來看，為簡省文字計，聊舉五言詩為例：

> 葉密鳥飛礙，風輕花落遲。（簡文帝《折楊柳》）
>
> 蟬噪林逾靜，鳥鳴山更幽。（王籍《入若耶溪》）

以上兩聯同屬寫景，而前者靜中見動，後者動中見靜，靈感妙悟，無過於此。

> 四更山吐月，殘夜水明樓。（杜甫《月詩》）
>
> 水流心不競，雲在意俱遲。（杜甫《江亭》）

前者寫景，靜中見動，後者寫景，動中見靜。而後者尤能融會。

> 氣蒸雲夢澤，波撼岳陽城。（孟浩然《臨洞庭》）
>
> 吳楚東南坼，乾坤日夜浮。（杜甫《登岳陽樓》）

同寫洞庭浩淼廣大之狀，而氣象各各不同。

> 一年將盡夜，萬里未歸人。（戴叔倫《除夜宿石頭驛》）

雞聲茅店月，人跡板橋霜。（溫庭筠《曉行》）

寫旅況只將事實平平說出，而一種難以為懷的情緒，自然表現，真古今不可多得的名句。

此外如林和靖《詠梅》[1] 詩只改換江為詩中兩個字，改「竹」為「疏[2]」，「桂」為「暗」，成為古今詠梅的絕唱。山谷《快閣》[3] 詩有云：「落木千山天遠大，澄江一道月分明。」形容秋天的景象，何等清空！這兩句詩簡直可抵宋玉《九辯》一段。至杜甫《登高》詩「萬里悲秋常作客，百年多病獨登台」二句，說者謂十四字中有八層意思。這才真算是千錘百煉的佳句了。總之，梅宛陵說：「凡為詩必能狀難寫之景如在目前，含不盡之意見於言外。」作詩煉句，能夠如此，便算成功。

三、煉意

袁枚《續詩品·崇意》云：「意似主人，辭如奴婢。主弱奴強，呼之不至。穿貫無繩，散錢委地；開千枝花，一本所繫。」趙翼《論詩》有云：「滿眼生機轉化鈞，天工人巧日爭新。預支五百年新意，到了千年又覺陳。」可見作詩要以煉意為尚。因為意不新奇，便落陳腐，即使有辭也是言中無物。況且字句的好壞，全以意為轉移，所以這一點比前二點還更重要。現在也舉些例子來說。

（一）詠雪之例。《世說·言語篇》記謝安雪日集諸兒女講論文藝，

---

1 即《山園小梅》。──編者註

2 同「疏」。──編者註

3 山谷即黃庭堅，《快閣》即《登快閣》。──編者註

欣然曰：「白雪紛紛何所似？」兄子朗曰：「撒鹽空中差可擬。」兄女道韞曰：「未若柳絮因風起。」而陶詩則曰：「傾耳無希聲，在目皓已潔。」張打油則曰：「江上一籠統，井上黑窟窿，黃狗身上白，白狗身上腫。」以上就白生意，有工有拙。

（二）別離之例。《小雅·采薇》以楊柳雨雪表示久別；而范雲《別詩》則云：「洛陽城東西，長作經時別。昔去雪如花，今來花似雪。」又古詩以薰蘭不採，萎同秋草喻婚姻的失時；而謝朓《王孫遊》則云：「綠草蔓如絲，雜樹紅英發。無論君不歸，君歸芳已歇。」以上就花生意，愈出愈奇。

（三）相思之例。徐幹《雜詩》（一作《室思》）有云：「自君之出矣，金翠暗無精。思君如日月，迴環晝夜生。」而張九齡復擬之云：「自君之出矣，不復理殘機。思君如滿月，夜夜減清輝。」以上就水月生意，愈出愈新。前二者但就相思的情言，後則就相思的人言，是兼用古詩「相思日已遠，衣帶日已緩」的意思。

（四）歎老之例。杜詩：「顏衰肯更紅？」鄭谷詩：「愁顏酒借紅。」而白樂天詩則云：「醉貌如霜葉，雖紅不是春。」東坡《南中詩》則云：「兒童誤喜朱顏在，一笑那知是酒紅。」山谷更進一步云：「心猶未死杯中物，春不能朱鏡裡顏。」近代某詩家有句云：「老去詩人似殘菊，經霜被酒不能紅。」以上並就飲酒草木生意，而各極其致。

（五）明妃之例。古今詠明妃者，不可勝數。杜詩《詠懷古蹟》云：「千載琵琶作胡語，分明怨恨曲中論。」不著議論，而意味無窮，堪稱絕唱。樂天則云：「漢使若回煩寄語，黃金何日贖蛾眉？君王若問妾顏色，莫道不如宮裡時。」專就本事設想，亦極清新可喜。王荊公則云：「歸來卻怪丹青手，入眼平生幾曾有？意態由來畫不成，當時枉殺毛延壽。」（《明妃曲》第一首）此又謂昭君之美本非畫工所能形容，並

非毛延壽之受賄。意又翻新。趙秉文《題明妃出塞圖》[1]則云：「無情漢月解隨人，羞向天涯照妾身。問[2]道將軍侯萬戶，已將功業畫[3]麒麟。」則又詠其和戎之功，而詞旨醞藉。若楊一清則云：「君王不是無恩澤，妾自無錢買畫師。」又別有寄託。又一詩云：「驪山舉火因褒氏，蜀道蒙塵為太真。能使明妃嫁胡虜，畫師應是漢忠臣。」翻空出奇，想落天外。是以詩人貴在創意。

（六）赤壁之例。古來詠赤壁詩者亦多。杜牧之云：「折戟沉沙鐵未消，自將磨洗認前朝。東風不與周郎便，銅雀春深鎖二喬。」宋人譏其不論孫氏霸業，江東存亡，但恐失了二喬，此真三家村學究之見。二喬被虜，他尚待言？此詩人以小喻大的意思。若袁枚的「漢家火德終燒賊，池上蛟龍竟得雲」便微嫌疏闊。曹氏挾天子以令諸侯，劉祚雖存，實同魏德，何炎火之可言？孫劉合力破曹，劉雖漢室子孫，但此役以孫為主，孫也不能代表漢德。只趙翼一聯云「烏鵲南飛無魏地，大江東去有周郎」兩用詩詞成語，天造地設。不但屬對工巧，而且曹氏失敗的頹喪，周郎得意的雄姿，都躍然可見，真是詠赤壁的絕唱。

四、煉聲

詩本韻文，煉聲居其要。所以張船山論詩有云：「五音凌亂不成詩，萬籟無聲下筆遲。聽到宮商諧暢處，此中消息幾人知？」可見聲音在詩歌中的重要。原因是詩歌本用以協樂。假使被之管弦而聲音不

---

1 應為《昭君出塞圖》。——編者註

2 「問」一為「聞」。——編者註

3 「畫」一為「上」。——編者註

諧，則佶屈為病。從前史思明不識文字，忽好吟詩。每成一章，必傳驛宣示，皆可絕倒。曾以櫻桃賜其子朝義及周摯（一作「至」），作詩曰：「櫻桃一籠子，一半赤，一半黃；一半與懷王（即朝義），一半與周摯。」左右讚美。或曰「若改為一半與周摯，一半與懷王，則聲韻相叶矣。」史大怒曰：「韻是何物！我兒豈可居周摯之下？」（見《安祿山事跡》卷下，《太平廣記》四百九十五「雜錄類」引《芝田錄》。葉夢得《避暑錄話》又作安祿山事）這雖是一個笑話，但詩必用韻，韻為詩的條件之一，則無疑義。我不是說有了韻就算是詩，而是說無韻則絕不是詩，—— 至少不是中國的舊詩。豈但舊詩如此？凡是韻文莫不如此。從前孫綽作一篇《天台山賦》，很是得意，對范榮期說：「你試把我這賦丟在地下，會作金石之聲咧！」我以為所謂金石之聲，就是指聲調的和諧。所以六朝人對於詩文，便極其講究聲韻，尤其是詩。沈約提出四聲八病之說，姑且不管他，後來律詩的平仄，古詩的音節，卻是不可不講的（參看趙執信《聲調譜》諸書）。不消說普通聲韻的調叶要注意，至如全平全仄全雙聲全疊韻乃至一切拗體險韻，以妨礙自然音節的美的，都在所必避。同時又須利用連綿詞（包括雙聲疊韻及重音）及以聲韻為雙關的句子來增加音節的美，乃至增加音義深厚的優點。

　　律詩須講聲律，盡人皆知，故暫弗論，除律詩外，現在分別來說。

　　（一）古體詩。無論五言古詩或七言古詩都要講平仄，雖然不如律詩的嚴格，不如律詩的有規則，但有一句總訣：就是凡屬古詩，就要避免律詩的句法，尤其兩句一聯之中絕不得與律詩的句法相亂，這在中唐以前，無不如此。到了元、白諸公便打破此例，如《長恨歌》《連昌宮詞》，世人謂其詩「元和體」。當然元和體之得名，原因並不止於此，但畢竟詩格不高。因為他這一體好以律詩的句法來作古詩，尤其以七言古詩為甚，這在音節上已經失了古詩的意義了。至於五七言古

詩用拗律句法，是可以的。例如：

1. 平平仄平仄（如山谷古詩《上蘇子瞻》云：「江梅有佳實。」）

2. 仄平平仄平（如山谷前題云：「托根桃李場。」）

3. 仄仄仄平仄（如山谷《大雷口阻風》云：「掛席上牛斗。」）

4. 仄仄平平仄平仄（如杜甫《古柏行》云：「大廈如傾要梁棟。」）

5. 平平仄仄仄平仄（如東坡《次韻僧潛見贈》云：「獨依古寺種秋菊。」）

6. 仄仄平平平仄平（如東坡前題云：「要伴騷人餐落英。」）

總之，五言古詩拗處在第三第四字上，七言古詩拗處在第五第六字上。這是一個總關鍵，作古詩者不可不知，只須看看《聲調譜》就會明白的。

（二）拗體詩。梅聖俞有全平全仄詩，趙秉文亦仿之。例如：

> 末伏爾尚在，雨點落未落。
>
> 夢覺起視夜，缺月掛屋角。
>
> 殘星橫斜河，晨雞號天風。
>
> 幽人窗中眠，紗廚明秋空。

姚合有《洞庭葡萄架》詩為雙聲體（見史繩祖《學齋咕嗶》[1]），東坡仿之為吃詩，即「故居劍閣賜錦官」及「郊居江干堅關局」兩首，使口吃人讀之，必為噴飯。現在錄姚詩於後，以資參考：

> 葡藤洞庭頭，引葉漾盈搖。皎潔鈎高掛，玲瓏影落寮。陰煙壓延屋，濛密夢冥苗。清秋青且翠，冬到凍都凋。

（三）聯綿詞及聲義雙關。詩中有用聯綿詞及聲義雙關者，例如：

1.《詩·碩人》末章云：「河水洋洋，北流活活。施罛濊濊，鱣鮪

---

1 應為《學齋佔畢》。——編者註

發發。葭菼揭揭，庶姜孽孽。」

2.《古詩》云：「青青河畔草，鬱鬱園中柳。盈盈樓上女，皎皎當窗牖。娥娥紅粉妝，纖纖出素手。」

3. 左思《招隱》詩云：「峭蒨青蔥間，竹柏得其真。」（上四字雙聲，下「柏」「得」疊韻。楊慎稱其五言中用四連綿字，前無古，後無今）

4.《詩·小弁》云：「譬彼壞木，疾用無枝，心之憂矣，寧莫知之？」

5.《越人歌》：「山有木兮木有枝，心悅君兮君不知。」

6. 魏文帝《善哉行》云：「高山有崖，林木有枝。憂來無方，人莫知之！」

7.《續齊諧記·繁霜歌》云：「日暮風吹，落葉依枝。丹心寸意，愁君未知。」（以上「枝」「知」雙關）

8. 江從簡《採荷調》云：「欲持荷作柱，荷弱不勝梁；欲持荷作鏡，荷暗本無光。」（此本以譏宰相何敬容。「荷」「何」雙關，見《樂府詩集》）

· 第 五 章 ·

浦江清講宋元文學

小說的起源與發展

導論

（一）以往對於小說研究的忽視

　　小說是現代文藝中最蓬勃發展、勢力最大的文藝類型。談世界文學的人，認為古希臘文學的類型是史詩和悲劇，中世紀以聖僧文學為主，文藝復興時代以但丁的詩歌、莎士比亞的戲劇為主，17—18 世紀是詩和散文的時代，19—20 世紀是小說的時代。小說在歐洲產生得晚，近代意義的小說書在英國和法國都只在 17 世紀產生。英國最早的小說家 Danial Defoe（笛福）(1659—1730) 的《魯濱遜飄流記》作於 1719 年，但論者又以 Samuel Richardson（理查遜）(1689—1761) 的 *Pamela*（《帕美拉》）（公元 1740 年）為近代小說之祖。法國最早的小說家 Prévost（普列服）(1697—1763)，Marivaux（馬里沃）(1688—1763)，還有認為 Madame de La Fayette（拉法夷特夫人）(1634—1693) 的 *Princess of Cleves*（《克萊福公主》）為最早的小說。這些都在 17 世紀以後。

　　在歐洲，17—18 世紀的人向來不看重小說，認為是消遣品，而且有不良的影響的，保守的家庭不讓子女讀小說，並且認為小說的筆墨是粗俗的、不高雅的。評論小說的著作也非常之少。Brunetière（伯呂納吉埃爾）說過，在小說發生的最初兩世紀，法國翰林院絕沒有推舉

小説家做會員的。

中國的情形也是如此。《漢書‧藝文志》著錄小説家，在九流十家的最後一家，不在九流之內。那些書都散亡了，並且也不是近代意義的小説。直到唐代產生了文言短篇小説（傳奇文），到宋代以後有白話話本小説，但是流傳到現代的也不多。宋元時期有些短篇小説寫得很好，元明之際產生了偉大的《水滸傳》和《三國演義》。以後有《金瓶梅》《西遊記》《儒林外史》《紅樓夢》這幾部大書。可是那些通俗讀物，向來不為古典文壇所重視，是《四庫全書》所不收的。在中國古典文壇，向來以詩和古文為正統。詞和曲、戲曲也還有些評論和敘述歷史的著作。小説的被重視，始於清末梁啟超輩受外國文學的影響，五四運動以後更被重視。第一部研究小説歷史的是魯迅先生的《中國小説史略》，成書在王國維《宋元戲曲史》後。明代的胡應麟、清代的俞樾，在他們的筆記裡有些小説考證材料。民國十幾年間，蔣瑞藻收集小説考證材料著《小説考證》（中間包括有戲曲考證，小説是廣義的）。此後研究小説的人就多了，但是除了魯迅以外，也只有郭箴一《中國小説史》二冊（商務）、鄭振鐸《中國俗文學史》和《插圖本中國文學史》中的部分，可以供我們參考。

說到小説的作家，話本是説書人的集體流傳的作品，擬話本的章回小説的作者也多數不是很有名望的文人。這使小説更被忽視。同時，它用俚俗的語言、人民口語的語言，描寫社會人情世態，暴露社會現實，富於現實性和人民性，因而為統治者所嫉視、不敢正視。但正因為如此，它為一般市民所喜愛，實際上教育了人民大眾。無論演史或小説，它們的勢力不但達到識字的讀者，並且通過説書藝術達到了一般文盲。小説和戲劇對於群眾教育有同樣力量，對於略通文字的人，小説的力量更大。

（二）我們今天研究古典小說和小說史的意義

1. 了解中國小說的發展過程。五四運動以來的小說，受外來影響很多。但歷史不能割斷，了解過去，珍重民族傳統，以便探求未來發展的道路。

2. 閱讀古典小說的優秀作品，繼承文學遺產，從中學習小說創作的藝術和技巧。受古典小說影響的成功作家如魯迅、茅盾、丁玲、趙樹理等。又如《水滸傳》的人民性和現實性，《紅樓夢》的現實性和結構技巧，對於文藝創作都有幫助。

3. 了解古典時代的社會、人民的思想感情。

4. 了解白話文（語體文）的發展，學習近代白話文，研究語言。

在研究中應抱的態度，應是揚棄的，批判封建糟粕。舊小說裡有不少無聊的東西，即便是幾部傑出的著作，用現代的文藝批評眼光來看，都不能說是完善的作品。

（三）東方文學的光芒 —— 中國古典小說對於世界文學的貢獻

在歐洲，小說發展得很遲。希臘時期有幾部中篇小說，不很重要，有《伊索寓言》等。羅馬時期與拉丁文學裡有些故事書，也不佔文壇重要地位。希臘、羅馬有史詩，乃是小說而用詩體來寫的，所以近代的小說，也有人認為是「散文的史詩」。既然史詩不用散文寫，所以我們也不能稱為小說。印度的小說書 *Panchatantra*（《五卷書》）是寓言故事神話傳說的總彙，共有五卷，來源有些是佛教的本生故事（Jātakas），而經過婆羅門教徒所編集的，在 6 世紀上半葉已經完成。用散文體，夾着些詩體。*Kathâ-sarit Sàgara*（*Ocean of rivers of stories*）（《故事海》）用詩體，22000 slokas（梵文詩對句），124 章。作者是 Somadeva（月天）Kashmirian poet（克什米爾詩人），約在 1070 年完成此書。他說該書

根據 *Brihat-Kathā* (*Great Narration*)《故事廣記》(約在 1—2 世紀存在的書)。阿拉伯有《一千零一夜》,在 13—14 世紀完成的,而部分的故事遠在此前。意大利 Boccàccio (薄伽丘) 的 *Decameron*《十日談》,1353 年出版,約與羅貫中、施耐庵同時 (當時中國為元朝末年)。而中國的短篇小説,文言的傳奇文活躍在 9 世紀。到 978 年宋太宗時,《太平廣記》(文言雜記小説的總彙) 編成。白話短篇小説話本 12—13 世紀已經有很好的創作,藝術技巧在 Boccàccio 之上。以上都可以説是短篇故事,大書也是由短篇串成的。

再説長篇小説。日本紫式部 (女) 的《源氏物語》(宮廷愛情小説),六卷五十三回,約在 1007 年流佈。中國的《水滸傳》約在 1360 年由羅氏作,以後有人續訂 (郭刻本在公元 1550 年後)。《金瓶梅》1610 年有吳中刻本。《紅樓夢》作者曹雪芹 (1717—1763),和 Richardson 差不多同時,而且《紅樓夢》的藝術遠超於理查遜著作。

(四) 中國小説史的分期、小説這一名詞的意義和小説的種類

公元前 400 年到公元 1000 年,戰國到北宋初《太平廣記》結集止,此期發展文言筆記小説。唐代的傳奇小説為近於近代意義的小説。

公元 1000 年到公元 1900 年,古典的話本、擬話本、章回白話小説興盛,為市民文藝。

1900 年後,開始受西洋日本文學影響,集納主義 journalism (新聞、報道),產生了期刊上分載的小説、翻譯小説。

小説的廣狹兩義:

廣義包括殘叢小語、筆記、志怪搜神、瑣事、雜言等,如《世説新語》《顏氏家訓》,甚至如《夢溪筆談》,各種詩話等。也包括戲曲、彈詞,如蔣瑞藻《小説考證》內所包括的。

　　狹義指虛構的人物故事，fiction（虛構），如唐人小說、《聊齋志異》之類文言小說、白話章回小說、短篇及長篇。這是小說近代的意義。

（五）中國小說的特點

　　1. 由人民口頭創作，轉變為閱讀文學，作者不止一人。如《水滸傳》《三國演義》《京本通俗小說》等，富於人民性。長篇巨構，歷史發展非常明顯。

　　2. 一人作一書，如曹雪芹、吳敬梓等一生單作一書。人物多，包羅萬象，寄託作者的人生觀和世界觀。

　　3. 受佛教故事的影響，有因緣、楔子。

　　4. 故事連屬，雖分章回而前後相連不斷。

　　5. 用第三人稱。缺乏第一人稱的小說書。作者化身為書中人物。

小說的起源與發展（前 400—1000）

（一）戰國到漢末（前 400—200）

　　小說的起源，在於人民愛聽故事，這是勞動生產後的娛樂。沒有文字以前，就有口頭流傳的故事。非現實的玄想，誕生了神話、傳說；現實生活的渲染，產生了英雄故事；瑣屑平凡生活中得到的體驗和道德教訓，成為鬼怪、異聞類故事；寓言、諷刺故事則總結了人生的智慧。故事反映階級意識、階級鬥爭。因為沒有民間文學的發展，古代人民中間流行的故事便失散亡佚了。神話和傳說偶然見於巫史的著錄，如《山海經》《天問》等。民族的英雄、氏族祖先的神話傳說，如黃帝、禹等的非凡的故事，這些是可以作為史詩的材料的。在西晉初年發現於汲塚的竹書中，有《穆天子傳》，寫周穆王周遊四海事，而所

敍多據神話傳說。其中穆王見西王母一段，頗具文采。

從春秋到戰國，中國文字孳乳既多，字彙豐富起來，主要原因是掌握文字的已經不只是王室，也不限於貴族，庶人也求學。社會上的階級經過一個翻動，士的階層興起，所以先秦諸子蓬勃興起，他們的著作裡有些短故事的穿插。先秦諸子的著作，大都是長篇大論，要做王者師，為統治階級寫的，著書的目的是獻給君王，大術在於治國平天下，各有一套本領。但是沒有大學問的，編了些與政治無關的小書，接近於民眾的，那麼就是《漢書・藝文志》所謂的「小說家」。據《藝文志》著錄，有《伊尹說》《鬻子說》《周考》《青史子》《師曠》《宋子》《黃帝說》《虞初周說》等一共有十五家。那些書比之《莊子》《墨子》等要不成系統，但都是雜家雜說，說了些小道理，並非都是故事書。例如《青史子》講到胎教等。而《周說》九百四十三篇是漢武帝時虞初所作，其中必定保留有許多古怪傳說。可惜這十五家都不存在了，只有一鱗半爪見於他書所引。

這些書為甚麼稱為小說家，且要將它們收入帝室書目呢？《藝文志》的撰述者班固說：

> 小說家者流，蓋出於稗官，街談巷語、道聽途說者之所造也。孔子曰：「雖小道，必有可觀者焉。致遠恐泥，是以君子弗為也。」然亦弗滅也，閭里小知者之所及，亦使綴而不忘，如或一言可采，此亦芻蕘狂夫之議也。

同時期的桓譚在《新論》中也曾經說過：「小說家合殘叢小語，近取譬喻，以作短書，治身理家，有可觀之辭。」

這時的小說家並非職業的說書的，在當時沒有職業說書的人。

道聽途說，民間流行着許多故事傳說或者格言、寓言，以及不正確的歷史、地理等知識，是小知識，無論哪一方面，是大人先生們所

看不起的。

　　但是民間有許多智慧。有意義的故事，就為著作家所吸收，而先秦諸子文章之所以活潑，引用許多故事性的寓言、譬喻是一個原因。

　　《列子‧湯問篇》有《愚公移山》和《夸父逐日》兩個故事，這當然不是列禦寇自己一人編造的。（《列子》是戰國西漢年間書。）

　　太行王屋二山，方七百里，高萬仞。本在冀州之南，河陽之北。北山愚公年且九十，聚室而謀，要把它們移到渤海之尾。河曲智叟笑他，他說：「雖我之死，有子存焉；子又生孫，孫又生子；子又有子，子又有孫；子子孫孫無窮匱也。而山不加增，何苦而不平？」河曲智叟無以應。操蛇之神聞之，懼其不已也，告之於帝。帝感其誠，命夸娥氏二子負二山，一厝朔東，一厝雍南。自此，冀之南，漢之陰，無隴斷焉。

　　夸父不量力，欲追日影。逐之於隅谷之際，渴欲得飲，赴飲河、渭。河、渭不足，將走北飲大澤。未至，道渴而死。棄其杖，屍膏肉所浸，生鄧林。鄧林彌廣數千里焉。（《山海經‧海外北經》亦有此。）

　　第一個故事表示人力可以克服困難，可以戰勝自然，移山是有效的。但是人類有子孫生命無窮，這是家族主義。最後又有天神幫忙。山是障礙的東西，可以去掉，名為「愚」不愚。

　　第二個故事則說人力徒勞，夸父無功。太陽不可追逐，自然力大。但是他死後化為鄧林，可以避陰，其志亦不可沒，也有深意。

　　《列子》裡面又有甘蠅善射，教弟子飛衛以小觀大之術。數年，飛衛盡其術，乃謀殺甘蠅。二人交射，中路矢鋒相觸而墜於地，而塵不揚。其後二子泣而投弓相拜，請為父子，刻臂以誓。

　　又有魏黑卵殺丘邴章，邴章子來丹謀報父仇。黑卵力抗百夫，筋骨皮肉非人類也。來丹聞衛孔周得殷帝之寶劍三，乃委身於孔周

求其一，得宵練劍。晝則見影而不見光，夜則見光而不見形。以之三斬黑卵，三擊黑卵之子，皆不覺而支彊。此為中國劍俠小説之最古者。

其他小故事見於《韓非子》《莊子》《晏子春秋》等的很多。

狐假虎威的故事見於《戰國策·楚策》。

大蛇負小蛇的故事見《韓非子·説林》。

蜻蛉黃雀之喻見《戰國策·楚策》。

鷸蚌相爭的故事見《戰國策·燕策》。

桃梗與土偶語的故事見《戰國策·齊策》。

皆近於童話寓言，可惜非常簡短，都包含道德教訓及戰略。

可能是先秦古籍而富於小説意味的有《燕丹子》(保存在《永樂大典》中)。孫星衍錄出，收《平津館叢書》及《岱南閣叢書》。《四部備要》亦有。三卷。燕太子丹欲報仇，謀刺秦王政。謀之於田光，田光薦荊軻。以樊於期首、督亢地圖入秦。刺秦王，功不成。所描寫詳於《史記》荊軻傳，太史公作荊軻傳，必有所根據，可能即《燕丹子》之類野史。《燕丹子》中有荊軻易水上歌「風蕭蕭兮易水寒，壯士一去兮不復還」，又有秦王姬人歌「羅縠單衣，可掣而絕。八尺屏風，可超而越。鹿盧之劍，可負而拔」一歌。其一為《史記》所採，其二則《史記》所無。

此書描寫細膩，近於宋以後的演史家。可見英雄故事，先秦可有。秦始皇之暴虐為人民所憤，而荊軻之俠義是為人民所歌頌悲憐的。

兩漢方士，多造小説。假託東方朔所作者有《十洲記》與《神異經》，繼《山海經》而荒誕過之，由巫術信仰到神仙虛説。《十洲記》有描寫崑崙山的長篇文字。山為仙人所居。劉向有《列仙傳》。此外又有《漢武內傳》等，皆談神仙。

唯趙曄所作《吳越春秋》，記伍子胥事，頗可觀，是野史中的佼佼者。

神仙方士思想的興起，反映極權統治下知識分子的厭世思想，逃避現實的思想，同時又拍合[1]帝王的好神仙求長生。

古來以君神合一，此時有凡人皆可成仙的平等觀念。

（二）魏晉南北朝（200—600）

曹植好讀小說、異聞，他的《洛神賦》即採用了神話題材。《三國志·魏志》王粲傳註引《魏略》說他初得邯鄲淳時甚喜，特意洗澡傅粉，「遂科頭拍袒，胡舞五椎鍛，跳丸、擊劍，誦俳優小說數千言」，然後問淳：「邯鄲生何如邪？」頗有與之比試才能之意。史載邯鄲淳「博學有才章」。他著有笑話集《笑林》，撰集了許多俳優滑稽故事，是現存最早的笑話集。這些故事在成書前當已流行，所以為曹植所熟知。

此時期有干寶的《搜神記》，非常重要。有些民間故事保存在其中。

干寶，字令升，新蔡（今屬河南）人。東晉元帝時為著作郎[2]，著《晉紀》三十卷，集異聞為《搜神記》二十卷。二十卷本見於《津逮秘書》及《學津討原》。另有八卷本見於《漢魏叢書》，非干寶書，後人所作。

干寶生活在 320 年左右，當時文學漸趨駢儷，而史官慣用散筆，不尚誇飾。哲學思想趨向老莊，並參佛教。正史所記是關於政治上、軍事上的人物，筆記中可以述民間瑣事。《搜神記》文章質樸無華，且多記民間瑣事，於了解當時的社會風俗有幫助。其書首記神仙，次

1「拍合」應為「迎合」。——編者註
2 著作郎，負責編修國史的官員。——編者註

述怪異，皆正史所不能容納，而干寶認為民間傳聞雖不足徵信，亦可記錄下來，以廣博聞也。此書駁雜，也非有意為小說，無聊之處很多，有價值的也還不少。篇幅都不長，均簡短。現挑選幾個故事來看：

（1）盤瓠故事：盤瓠是高辛氏時的五色神犬。高辛氏宮中老婦人耳疾，醫為挑出一蟲，養於盤瓠中，化為五色神犬。時戎吳強盛，高辛氏募天下有能得戎吳將軍首者，賜金千斤，封邑萬戶，又賜以少女。盤瓠銜戎吳將軍頭來。群臣認為畜類，不可以官，又不可以妻。少女以為不可失信。王懼而從之。少女從盤瓠至南山。產六男六女，盤瓠死，自相配偶。於是開蠻夷之區，而盤瓠為蠻夷的祖先，其俗祭盤瓠。（今即梁、漢、巴、蜀、武陵、長沙、廬江郡夷。）（卷十四）

這可能是西南少數民族的祖先傳說與圖騰故事。來源甚遠，故事亦有種種，此為一種記載而已，並不見得有誣巉意義。

（2）蠶馬故事：蠶神是馬。此故事很美。是農民中間的傳說，可以見到農民珍視蠶種，認為是神馬與女子戀愛的悲劇所產生。其道德教訓：勿輕視畜類，畜類和人一樣有感情，有能力，有益於人。（卷十四）

（3）鳥妻：豫章新喻縣一田夫種田，見有六七女，皆衣毛衣。不知是鳥。藏去一毛衣，一鳥不得去，留為妻，生三女。後使女問父，得毛衣，飛去。三女亦飛去。（卷十四）

很好的童話，惜太簡短，無發展。

（4）吳王夫差小女紫玉的戀愛故事。（卷十六）

這是階級不同的悲劇。有情致。較長。

（5）東海孝婦條：太守枉殺孝婦，郡中枯旱三年。又孝婦名周青，死時立誓血緣幡竹而上標。此為《竇娥冤》之本事，最古之傳說。于公理此獄云。（卷十一）

（6）宋康王舍人韓憑妻何氏，美，康王奪之。囚韓為城旦。憑得妻書，自殺。何氏陰腐其衣，王與之登台，自投台下，左右攬之，衣不中手而死。遺書於帶求合葬。王怒勿聽，埋之，塚相望。生連理樹，樹上有雌雄鴛鴦，交頸悲鳴。今睢陽有韓憑城，其歌謠至今猶存。（卷十一）

此反映封建主的殘暴，民間夫妻被拆散。人民的願望託於神話，是悲劇。敦煌石室中的《韓朋賦》也記載了這一民間故事。

（7）燕昭王墓前的斑狐幻為書生，見張華，辯才無對。張華與門客雷煥謀，以燕昭王墓前千年華表木燃之，以照書生，顯原形而伏，乃烹之。此為狐精故事，是較早而情節曲折者。（卷十八）

（8）孝子董永妻織女故事（卷一）。敦煌有《孝子董永傳》。

（9）范式（巨卿）、張劭（元伯）為死友。元伯卒，式夢見元伯告以葬期。式素車白馬馳往赴之，未及到而喪已發引。既至壙 [1] 而柩不肯進。待式至，執紼 [2] 而引，柩乃前。（卷十一）

（10）秦始皇時王道平與唐叔偕女小名父喻者戀愛。道平被差征伐，九年不歸。女家以女別嫁，三年不樂而死。道平歸，哭於女塚。女魂出，道平開塚復活。（卷十五）

又，晉武帝時，河間郡男女私悅，許相配。男從軍，積年不歸。女被父母逼嫁，不得已而去，尋病死。男還，哭於塚，發塚，女蘇活。（卷十五）

此類故事，反映當時愛情不得自由，與《華山畿》故事約略同時，但天從人願耳。

---

1 壙，墓穴。——編者註

2 紼，古代出殯時拉棺材用的大繩。——編者註

又有陶淵明所作《搜神後記》，凡十卷。其中故事如：

（1）晉安帝時，侯官人謝端，少喪父母，為鄉人所養，躬耕力作，得大螺，歸貯甕中。螺中出女為炊煮（乃天漢中白水素女）。見形乃去。於是鄉人以女妻端。今道中素女祠是也。（卷五）

（2）桃花源記故事：有兩條。其一，與《桃花源記》文字稍異，注明漁人名黃道真。文末無南陽劉子驥數語。其二，劉驎之字子驥，好遊山水，採藥至衡山，見一澗及石囷。或說囷中有仙藥。子驥其後尋訪，不復知其處。

或《搜神後記》非陶淵明作，而陶所作《桃花源記》乃偶併此二條為一也。

又吳均有《續齊諧記》。

（三）隋唐五代（600—1000）

1. 唐傳奇

魏晉南北朝的小說只產生了些談神仙、鬼怪、瑣言、雜事、笑林的書籍，其中有些很可寶貴的民間傳說和故事，沒有得到很好的加工製作和處理，反映社會現實也不夠。篇幅又很短促。連篇累牘的冥報和冤魂的故事，受了民間的鬼報冤和佛教思想影響，也充滿了迂腐的道德教訓。直到唐代，文言短篇小說方始發展到最高峰。胡應麟說：「變異之談，盛於六朝，然多是傳錄舛訛，未必盡幻設語，至唐人乃作意好奇，假小說以寄筆端。」（《少室山房筆叢》卷三十六）這話是正確的。例如干令升[1]在《搜神記·序》上說：「若使采訪近世之事，苟有虛錯，願與先賢前儒分其譏謗。及其著述，亦足以發明神道之不誣也。」（前

---

1 干寶，字令升。——編者註

邊又說：「況仰述千載之前，記殊俗之表，綴片言於殘闕，訪行事於故老。將使事不二跡，言無異途，然後為信者，固亦前史之所病。然而國家不廢註記之官，學士不絕誦覽之業，豈不以其所失者小，所存者大乎？」）那麼干寶作《搜神記》竟是補史之闕，採錄些神話傳說，而他自己搜集異聞竟是相信鬼怪的。他並不是有心創造虛構的小說，否則他可以更添飾情節，寫得更生動了。《搜神記》的故事是民間所傳，是樸素的，只有輪廓。到了唐代文人筆底下的小說，才是有心的創作。

　　唐代文人筆底下的小說，故事總是離奇曲折的，不平凡的，有浪漫好奇的作風，無論長短。所以後來稱為「傳奇」文。在當時只稱為「小說」，或者稱為「雜記傳」。「傳奇」兩字是裴鉶所作幾篇小說的一部集子名。以後文學史家借用他的書名作為唐宋這類文人創作的小說的總名稱，稱為唐宋傳奇。（魯迅編有《唐宋傳奇集》，在他的小說史裡也特立一章為「唐之傳奇文」。）

　　這類傳奇文的突然興起和突然興盛，分析起來可有幾種原因：

　　（1）繼承六朝神仙志怪，如《搜神記》《續齊諧記》等類書中的短篇故事，創造發展，增長篇幅，主題更集中，情節更曲折，例如王度的《古鏡記》、沈既濟的《枕中記》、李朝威的《柳毅傳》等，都是單篇傑作。

　　（2）由於古文運動，使散文得到合理地發展，促進記事文的發達。古文名家如韓愈、柳宗元等都試作小說。韓作《毛穎傳》，柳作《種樹郭橐駝傳》和《河間傳》，詼諧諷刺。

　　（3）由於進士制度，文人練習筆墨，投文謁見前輩以求推譽。趙衛彥《雲麓漫鈔》卷八：「唐世舉人，先藉當世顯人以姓名達主司，然後投獻所業，逾數日又投，謂之『溫卷』，如《幽怪錄》《傳奇》等皆是也。蓋此等文備眾體，可見史才、詩筆、議論。」

公佐所撰，把人生的富貴功名比於蟻穴中的爭鬥。反映當時文人看破功名，是社會不安定，鬱鬱不得志的文人所寫。思想消極，而諷刺意味很深，在熱衷功名的人們身上澆冷水。譬如說吧，盧生本來衣短褐，乘青駒，將適於田，是接近勞動人民的，但是他有往上爬的英雄思想。他認為：「士之生世，當建功樹名，出將入相，列鼎而食，選聲而聽，使族益昌而家益肥，然後可以言適乎？吾嘗志於學，富於遊藝，自惟當年青紫可拾。今已壯適，猶勤畎畝，非困而何？」他看重出將入相，而以勤畎畝為苦。呂翁給他一個枕頭，他便身入枕中，得償所願。得娶清河崔氏女（婚於高門），舉進士，出將入相，竟為同列所嫉害，下獄，幾死。幸得救，年壽而死。死時夢醒，逆旅主人方蒸黍未熟。然後悟到「寵辱之道，窮達之運，得喪之理，死生之情，盡知之矣」。唐代文人爬不上去的非常多，爬上去而跌下來不得全終、遷謫至死者，也非常多，這些都是現實的。《枕中記》故事，霍世休《唐代傳奇文與印度故事》引《雜寶藏經》卷二娑羅那比丘為惡生王所苦惱緣，及《大莊嚴論經》卷十二中素毗羅太子娑羅那的故事，均同。魯迅小說史引《搜神記》焦湖廟祝以玉枕使楊林入夢事。此記實是合佛道兩家傳說而融合虛構，極盡其妙者。作者沈既濟，又作有《任氏傳》，寫鄭六遇妖婦，後知乃狐。其後又遇之市，謂鄭六曰：「人間如某之比者非一，公自不識耳，無獨怪也。」諷刺不少。而此妖狐居然能使鄭六享受夫婦美滿生活，並拒絕強暴，諷刺意味更深。作《南柯太守傳》的李公佐，寫淳于棼夢入宅南古槐樹底螞蟻洞中，做槐安國王駙馬，做南柯太守，經歷險難，度過一生，乃是一夢。末後假託李肇作結曰：「貴極祿位，權傾國都，達人視此，蟻聚何殊。」唐人小說興於中唐，凡此皆反映安史亂後，國家由盛而衰，朝廷中多鬥爭，文人的厭薄名利、避世思想。李公佐又有《謝小娥傳》，記女子

復仇事，反映當時商業發達，而江湖中多盜賊。小娥父為富商，而父、婿均為盜所殺。《聶隱娘》(裴鉶作)與《紅線傳》(袁郊作)，反映當時藩鎮間互相兼併猜忌，陰蓄刺客。雖是劍俠浪漫故事，也暴露現實社會。

《鶯鶯傳》中有門第階級、禮教愛情衝突的現實問題。

《李娃傳》解決這矛盾成為悲喜劇。

《霍小玉傳》暴露這矛盾，成為悲劇。

這三篇使讀者多同情於女性，提高了女性的地位，使娼妓的感情、人格被人所推重，是有進步意義的，是積極的浪漫主義或現實主義。

其他如陳玄佑的《離魂記》、李朝威的《柳毅傳》、薛調的《無雙傳》、裴鉶的《裴航傳》，都是積極的浪漫主義題材，情節曲折，動人聽聞。

傳奇文是受俗文學影響的。如《李娃傳》即因當時流傳有「一枝花」故事而寫作的。其他採取、融合民間故事的也必不少。同時，唐人傳奇也影響了俗文學的發展。如元稹的《會真記》，到宋代有說話人說「鶯鶯傳」的，諸宮調及雜劇更據此作《西廂記》。《太平廣記》(公元978年)為唐前小說的總彙，宋代小說人採取其中材料編造短篇小說就很多。

2. 唐人的俗文學小說

話本小說雖始於宋代，唐代已有萌芽。

在中唐，《元氏長慶集》卷十《酬翰林白學士代書一百韻》有云：「翰墨題名盡，光陰聽話多。」自註：「樂天每與予從遊，無不書名屋壁，又嘗於新昌宅說《一枝花》話，自寅至巳，猶未畢詞也。」《一枝花》話本即李亞仙鄭元和故事。說故事者是誰，註文太簡，無法明了。

説話甚長，已有一定藝術水平，可證唐代社會中已有説書藝人，在人家第宅中供應説書作為消遣。這是講短篇小説，是宋代小説派的淵源。白行簡的《李娃傳》或是聽説話人説此故事而寫成的，未必是白行簡寫成後使説話人説書也。在唐代此李娃成為鄭公子的正妻，在事實上或不可能，亦小説家言耳（至多納為妾而已）。張政烺有《一枝花》考證，見《申報‧文史》（民國三十七年[1] 6月26日）。

段成式《酉陽雜俎》續集卷四《貶誤篇》也説：「予太和末因弟生日觀雜戲，有市人小説，呼扁鵲作褊鵲字，上聲。……市人言二十年前，嘗於上都齋會設此。」此當是説春秋故事的。

從李商隱《驕兒詩》「或謔張飛鬍，或笑鄧艾吃」來看，可能唐代已經有「説三分」的。此為宋代演史派的濫觴。

唐代宮廷中亦有講史官，敷演史事，以後宋代更發展，民間講史，往往有供應宮廷者。

唐代寺廟有俗講。元和末至會昌間，俗講僧文溆最有名。俗講是用通俗韻散相雜的底本，演説佛書，有講經文（唱經文）、變文、押座文三類。押座文似引子，講經文或唱經文是長篇，變文是短篇的一段故事。寺院俗講後為宋代説經派的祖師。

趙璘《因話錄》卷四：「有文溆僧者，公為聚眾談説，假託經論，所言無非淫穢鄙褻之事。不逞之徒轉相鼓扇扶樹，愚夫冶婦樂聞其説，聽者填咽寺舍，瞻禮崇奉，呼為和尚。教坊效其聲調以為歌曲。」

段安節《樂府雜錄‧文溆子》：「長慶中，俗講僧文溆善吟經，其聲宛暢，感動里人。樂工黃米飯依其念四聲『觀世音菩薩』，乃撰此曲（指《文溆子》）。」

---

1 即公元 1948 年。——編者註

　　本來佛經是詩和散文夾雜的。經中多偈，需要用聲調來唱，名梵唄，唱經動樂器。同時佛經中原本也多譬喻和因緣（緣起），是小說成分。文漱僧的俗講，聳動聽眾。原為宣傳佛教，卻帶有極大的娛樂性，為迎合仕女心理，故事也中國化了，離經叛道了。聽者買櫝還珠，只在聽故事，不厭倦，正如後世的聽做法事。僧人藉此求多得佈施。講經文如《維摩經講經文》《佛本行集經講經文》等。變文中多轉變為中國故事，開後世彈詞、說因緣一派。

　　在敦煌發現的還有通俗的故事賦、詞文等唐代民間說唱文學的寫卷，如《韓朋賦》《燕子賦》《季布罵陣詞文》《季布歌》《伍子胥》《孝子傳》等，是否唐代寺院俗講文學的一部分，不能斷定。似為受僧侶們影響而產生的俗文學。

　　《韓朋賦》見敦煌寫卷伯字第 2653 號。較《搜神記》韓憑妻故事為曲折。說韓朋出仕宋王處，其妻貞夫寄書，甚有文辭，為王所得。梁伯出計，使王使人到韓家騙取來王所，迫為妃。貞夫曰：「魚鱉在水，不樂高堂。燕雀群飛，不樂鳳凰。妾庶人之妻，不歸宋王。」梁伯曰，貞夫愛韓朋，為韓年少有風姿。宋王遂打韓朋，落其二齒，使衣破衣，板築清凌之台，使貞夫見之。貞夫望見韓朋而悲，寄書射於韓朋。朋得書自殺。貞夫亦自殺。宋王出遊，找貞夫不見，唯得青白二石。石又生桂樹梧桐，伐樹，變成雙鴛鴦（按，其中貞夫跳台事，竟不明白，似有落漏）。

說話與話本

（一）甚麼是話本

話本就是說話人的底本。說話人就是說書的人。「話」有故事的意思。《東坡志林》說到「王彭嘗云：塗巷小兒薄劣，其家所厭苦，輒與錢，令聚坐，聽說古話」。說古書叫作講古話，這是宋人的俗語。話本是民間文藝作品，乃是白話小說的濫觴，白話小說的祖先。

說話人說書講故事，他們是有底本的。師傅傳徒弟，徒弟再傳徒弟，並不見得印出來。如果印了出來，就變成供閱讀的文學作品，就成為小說書。不過撰作的人，不為人所知，而且多數是好幾代的創作，不是一個人所編造的。

說話人是職業的說書人。職業的說書人，在唐代已萌芽，只是記載缺乏，在宋代都市中非常活躍，史料記載詳細。但是現在流傳下來的話本，宋、元兩個時代很難分別。講史家話本刊於元代的多，向來稱為宋刊的，近人考訂恐是元刊。小說家的話本，刊於明代，但可確知為宋元舊本，而且多數是宋代說書家所說的故事，所以合稱為宋元話本小說。

此類話本材料不多，卻很重要，為後來偉大的《水滸傳》《三國演義》《西遊記》《金瓶梅》《儒林外史》《紅樓夢》等這麼多的白話古典小說的源頭。

所謂宋元時代，實際此類話本故事當屬於 12—14 世紀這一時期。開始是人民口頭創作，原為師徒相傳的底本，由於印刷業的發達和市民識字者的增多，而後由書坊編印成書，於是發展為閱讀的話本文學。

(二) 汴京和臨安的京瓦伎藝

宋代說話人中的四個家數（小說、說經、演史、合生）在唐代都已有淵源。不過到了宋代發展得更興盛，這是和市民經濟的繁榮分不開的。北宋的都城汴京[1] 和唐代的長安面貌不同。長安是文化中心、政治中心，是貴族和大官僚們聚居之地，寺院勢力也大。達官貴人生活豪華，歌伎應酬貴族，應酬進士們。庶民娛樂場所少，有也不發達。這種背景，發展了傳奇小說那一類的文學。而汴京商業繁榮，平民抬頭，娛樂場所多。貴族官僚的生活也有平民化傾向，士大夫出入庶民場所不以為異。如宋徽宗喜歡微服遊行，趙明誠、李清照常到大相國寺買碑帖書畫。宋人生活習慣同近代沒有多少分別，同唐以前大不同。此乃是貴族階級崩潰以後的新興形勢，經過中、晚唐及五代形成的。自然，士大夫入平民遊藝場所不過是偶然光顧。而說話人的對象是一般市民，包括小商人、軍人、小知識分子等。宮廷和官僚要聽說書，大概是另有供奉和宴樂的。

據孟元老《東京夢華錄》記載，汴京皇城東南有桑家瓦子、北瓦、中瓦，出舊曹門有朱家橋瓦子，此外還有保康門瓦子、新門瓦子等，這些都是小商業發達的繁昌之區，是庶民彙集之處。

據周密《武林舊事》載，臨安便門外有便門瓦，候潮門外有候潮

---

1 北宋都城為開封，稱為東京。後金人攻破開封城，改稱為汴京。——編者註

門瓦，嘉會門外有嘉會門瓦，薦橋門前有薦橋門瓦等。

　　各色伎藝人包括説書人在內，便活躍在瓦子這個區域。瓦子是平民市場，是百貨買賣和酒樓、茶肆、勾欄等娛樂場所薈萃之區，是上下各階層所樂意涉足的。《東京夢華錄》把各色伎藝人記載在《京瓦伎藝》條內。京瓦就是京城的瓦肆，它猶如長安的草市，只是更其繁榮而已。京瓦伎藝即是市民的娛樂。當時商人、手工藝者都有行會組織，他們常以茶肆為聚會場所。説話人便活躍在瓦市的茶肆中。論到講故事的藝術、戲劇雜耍的藝術，本是各地方人民大眾所創造，不過他們的發展是靠了都市繁榮。市民有經濟力量能夠供養這一班為市民服務的諸色伎藝人。宋元俗文學的發達便是建築在這樣一個物質基礎上的。

　　據孟元老《東京夢華錄·京瓦伎藝》記載：有孫寬、孫十五等，講史；李慥、楊中立等，小説；毛詳、霍伯丑，商謎；吳八兒，合生；張山人，説諢話；霍四究，説三分；尹常賣，五代史。

　　南宋臨安的繁華，比之汴京更有過之。南方經濟本來超過北方，江南的商業和手工業發達，又在強敵壓迫下，便出現了畸形發展的都市繁榮。臨安的茶坊更為發達。第一流為士大夫社盟會場，第二流為商人、勞動者、遊藝人所聚。

　　據《都城紀勝》《夢粱錄》《武林舊事》所載，説話人分四個家數。《武林舊事》中所開名單，演史家有二十餘人，小説家有五十餘人之多，皆舉其有名者，而可能都是同一時代人。

　　在兩宋時期，説書業並非只在兩個都市裡活動。大凡經濟繁榮的城市，當然有説書的人，如揚州、成都等，不過記載缺乏而已。只有《東京夢華錄》《夢粱錄》等幾部筆記保存了可貴的宋代社會史料，都是記載都城的繁華的。

《水滸傳》第五十一回有插翅虎枷打白秀英一段，說鄆城縣有東京新來的行院 (歌妓) 白秀英在勾欄裡說唱，「招牌上明寫着這場話本，是一段風流蘊藉的格範，喚作『豫章城雙漸趕蘇卿』」。白秀英說了開話又唱，唱了又說。可見像鄆城縣那樣的小城市也有說唱故事的人，在做場面。雖說《水滸傳》是小說，而且是元明之間人所作，其描寫北宋末年的社會情況，卻頗為真切。這也可以作宋代社會史料看。雙漸趕蘇卿故事在宋代甚為流傳，所謂「風流蘊藉」，與西廂故事同屬浪漫的愛情故事。這裡明說話本，可能是小說家的話本，小說一名詞話，可以夾唱，但也可能是諸宮調的本子，水滸作者混稱話本。

此外陸游詩：「斜陽古柳趙家莊，負鼓盲翁正作場。死後是非誰管得，滿村聽說蔡中郎。」這是說農村說書的。盲人說唱琵琶記故事，在浙江山陰縣附近。〔此詩一本作「身後」「聽唱」。或引作劉後村 (克莊) 詩。但陸游集中有之，而劉後村集中未檢得，待查。〕

洪邁《夷堅支志》丁集卷三：「呂德卿偕其友……出嘉會門外茶肆中坐，見幅紙用緋帖尾云『今晚講說《漢書》』。」可證明說書在茶肆中。嘉會門是當時臨安的一個城門。

(三) 說話人的家數

《東京夢華錄》並未提到說話人分若干家數，此因簡略之故。而《都城紀勝》與《夢粱錄》則大同小異，說說話人分四個家數，各有門庭。因為古書沒有標點，而這兩書文章不很講究，分割得不清楚，所以研究小說史的便有好幾種分割法。其中以魯迅先生《中國小說史略》分割得最好。趙景深、孫楷第與他意見相近。但魯迅只用《夢粱錄》，不用《都城紀勝》，有所省略，今參用兩書，做以下劃分：

1. 小說，一名銀字兒。如煙粉、靈怪、傳奇、公案、朴刀桿

棒[1]、發跡變態[2]之事。説鐵騎兒，謂士馬金鼓之事。

2. 説經，謂演説佛經。説參請，謂賓主參禪悟道等事（又有説諢經者）。

3. 講史書。謂講説前代書史文傳、興廢爭戰之事。

4. 合生，與起令、隨令相似，各占一事。商謎，猜詩謎、字謎、戾謎、社謎等。

（魯迅在 1 項下，略去説鐵騎兒。3 項下謂講説《通鑒》、漢唐歷代書史文傳、興廢爭戰之事。4 項下略去商謎）

另，陳汝衡《説書小史》分：

1. 小説，一名銀字兒。煙粉、靈怪、傳奇。

2. 説公案 —— 搏拳提刀趕棒、發跡變態之事。

説鐵騎兒 —— 士馬金鼓之事。

3. 説經。説參請，説諢經。

4. 講史。

此説亦可參考。蓋略去合生與商謎，認為非説話人也。但據《新唐書》卷一百十九武平一傳「胡樂施於聲律，本備四夷之數。比來日益流宕，異曲新聲，哀思淫溺。始自王公，稍及閭巷，妖妓胡人，街市童子，或言妃主情貌，或列王公名質，詠歌蹈舞，號曰合生」等語，則合生亦有故事。趙景深謂合生始於唐中宗時，戴望舒引施蟄存語曰：「合生為阿剌伯 Hajan 一字之譯音，意為故事。」然唐時以歌詠為主，兼以舞蹈，或與宋代作為説話中一派的合生不同。又據《醉翁談

---

1 朴刀桿棒，朴刀也叫博刀，桿棒也作趕棒，是兩種武器。這兩個説話小説類的分支主要是講持刀弄棒的人物故事，故用兩種武器名命名。 —— 編者註

2「變態」應為「變泰」，後同。 —— 編者註

錄》，則説公案亦在小説門中。

《武林舊事》未分四個家數，其卷六《諸色伎藝人》所列名單中與説話有關的有演史、説經諢經、小説、彈唱因緣、説諢話、商謎、合笙七項。

彈唱因緣亦是一派。它以彈唱為主，此與後世之彈詞寶卷有關，內容多涉道家神仙下凡等事。

《醉翁談錄》(羅燁編) 卷一，舌耕序引中《小説引子》一段，註云：演史、講經並可通用。為此，他只分小説、演史、講經三個家數。合生、商謎性質不同，不用此引子也。

(四) 小説和講史的區別

説經一門，沿着唐代和尚們的俗講而來，淵源很早，到了宋代，漸不佔重要地位。在發展上看，小説和講史最為重要。二者的區別是：

1. 講史依據歷代史書，説得很野，但主要人物皆為歷史上的人物。民間藝人加工改造歷史人物，形成歷史人物野史化。中間穿插故事都屬演史家所編造，師徒相傳，創作了歷史小説。小説家或依據前代志怪傳奇，或依據社會新聞，而不據史傳，故事的創造不受限制，可以脱空捏造。在周密《武林舊事》所記説話人名中，小説家最多。正如《夢粱錄》所説：「最畏小説人。蓋小説者，能講一朝一代故事，頃刻間捏合 (《都城紀勝》作『提破』，此處『捏合』比『提破』好)。」小説的故事更允許虛構成分，有典型性格，更能描寫社會真實，因而更富文藝性。

2. 講史是長篇的。一部書要講個一年半載。小説都是短篇的。一篇故事，只講一回、二回，即一天、二天內講完一個故事。可能説書的根據底本再為敷演，講説七八天也講完了。此後又須另換一個故事。

3. 小説，一名「銀字兒」。「銀字」為管樂上名稱，此必因小説夾

有彈唱、吹唱之故。又小說一名詞話。今小說話本往往夾有詩、詞、歌曲，當時入樂歌唱。即所謂「說了又唱，唱了又說」。同當今上海說書的「彈詞」「小書」差不多。不過據話本看，基本上是說的，詩詞夾入不多。不像上海的以韻文為主或說唱並重。（《西遊記》明刊本中多韻文，還是小說古制。）

講史的話本，一般均稱平話，恐即是評話。不夾歌唱，如當今上海的說「大書」，只用一個醒木，但憑口說。所謂評話，乃是書中夾有詩句，評贊古人是非得失之意，即評論古今之意。

在宋元時代有此兩家分別，後世說書業中也還分別着。可是明以後文人所作小說，亦多長篇，變成章回小說了。又明代文人亦漸泯滅界限。如《堯山堂外紀》：「杭州瞽女，唱古今小說平話，謂之陶真。」已不知小說、平話之別。

（五）說話人的出身和思想

說話人似乎很雜。有和尚們說佛經，有書生們說書史，有書生及一般市民書卷較少而生活經驗豐富的說小說，有道士們彈唱因緣。有男的，也有女流，也有歌伎。但是他們同屬於「伎藝人」一個階層。與唐代不同，隨着說話場所由寺院變為瓦肆，說佛已退居不重要的地位。單說小說和講史兩家，則有儒生及一般市民。此類儒生，不是進士們、舉人們，而是略通書史，並未中過進士的。可以想像得知，所謂張解元、劉進士、陳進士等皆是美稱，猶之秀才、貢士、書生之類，未必實為進士、解元也。

此類稱書生、進士、貢士者在《武林舊事》名單中都屬於演史一門。演史門要敷演歷代書史，書本的知識較多，故以書生為重。而首列喬萬卷，當推其博學耳。但此類人中亦有宋小娘子、張小娘子等，

為女流。北宋時代說三國者為霍四究，說五代史者為尹常賣。常賣是宋時俗語，《雲麓漫鈔》卷七：「方言以微細物博易於市中自唱曰常賣。」此說五代史者當初或曾做過小販，故而得此名稱。則演史家亦非均是書生出身。而在科舉上失意的或根本絕意功名的文人、落魄的讀書人，到瓦子裡去說書，當然也是在經濟上很貧窮的。

至於小說家，則是社會下層的市民。他們舌辯滔滔、談論如流，書本知識不多，而接觸社會現實，生活經驗豐富。但是照《醉翁談錄·小說開闢》上說，也要熟悉《太平廣記》《夷堅志》《琇瑩集》《綠窗新話》等書，要知李杜韓柳詩句、歐蘇黃陳才詞，似乎也要相當高的文化。觀小說家中頗多俚俗名字，如故衣毛三、棗兒徐榮、粥張二等，恐原是賣故衣、賣棗、賣粥的小販，其後改業說書的。

伎藝人的地位在封建時代是低微的，屬於市民階層。他們為了市民娛樂，所創造的是市民所喜愛的文藝。至於聽眾，那麼從皇帝、貴族起，下至一般商人、手工業者、士兵都包括在內。有御前說書人。《武林舊事》特為註出以抬高身份，此則先在市場中說小說，有名後偶爾供應內廷，當非專為御前說書。所以這類文藝，絕非宮廷文藝而是市民文藝。

他們的思想意識也是小市民的思想意識，也有封建思想。因為那個時代是封建時代，封建思想統治着、制約着人們的頭腦。可是他們是被剝削、被壓迫的，在他們的文藝創作中，就有反封建的、民主的思想的萌芽。他們談愛情故事，是反禮教的；他們說公案，是替人民控訴冤獄、希望有清官的；他們講發跡變態朴刀趕棒，宣揚武藝、稱讚草莽英雄；他們講書史、評論古今，反對殺戮功臣的、殘暴的統治者，歌頌人民所喜愛的帝王將相。他們刻畫市民形象，描寫市民生活，真實而不歪曲，能反映社會現實。因為他們的生活、思想、感情

是接近人民大眾的。

同時，他們免不了有宿命論，出世思想，封建道德如忠、孝等觀念。

（六）話本的取材和編製

說書的人，需要先有一個底本，這些底本是師徒相傳的。最早有創制的人，由他一人說，此後傳給徒弟，漸漸又加穿插，加以增刪變化，所以話本原是口頭文藝，好幾代傳下來，沒有定型。同一部書，各人所說，各地所說，都有不同。

話本的取材很廣。講史家取歷代史事，取材於正史及野史。他們尤其喜歡戰爭變亂時期，如三國時代、春秋戰國時代、秦漢之際、隋唐之際、唐末五代之類。太平盛世，無話可說。變亂時代，人物眾多。戰爭、英雄故事，人所樂道，也是人所樂聽的，比較熱鬧。講史家雖標榜正史，如演說《漢書》、三國之類，其實說得很野，往往取一段有趣味的史事，加以敷演，結合許多野史、民間傳說的材料。我們看《三國志平話》及《五代史平話》即可明了。不僅限於前代史事，即當時歷史事實，亦可取材。《夢粱錄·小說講經史》條：「又有王六大夫，原係御前供話，為幕士請給，講諸史俱通，於咸淳年間，敷演《復華篇》及《中興名將傳》，聽者紛紛，蓋講得字真不俗，記問淵源甚廣耳。」即是講南宋初年抗金英雄如岳飛、韓世忠等故事的。咸淳為南宋度宗年號 (1265—1274)，距離南宋初年有一百年左右。王六大夫能自編自說，為不可多得的人才。

小說家的取材多根據前代小說。《太平廣記》《琇瑩集》等其中多愛情、神仙、靈怪故事，可以取材。從《醉翁談錄·小說開闢》所列話本篇目看，題材來自唐人傳奇的很多。此外還有捏合歷史人物加以

敷演或根據民間傳聞故事鋪敍，乃至憑空創造的。取材於社會新聞的，亦必有之。小說類話本必定很多，但散失亦多，今存宋元話本不過數十篇而已，多數連篇目也未留下。

最初，話本是說話人自編的。後來師徒相傳，因襲前人話本，增刪敷演，不盡自己編書，否則來不及應付。演史家尤可，如果小說家每天要講故事，一年得預備二三百篇小說，哪能這樣豐富呢？比如演劇，一個劇本可以演幾回。又如彈詞，靠唱，不全聽故事，重聽也不厭。小說就不行。例如《碾玉觀音》，只能兩天講完。講完又得換別篇，在一兩個月內，不能再講這篇，否則聽眾聽膩了，知道這些人是鬼，便沒有意味。《武林舊事》記說小說的有五十二人，一個人講百篇，也有五千篇，事實上沒有那麼多的。他們所講必定也重複，靠增插、靠說話藝術吸引聽眾，但其中粗製濫造、無聊的一定不少。有些未經藝術加工就隨時代淘汰了，留到後代刊印出來的，總是精品傑作，又經過名手編訂的。

後來有了分工，文人撰作話本，長於說書者說。南宋時說書者有書會組織，如雄辯社，內中也有才人，有一定的文學修養，專業編書而不說書。說話受人歡迎，書坊開始刊印話本，書坊託人，取說書家的底本進行加工編撰，並加入插圖，這使一些話本得以存留至今。

（七）口語的提煉

說話人以口講說故事為技藝，精益求精，善於談說。所用的語言是人民大眾的語言。京都說書的主要以汴京、臨安的普通話為標準，所以說書人對語言起提煉作用。說話人的話本可以是半文半白的，可以是純粹白話的。半文半白是因求簡略之故。話本的發展為近代口語的小說文學奠定了基礎，開闢了文學語言的新路。

（八）現存的宋元話本

從北宋開始到元末明初章回小說作者的興起，中間説話人的説書事業興盛不斷有三百多年，話本數量依理應有很多，實際流傳至今者卻極為稀少，原因是：

1. 説話人的底本，師徒相傳，或書會才人所編，原是抄本，且無定型，還停留在口頭文學階段。當時亦有專利性，不願公開。由書坊刊印此類話本實始於南宋時期，為時較晚。

2. 元蒙滅宋，中原文化蒙受損失與摧殘，戰亂中話本被毀。元代印刷業又不如宋代發達。

3. 此類市民文藝，刊本簡陋，文字俚俗，得不到藏書家的重視。書坊印出後雖大量流行，但只是一時，未能很好保留，就隨時代而淘汰了。《永樂大典》有平話一項，抄集尚多，而大典在清代亦散失，平話門數冊，無一存世，極為可惜。現存有些話本是日本藏書家所保存的。

4. 有些小説內容被認為有傷風化，不為封建禮教所容，還有一些作品觸犯統治階級，因而不能保留下來。

講史類話本失傳的，如南宋咸淳年間王六大夫講過的《復華篇》《中興名將傳》，二者均有愛國主義思想，可惜未傳下來。後世的《説岳全傳》可能根據了一部分南宋話本所流傳的材料。

在羅燁的《醉翁談錄·小説開闢》中列舉了許多小説類話本的篇名，可惜大部分未流傳下來。如其中有《鶯鶯傳》，可見當時已説西廂故事。另外尚有《李亞仙》《崔護覓水》《芭蕉扇》(可能是西遊中的鐵扇公主事)，屬於朴刀桿棒的有《戴嗣宗》《青面獸》《石頭孫立》《花和尚》《武行者》等，還有妖術類的《驪山老母》《貝州王則》等。有些話本更不知名目。它們未經藝術加工，就隨時代淘汰了。

今存宋元話本有：

1. 説經：

《大唐三藏取經詩話》

2. 小説：

《京本通俗小説》

《清平山堂話本》

《雨窗欹枕集》

「三言」中的宋元舊篇

3. 講史：

《五代史平話》

《全相平話五種》

《宣和遺事》

以下擇要加以介紹。

《大唐三藏取經詩話》

　　《大唐三藏取經詩話》，分上中下三卷，十七章，缺首章與第八章之前半部分。日本高山寺舊藏，歸三浦將軍所有，是巾箱本[1]。另本藏德富蘇峰處，為大字本，較巾箱本所缺尤多。書末有「中瓦子張家印」字樣，此為臨安書肆，應為宋槧本[2]。魯迅先生認為或係元刊，因為此書鋪至元代亦可能尚存在也。此說固可通，不論宋刊元刊，這個話本的時代應該是較早的，是宋人的話本。它的體制比較古：

　　1. 分章（即分節）標題稱「行程遇猴行者處第二」「入大梵天王宮第三」，等等，是佛經體例。

　　2. 文字簡潔，散文部分是略帶文言筆調的白話文。正如佛經體例，當時亦即為白話文，但非純粹口語，文言也是通俗文言。

　　3. 稱為「詩話」，因為中間夾有詩句之故。全書只夾七言詩句，不夾入詞。甚至作為唐人俗講話本看，亦無不可。

　　此書性質介於說佛與小說之間。今宋人說佛門話本不傳於世，此本或即說佛門之話本，較小說家所說為長，是一中篇小說。

---

1 巾箱本，一種書型短小而方便攜帶的書冊，可以裝在巾箱中，故名。巾箱是古人用來裝頭巾的小箱。——編者註

2 宋槧本，指書的宋代刻本。槧本，用木板雕字印刷的圖書。——編者註

　　唐玄奘法師至印度求取佛經，回國後展開佛經翻譯事業，此為中國佛教史乃至文化史上一件大事。他親身經歷西域、印度許多國家，著有《大唐西域記》，為亞洲交通史、歷史地理研究者的重要史料之一。他的一生史實有慧立、彥琮的《大唐大慈恩寺三藏法師傳》，記敘甚詳。至於佛教徒所裝點附益的種種故事和民間傳說最早就見於這本取經詩話。以後更變化成為《西遊記》雜劇和《西遊記》小說。

　　此書所以重要，因為是小說《西遊記》的濫觴。

　　此書敘玄奘去西天取經，遇猴行者，護送到西天。猴行者是花果山紫雲洞八萬四千銅頭鐵額獼猴王，但是他打扮着做一個白衣秀才，見和尚施禮，對話，並以詩對答。他神通廣大，能做法術，抵敵妖法，如化新婦為青草之類，又能使老虎肚中生出獼猴。在《入王母池之處》（第十一）章內，說猴行者少年時曾在此做賊，偷吃蟠桃樹上蟠桃，吃一顆享年三千歲。此時為了唐僧，他又取蟠桃。蟠桃三顆落入池中，猴行者取金鐶杖向盤石上敲三下，即在池中出來一個孩兒，三千歲，他不用。又敲五下，出來一個孩兒，面如滿月，五千歲。行者說，不用你。又敲幾下，一孩兒出來，問曰：「你年多少？」曰：「七千歲。」行者放下金鐶杖，叫取孩兒入手中問：「和尚，你吃否？」和尚聞語心驚，便走。被行者手中旋數下，孩兒化成一枝乳棗，當時吞入口中。（未言是和尚吃，還是行者吃？）後歸東土唐朝，遂吐出於西川。至今此地中生人參是也。（此為《西遊記》偷桃及吃人參果所本。）

　　書中並未大力宣傳佛經，只是寫取經路上冒險的奇異經歷。玄奘經過獅子林、大蛇嶺、九龍池、鬼子母國、女人國……歷盡魔難，取回佛經，富傳奇性。此書尚有深沙神，即沙和尚，但無豬八戒。書末最後一章述王長者故事，乃唐僧回國後的故事（此為《西遊記》所無）。王長者後妻孟氏與其婢春柳，趁王長者出行，定計思殺其前妻之子癡郎

(那)。先使其入鈷鏻 [1] 中，用火燒之，不死。其次又用鐵鈎鈎斷其舌根，此兒又無恙，會言語。又使其入庫中，閉門欲使其餓死，又不死。最後使其登樓推墮水中。王長者回，法師等七人赴長者齋，法師說今日不欲他食，思得大魚。長者遂為買魚，得大魚。法師自以刀剖開，長者之兒從魚中出。長者抱兒驚喜倍常。

此書故事性濃厚，實際上非宣揚佛教，而內容與佛經中故事頗為類似，實為中印文學結合的成果，可以定為說佛俗講之話本也。

---

1 鈷鏻，溫器，指用於加溫的容器，類似鍋爐等。—— 編者註

小說家的話本

　　小說一門在宋代說話人中是最為活躍的。當時小說門的話本必定很多，因為一天、兩天講一個故事，如果連續講一年半載需要大量的話本，而況小說業中在一地方說書的人數也不止一個。(有時講一篇故事不止一天、兩天。例如《西山一窟鬼》有云，「變作十數回蹺蹊作怪的小說」，似乎可以講十數回。但照此篇話本內容看，似乎難以講十幾天。) 可惜流傳至今的不多，現存在《京本通俗小說》《清平山堂話本》《雨窗欹枕集》三書中，共有三十餘篇。此外「三言」「二拍」中尚有些宋元舊本。總數不過四五十篇。(「三言」「二拍」中需賴考證。)

　　此三書，一為影元抄本 (?) 清人刊，二為明中葉刊本。今前兩種皆有重印本。

　　《京本通俗小說》現存卷第十至第十六。全書原有多少卷，作者何人，今都不可考。現存《碾玉觀音》《菩薩蠻》《西山一窟鬼》《志誠張主管》《拗相公》《錯斬崔寧》《馮玉梅團圓》等七卷為繆荃孫 (江東老蟫)《煙畫東堂小品》所影刊。尚有《海陵王荒淫》《定州三怪》(過於破碎) 未刊。《海陵王荒淫》另有鉛印本，而亞東所排《宋人話本八種》中亦印入。但此回或謂抽自《醒世恆言》者。《定州三怪》見《警世通言》。

　　鄭振鐸《明清二代的平話集》文云：「就平話叢刊的進化史蹟看來，元代而會產生那麼篇幅至少合有十餘卷以上的內容純粹且又編次

井然的《京本通俗小說》，實是不可能的事。」「而集合了許多小說雜著成為一部叢書的，也到了嘉靖時候，方才風氣大開。清平山堂所刻話本集尚是各種自為起訖，沒有分卷的。」「繆氏的『影元抄本』云云，不過是一個想當然的猜想，絕不是一個定論。」但是我們從內容上考察，這幾篇確乎是南宋說話人的底本，看不出攙入元以後人的手筆。這也是很奇怪的。

《碾玉觀音》屬煙粉靈怪類，是殘存的《京本通俗小說》的第一篇，獨分上下兩部分，比較的長，乃是上下兩回書，預備在兩天內說完的。這是說話人的底本，而文章優美，已經是加工製作過，不是粗糙的底本了。

這是小說中的優秀作品。前面有一個很長的「入話」，引用許多名人詩詞，互相關聯鈎串而出，極有情致。凡小說開始都有入話。《京本通俗小說》中，以此篇與《西山一窟鬼》最好，都用詩詞作入話，是有機的、剝繭抽絲式的，不堆砌，不膚泛。而此篇為宋人小說中入話最講究、美麗的一個。這是引子，未講本文以前，先唱詩詞，伴以樂奏。詞在宋代是唱的，七言詩入樂歌唱也非難事，所以小說有「詞話」的別名。

三首春詞《鷓鴣天》，前兩首未提作者姓名，無考。小說所引詩詞，往往無考，乃是當時流行傳唱的俗詞，未入文人選本。黃夫人亦不知何人，未必是有名作者。王荊公詩，未必可信，待查。其餘諸人詩也都靠不大住，乃是搬了些名人出來。曾兩府是曾布（？）。蘇小妹詞乃是相傳的蘇小小詞，見《錢塘佳夢》小說，也見《陽春白雪》前的大曲蘇小小詞。是宋人詞。《黃金縷》就是《蝶戀花》的別名，因歐陽修一首詞而得名。王岩叟是宋哲宗時人。集了這些春詞，組織關聯，極盡藝術上的巧妙。正所謂最畏小說人，能頃刻間捏合，頃刻間提

破。可以想見當時彈唱此入話作為本文開篇之引人入勝。因此入話，連接到咸安郡王的遊春，於是進入故事本身。

本篇用「碾玉觀音」作題目也很好。用詩句作回目，最初開始於說書人的招牌，而古本尚不用詩句作回目。這一題目，只是俗稱，並非作者自擬的標題。題目不說明白故事內容（明人改題為《崔待詔生死冤家》，則點明故事內容），使人不可捉摸。實則玉觀音並非主要情節關鍵所在，全篇小說屬於當時所謂「靈怪」類。講個鬼故事，出神入化；其藝術特點，在於非講完此故事不知秀秀與其父母在後半部實是鬼而非人。這種 Suspension（留下懸念的宕筆法）為吸引人、動人的藝術。（即賣弄關目，直到最後方始揭露。）

這篇的主角是秀秀養娘和崔寧，屬於虛構，可是中間有三個南宋初年的歷史人物。咸安郡王指韓蘄王韓世忠，秦州雄武軍劉兩府是劉錡，楊和王是楊沂中，皆抗金名將，而當時被閒廢着的。小說家講故事，要使其逼真，配合歷史上人物似更為有據，這是所謂「頃刻間捏合」。當時有說《中興名將傳》的，所以他們三人的名字，尤為聽眾所熟悉。這故事背景在南宋初紹興年間，說書的時代，應該也在南宋，不會遲至元代，否則咸安郡王、劉兩府等官員稱謂不易習知。

說書人儘管講着一個鬼故事，中間滲透着當時社會的生活氣息。它讓我們看到當時的階級矛盾。秀秀出生於手工業者家庭中，是裱褙鋪璩大夫（待詔）之女。而璩大夫不能不把他心愛的女兒賣給王府去做養娘（女婢），他說：「老拙家寒，那討錢來嫁人？將來也只是獻與官府。」這一半是懼勢，不能不如此說；一半是實情，可見其生活窮困。當時朝廷南遷，大批貴族官僚需要婢女，竟可以指定購買良家女為婢。

秀秀被賣入王府，便開始其不幸的、不自由的生活。秀秀與崔待詔是很好的一對，都青春美少，都屬於手工藝階層，愛好自由生活，

而可以用他們自己的勞動來養活自己的。當初郡王有過一句話，引起了他們天真的情愛（精神上的）。於是在一個失火的晚上，偶然遇到，秀秀便決定跟着崔寧跑，很大膽地提出了做夫妻的要求。這裡，秀秀所以決定要走這條路，為了愛着崔寧，為了找尋自己自由幸福的道路，厭惡自己在王府的生活（她願出身於一個手工藝的家庭），為了郡王雖然有過那句話，將來也未必認真實行，説不定要有變故，或者留在府中不嫁，或者隨便給別人。

　　他們的私奔是情有可原的，是博得我們同情的，然而結果是造成了一個悲劇。已經遠走高飛，還是不能逃過封建統治者的魔爪，為多嘴的郭排軍所發現，報告給郡王。秀秀被郡王打死，埋在後花園中。此後秀秀的鬼魂，仍舊跟着崔寧，並且報復了郭排軍。

　　這篇作品寫出封建社會統治者的強暴，手工業者的被壓迫，下層人民無論男女，生活都不自由（包括婚姻的不自由在內），尤其是封建時代的女性，更遭受着殘酷的壓迫。作者的愛憎傾向始終在同情秀秀與崔寧方面。這個悲劇具有必然性、典型性。因為封建力量之強大，手工藝者還依附封建地主而生存着，不足與之抗衡。

　　人物性格的描寫，也相當地成功。秀秀坦率、善良、有勇氣，敢於爭取愛情和婚姻的自由。變鬼也跟着崔寧，可見她愛情的熱烈，死後還要團圓。她變鬼又報復了破壞她自由幸福的郭排軍，具有堅強反抗與復仇的精神。她的形象是鮮明可愛的，值得同情的。崔寧，善良、老實而怯懦怕事。郡王，脾氣暴躁。郭排軍，樸實而多嘴，不識利害。

　　璩公璩婆聽見了女兒被打死，非但不伸冤，反而投河死了，可見一般小民害怕郡王到如何地步。小説家只是暴露社會現實，他所説的是真的、可信的。甚至「鬼」，那聽眾也不是完全不相信的。作者説鬼是一形式，主題是愛情婚姻問題，並非迷信恐怖的鬼魂。説話人沒

有藉以勸世教訓人的地方，似乎為藝術而藝術。為藝術而藝術的文藝，在今天看來是應該批判的，在當時是指單為了民間的娛樂，有進步性，因為並不是為統治階級服務的。如果他有教訓，只教訓了像郭排軍那樣搬弄是非、口不謹慎的人。至於作者為甚麼不使秀秀報復咸安郡王呢？一則作者受時代限制沒有看出主要矛盾；二則韓世忠在南宋人民心目中是抗戰[1]英雄，不過是性如烈火、脾氣不好，大家也還崇拜他，所以不多加貶辭。

說鬼故事，最為靈奇，大眾愛聽。這篇的技巧在乎隱藏了主角已經死去變成了鬼的事實，最後方才暴露。中間說：「秀秀道：『自從解你去臨安府斷罪，把我捉入後花園，打了三十竹篦，遂便趕我出來。我知道你建康府去，趕將來同你去。』崔寧道：『恁地卻好。』討了船，直到建康府。押發人自回。若是押發人是個學舌的，就有一場是非出來。因曉得郡王性如烈火，惹着他不是輕易放手的；他又不是王府中人，去管這閒事怎地？況且崔寧一路買酒買食，奉承得他好，回去時，就隱惡而揚善了。」這一段很巧妙地使讀者不疑秀秀是鬼，故事才能進展。到最後暴露，不但秀秀是鬼，連璩公璩婆也都是鬼。情節曲折，佈局留有懸念。

在《京本通俗小說》中，同樣屬於靈怪類的尚有《西山一窟鬼》《志誠張主管》兩篇，都很好。《西山一窟鬼》入話優美，引用名人詞，互相關聯，藝術手腕亦高。作品敘述一位吳教授[2]同一個朋友（王七三官人）在（杭州）西湖西山遊玩，遇着一陣大雨，天晚不能回家，在山路上避雨，遇見許多鬼。連吳教授的妻子、婢女都在那裡，也都是鬼。此篇

---

1 指南宋抗擊西夏、金朝的戰爭。——編者註

2 教授，宋代對私塾先生的尊稱。——編者註

寫得令人毛骨悚然，鬼氣森森，酣暢淋漓，生動靈活；也運用了起初不知是鬼，後來方知道是鬼的藝術手法，是鬼故事的上乘，是浪漫主義作品。不過就思想性而論，意義不多，沒有清楚的主題。作者的思想歸結到看破紅塵，離塵辦道，吳教授捨俗出家，雲遊天下。如果說有現實的成分，則是寫出吳秀才的貧窮落魄，反映當時貧儒生活之苦和人生苦悶的情緒。但這個矛盾，作者並沒有好好解決。

《志誠張主管》描寫市民生活與道德觀念，很真實。開線鋪的張士廉，六旬年紀娶了王招宣府裡出來的妾。此小夫人嫁一老人，在愛情上不能滿足，對年輕的張主管暗中示好，死後鬼魂還苦苦追求他。張主管為人老實，不受誘惑，同時卻也盡禮以待，終於不受其禍，足見商人夥計的道德準則。小夫人也有值得人同情之處。應該譴責的是那個年過六旬而娶年輕老婆的張員外。作品暴露封建社會的矛盾，頗有現實意義；也是煙粉靈怪類的代表作，同樣結構極佳。

《西湖三塔記》見於《清平山堂話本》，亦屬靈怪類。雖為《白蛇傳》的一個祖本，但思想性不高。白蛇、烏雞、獺三精是作為迷惑奚宣贊而終於被龍虎山奚真人所降服的妖怪來處理的，並無後來《白蛇傳》的人情味和生活氣息。

《鄭意娘傳》，現存《古今小說》第二十四卷，題為《楊思溫燕山逢故人》，實為宋人小說，也是鬼故事，而結構特佳，思想性、藝術性都高，很有唐人傳奇風味。開篇入話用元宵詞，說宋徽宗時汴京元宵節風俗，轉入北宋亡國汴京破後，楊思溫在燕山（即北京）看元宵，不免淒涼感歎，有故國之思：

「一輪明月嬋娟照，半是京華流寓人！」

整篇小說等於一首抒情詩，淒涼哀怨。訴說亂離中夫婦相失、男女思慕，至於一生一死、陰陽相接而泣訴平生，此後男女相誓，幽明

相隨，而男的終於不能堅守而背盟的故事。女的遂施以報復。這也是悲劇。小說主要是寫愛情的，然而有情人的失散係因戰亂之故。而男子負心在當時社會也是很普遍的問題。

這類小說一出現即質量如此之高，是十分可貴的。

傳奇類小說以《馮玉梅團圓》為代表。開始用吳歌「月子彎彎照九州，幾家歡樂幾家愁，幾家夫婦同羅帳，幾家飄散在他州」，引起兩個夫婦離散而復圓的故事，是喜劇。短故事作為入話，長的故事是正故事。故事背景是南宋初年福建建州范汝為起義，范侄希周救了馮忠翊失散的女兒馮玉梅，遂為夫婦。以鴛鴦寶鏡為聘禮，夫妻和順。此後范汝為軍被韓世忠鎮壓下去，亂軍之中夫婦分離。馮玉梅自盡未死，為馮忠翊所救，父女重逢，玉梅矢志不再嫁。馮公升官至都統制，遇廣州守將差指使賀承信送公文，玉梅窺見，疑即建州范郎君。馮公私問之，始吐真實，知已投岳飛部下。出鴛鴦寶鏡為證，夫婦重復團圓。此篇寫悲歡離合，屬傳奇小說類。在反映現實深度上不如《碾玉觀音》《鄭意娘》，但其中寫范汝為起義並未歪曲，稱范為「草頭天子」，說他「仗義執言，救民水火」，也寫了起義軍中的人物范鰍兒（希周）的真誠性格。

《菩薩蠻》有說佛成分，但其中也反映了一定的社會現實。

《拗相公》把王安石作為題材，寫他罷相判江寧府，從汴京到江寧一路旅途所見。有人認為這是失敗的作品，歪曲了歷史人物。但是小說中的人物形象並不等於歷史人物。小說中的王安石性格是執拗的。在隱姓潛名趕路途中，他親自遇到許多困難，皆其新法所致，親自聽到人民痛罵新法，痛罵王安石。這一話本，不是演史，乃是小說，是政治性的諷刺作品。主題思想是反映宰相施政，不親民，施虐政，受人民唾罵，有強烈的反抗性。所寫有北宋丞相盧多遜事、王安石事，

創造典型，亦寫出王安石的高傲性格。當然將此全加之於歷史人物王安石是不對的。這主要是因為南宋時代人們痛恨蔡京一輩紹述派人物，連帶恨及王安石。此應是南宋末年的作品，小說中有佛教思想，但也非說佛話本。

《快嘴李翠蓮記》是一篇風格質樸的作品，見於《清平山堂話本》，難入門類。小說紹介[1]婚姻風俗，描寫一個女子有口才，說話出口成章（像快板）而為封建社會所不容。她有強烈的反抗性，而只能逃入空門，這正是作者找不到出路的結果。其中快板式的語言近於韻文，應以唱說為主，突出表現了詞話的特點。

公案類話本以《錯斬崔寧》為代表。此篇在《醒世恆言》中則題為《十五貫戲言成巧禍》。

此回書亦有入話，用一短故事說戲言之禍，引起正故事。作者垂戒勿戲言，書末又有「勸君出語須誠實，口舌從來是禍基」，似在強調出言謹慎，以故事作為鑒戒，作為處世之道的教訓。可是作者在開首一首詩中，又提出人心叵測、世路艱難的主題，不免糾纏牽扯，不夠清楚。其實這都是次要的，並非本書的主題。本篇的主題是描寫一個糊塗公案（公案，即刑事案件），一個冤獄，故以「錯斬崔寧」為主題，作者明白地插入了一段文章：

> 看官聽說，這段公事，果然是小娘子與那崔寧謀財害命的時節，他兩人須連夜逃走他方，怎的又去鄰居人家借宿一宵？明早又走到爹娘家去，卻被人捉住了？這段冤枉，仔細可以推詳出來；誰想問官糊塗，只圖了事，不想捶楚之下，何求不得？冥冥

---

1 紹介，即介紹。近代以前常用「紹介」，之後使用越來越少，至五四運動時使用頻率有所上升，今已不用。——編者註

之中，積了陰騭，遠在兒孫近在身，他兩個冤魂也須放你不過。

所以做官的切不可率意斷獄，任情用刑，也要求個公平明允。道

不得個「死者不可復生，斷者不可復續」，可勝歎哉！

這使人聯想到竇娥的唱詞「衙門自古向南開，就中無個不冤哉」。這
段説書人的評論道出小説主題。這一主題具有現實性，因為封建社會
冤獄多，清官少。此類公案小説不僅因故事吸引聽眾，而且也因反映
了人民的要求而受到歡迎。

此篇揭露出當時社會的實況、社會矛盾。

劉官人的沒落，臨安附近即多盜賊、剪徑的人，小娘子得知被典
賣而信以為真，大娘子被搶……都反映了南宋時代社會的黑暗，人民
的窮苦。大娘子、鄰居、糊塗官促成了冤獄，而冤獄的得伸，卻是偶
然的事。在現實中，冤獄的昭雪畢竟也是少數。

小説無性格描寫，也無主角。貫穿小説的是情節，真是無巧不
成書，但是情節太巧了。小説不是人物性格的發展而是故事情節的
發展，這是作者着意安排的，小説的吸引人正在這裡，而其缺點也在
這裡。

此故事原係話本，但此回書已用「看官」字樣，可知是為了讀者
而改寫的了。

小説在清初經朱素臣改寫為戲劇《雙熊夢》，今天又改編成《十五
貫》，主題為反官僚主義。可見此話本影響之大，至今仍有現實意義。

《山亭兒》，此故事託於唐代襄陽府之事，實亦宋人話本。後入《警
世通言》，題為《萬秀娘仇報山亭兒》。《醉翁談錄》以此入朴刀類。
由此可見説公案與朴刀趕棒的關係：説公案皆是朴刀桿棒（桿棒一作趕
棒）及發跡變態之事。篇末説，此話本亦名《十條龍》《陶鐵僧》《孝義
尹宗事跡》。此回書情節曲折，也暴露了社會現實。至於孝義尹宗，

襄陽尚有他的廟宇，可見係民間傳說已久的。小說的生活氣息很濃，人物性格較鮮明，比《錯斬崔寧》為優。

《沈鳥兒畫眉記》，現存《古今小說》，題為《沈小官一鳥害七命》。情節更為曲折離奇，但也是當時社會中可能有的。其中二子殺父一段尤慘。暴露社會現實，人的生命一無保障。《錯斬崔寧》與本篇皆有兩道結論不同的聖旨，這是對於朝廷的嘲諷。且破案者皆出於百姓而非清官，可見宋元時代的官吏的糊塗了事、官僚主義。

《楊溫攔路虎傳》是趕棒的代表作，見於《清平山堂話本》。楊溫（楊三官人）是楊令公之後代，同《水滸傳》裡的楊志。筆墨也有彷彿《水滸傳》處，例如他和馬都頭使棒，在岳廟裡和山東夜叉李貴比棒，贏了利物等，寫得生動。後世小說《水滸傳》正是此類小說的彙集。但全篇結構不嚴謹，脈絡不甚清楚，有的人和事未得到交代。

《宋四公大鬧禁魂張》就風格看，也係宋人話本。主題不夠明確。

《雨窗敧枕集》中有《花燈轎蓮女成佛記》與《董永遇仙傳》，均宣揚佛教思想，缺乏現實性。

講史家的話本

　　關於講史家的記載，《東京夢華錄》載，北宋時已有霍四究說三分、尹常賣說五代史等。《夷堅志》也記有南宋茶肆中說《漢書》的事實。《夢粱錄》還特意提到，有王六大夫敷演《復華篇》及《中興名將傳》，聽者紛紛的盛況。但宋人原作話本沒有流傳下來，我們今日所見，都係元刊本和元人改編的。講史家的話本比較簡陋，不像小說話本經過才人加工，因而不及小說話本細緻。

一、《新編五代史平話》

　　在北宋時即有說五代史的尹常賣。北宋距離五代最近。此戰亂動盪的時期，人物眾多，戰爭熱鬧，民間傳說亦富，故為可以吸引聽眾的講史之絕好題材。

　　今存話本，號稱宋本，恐是元刊本。（由其俗體字的式樣決定之。）（曹元忠謂原是宋巾箱本，董氏誦芬室據以影刊。）刊於元，而編撰人或為宋人。原為十卷，梁、唐、晉、漢、周五代，各有上下兩卷，今殘存共八卷，其中梁史、漢史各缺下卷。各卷書名標云：「新編五代某史平話。」（於宋諱，不能盡避。）

　　平話不分段落，而每史前有目錄標出大綱節目，用六言七言標節

目。（即為後來回目之始，較之《大唐三藏取經詩話》之分章並標某某處第幾者已不同，此無第幾之次第。）

書中文辭文白夾雜，尚通順。其中夾有散文表章、書札及五七言詩句，尚簡潔雅馴，敘述簡單，不細緻，缺乏心理描寫、人物刻畫。

書前引子從伏羲畫八卦講起，至唐太宗命袁天綱推測國運止。接下正文，首敘黃巢起義。像黃巢那樣一個人物，這部小說沒有能夠寫得很突出，反而把起義的叛將朱溫作為正面人物。甚至把黃巢與朱溫始親終離、兩人決裂的原因寫成黃巢要調戲朱溫的妻子張歸娘，不成，張氏告知朱溫，因而使朱溫叛離，大大歪曲了黃巢這個形象。這是講史者不能擺脫正統觀念[1]所造成的。對於石敬瑭的獻媚契丹、在契丹的扶植下建立一個王朝一無貶辭。把契丹人也寫得很好，並無民族意識。據此看來，此本當非北宋時宋遼對峙成敵國時所說，而是南宋人或蒙古統治下的漢人據五代正史、野史材料及民間說書流傳故事而重編的。

此書又多迷信成分，常有白兔、白狐，或留詩句，或作人言。寫平民做皇帝，但有真命天子的觀念。

此書寫劉知遠與郭威的出身，較為生動。劉是流浪漢，隨母跟慕容氏，後來流浪；遇農村中地主李長者，入贅，與李三娘結婚；遭受三娘兩兄的壓迫；三娘辛苦生子；劉與三娘離別，發跡後與三娘復合，並報復二兄。此段故事為《劉知遠諸宮調》及《白兔記》所盛傳，情節與戲曲文學大同小異，唯沒有岳小姐招親事。郭威為農民出身，諢名郭雀兒；為柴仁翁所招贅，妻柴一娘，也與其兄柴守禮、柴守智不合；後來投軍發跡。兩段情節，大致雷同，但後來郭威事隱，而劉

---

1 即封建正統觀念。—— 編者註

知遠、李三娘故事則廣泛流傳。這兩節寫得比較細緻生動。

此書敘述戰爭，無生動場面。比之《三國志平話》，文筆較雅潔而缺乏藝術上的創造。此書大事本正史，點染若干傳說，雖是野史，同正史還距離不遠。

二、全相平話五種

1.《武王伐紂平話》 三卷

2.《七國春秋平話》(後集) 三卷

3.《秦併六國平話》 三卷

4.《前漢書平話》(續集) 三卷

5.《三國志平話》 三卷

此五種平話，皆無名氏所作。中國已失傳，是在日本發現的。原為蝴蝶裝[1]，每頁上面有圖，下面為文字，故稱「全相」。扉頁標「至治新刊」(至治，元英宗年號，1321—1323) 或「建安虞氏新刊 (建安，今福建建陽)」，可知為 14 世紀的刊本，是大眾通俗讀物。各書均不分章回，但每圖有畫題，亦等於回目作用，與《五代史平話》相似。唯《五代史平話》無圖，此五種有圖，有連環圖畫意味，為「繡像小說」之最古者。這些平話 (歷史小說) 現存的不過是一鱗半爪而已。有後集必有前集，有續集必有正集，其他像《開闢演義》《列國志傳》《隋唐志傳》等後世歷史演義小說所敘歷史故事，在元代也必有平話，惜已不存。

《武王伐紂平話》寫商周之際的戰爭。中有狐狸精化為妲己的故

---

1 蝴蝶裝，將紙上有字的一面對折，以中縫為準對齊所有書頁並黏貼而成書的一種裝訂方式。——編者註

事：紂王在玉女觀進香，悅玉女形貌。此後命天下進美女。蘇護進女，驛中為狐狸精所殺。狐狸入妲己屍中，被進獻。紂王寵妲己，引起朝野戰爭。又有姬昌收雷震子、姜尚垂釣遇文王故事。書中寫紂王暴虐，施炮烙、置酒池肉林等，迫害姜皇后及太子殷交（郊），迫害姬昌、伯邑考，武王伐紂，描寫頗為生動，而神話意味濃厚。此書為後來《封神傳》一書所本，足見《封神傳》來源之古。

《七國春秋平話》（後集），既標後集，當尚有前集。此三卷有小標題曰「樂毅圖齊」，中心故事為樂毅與孫子戰鬥的一段。人物有樂毅、田單、孫子、鬼谷子等。所寫為戰國時代歷史的片段——燕、齊交戰史，戰爭激烈複雜。

《秦併六國平話》標「秦始皇傳」，實際上是從秦滅六國敘起至秦為漢所滅為止。書中寫六國的不齊心，不能一致抗秦乃至為秦所滅。中有燕太子丹荊軻刺秦王故事。揭露秦始皇的暴虐、荼害人民。

以上兩書內容為後來的《東周列國志》所包括。當時春秋戰國的講史話本可能是齊備的，而此不過是殘存的兩種。兩書中多寫戰陣，比《三國志平話》還野。

《前漢書平話》稱為續集，小標題為「呂后斬韓信」，此三卷亦只是當時說漢書的話本的一部分。書中敘漢劉邦滅秦、滅楚以後殺戮功臣，即呂后斬韓信，劉邦殺彭越、英布的故事。英布曾射中劉邦一箭，此後被殺。劉邦看英布頭，英布雙目睜開，一道黑氣，沖到高祖。高祖遂病。此書極敘三人被殺之慘，揭露劉邦、呂后的殘暴無遺。說韓信歸世時，天昏地暗，日月無光；說英布頭能把高祖嚇病。足見人民對於英雄人物的崇拜，對於統治者殘暴的無限憤怒，這代表了說書者以及一般百姓對於歷史人物的愛憎，是同情於被壓迫者的。唯本書內歸罪於呂后者多，責劉邦者薄。其中蕭何賺韓信一段，亦為歪曲。

　　以上四種，史事大都取材於《史記》，取輪廓加以創造，採用野史，而講史家造設者多。

　　《三國志平話》在五種中最為重要，為後來《三國演義》所本。雖不能說包括北宋以來說三分話本的全部內容，至少能代表宋以來說三國故事的梗概。

　　此書文筆通俗樸質，文言部分不多。

　　此書開始有因緣（楔子），是為後來《三國演義》所刪去的。講史家說漢光武帝劉秀春天三月三日賞御花園，知道是洛陽黎民所修，乃與民同樂，開放花園。有一書生司馬仲相秀才在園中喝酒讀史，憤憤不平，大罵秦始皇暴虐，築長城、焚書坑儒。忽有人請去，奉上王冠，至報冤之殿，斷陰間冤獄。遇韓信、彭越、英布三人控訴漢高祖殺戮功臣。司馬仲相宣漢高祖呂后至，得玉帶敕，斷漢高祖復生人間為獻帝，呂后為伏皇后，韓信得中原為曹操，彭越為劉備，英布為孫權，三人分漢朝天下，蒯通復生為諸葛亮，司馬仲相復生為司馬仲達。此段故事為小說家所捏造，說明漢末三分天下的因緣，乃是當初劉邦殺戮了三個功臣之故，其間雖有果報循環的觀念，但是也說明了人民對於劉邦殺功臣的憎恨之情，而且是接上了《前漢書平話》。

　　書中次敘漢靈帝時黃巾起義。張角醫道從孫學究來。孫學究患癩疾，自殺，投地穴中，得天書醫道，傳徒眾。張角復傳數萬人。以後是黃巾起義。

　　此外，此書內說到劉、關、張平黃巾立功後，因朝廷賞罰不公，埋沒功勞，憤而至太行山落草。後來漢帝殺十常侍，以十常侍首級去招安劉備。此故事雖荒誕不經，也可表現人民對於朝廷賞罰不公與奸臣弄權的仇恨。同時也說明說書者出於北宋末年、南宋初年。太行山為當時忠義軍的根據地。水滸故事原也有水滸英雄在太行山落草的說

法。此為說書者本色。人民把劉、關、張當成了自己時代的草莽英雄，並希望英雄能為國家所用。而說忠義書者大都有這樣一個觀念：殺奸賊以招安英雄。

這一段與司馬仲相斷獄均十足表現宋代講史家的風味，但因其距正史遠而為後來的《三國演義》作者所刪。「三言」有單篇小說題為《鬧陰司司馬貌斷獄》。

當時說書者根據者少，而出於編造者多。如桃園結義、三戰呂布、關公斬顏良文丑、千里獨行、古城聚義、三顧孔明、長坂坡、黃蓋詐降、赤壁鏖兵、諸葛助風、關公單刀會等，《三國演義》中主要情節，這書裡已具梗概，唯較為簡陋而已。有好些故事是《三國演義》所沒有的，如黃鶴樓故事。有些則與《三國演義》有差異，如說諸葛亮本是一神仙，能呼風喚雨，撒豆成兵；寫蔣幹到東吳，見黃蓋，蓋言蔡瑁投降，無偷書事。同時在此書內張飛比關羽更重要，張飛的性格和《三國演義》裡的不同。如古城聚義一段，敘說張飛佔住古城，自號「無性大王」，立年號曰「快活年」，是人民口頭傳說中的張飛，顯出一個草莽英雄的本色。張飛聽得關公來到，大叫：「叵耐髯漢，爾今有何面目！」躍馬持槍直取關公。十足表現其莽撞與有正義感的性格。此回書雖然簡短，寫得生動。在話本小說中，人物性格是通過無數說話人長期逐漸生長形成的。

此書無回目，但某些段故事有標題，如「張飛獨戰呂布」「關公刺顏良」「曹公贈袍」「關公千里獨行」之類，即是回目。也有說「名曰『古城聚義』」「名曰『十鼓斬蔡陽』」等，亦為講史家的回目。又，開始往往用「卻說」，結尾往往有「詩曰」，也可以知道段落。文中多插詩句。

書中多誤字，如「糜竺」為「梅竹」，「馬驟」為「馬驃」等（建安虞氏刊本）。此書頗簡陋，係坊間刻本，非說話人底本之詳者也。

我們比較《三國志平話》與《三國演義》，可以見到話本小說的淵源與發展，也可以見到《三國演義》如何就民間所傳的話本加工而成為一部傑出的歷史小說，進一步了解羅貫中《三國演義》的繼承性與創造性。

三、《宣和遺事》

《宣和遺事》〔又題《新刊大宋宣和遺事》，此書原定為宋刊本，但亦有可疑之點，以定為元刊本為妥（原本見士禮居叢書中）。大概是宋人所編，經過元人有所增益的。版本有幾種，略有出入〕，此書分幾個部分，文筆不一，有取材於不同的書本（野史）拼湊而成的痕跡。此書敘說北宋末年徽、欽兩朝的史事，到宋高宗南渡紹興年間為止。涉及時間不長，描寫比較細緻，是一部白話的野史。開始有講史家的通例，開篇先講治亂興亡的大道理，並從唐堯虞舜夏商周講起，直到宋朝。接着細緻寫宋徽宗一朝的荒淫事跡。宋徽宗佞信林靈素，佞信道教（中有真神仙呂洞賓出現的情節），任用蔡京、王黼等，興花石綱之役，騷擾百姓，引起方臘起義。此下接敘梁山泊英雄故事。此為今存水滸故事見於話本之最早者。此段文字與下面一段宋徽宗幸李師師的細緻描寫，均為小說家的筆墨。所以《宣和遺事》實是結合講史與小說家兩派的話本，而由一個無名文人所編集的。後半部主要敘述金人入侵，汴京失陷，二帝及后妃被擄北去，受盡種種恥辱，情形十分慘酷。徽、欽帝到北國的情況，有近於日記的記載，直到他們死亡為止。書中說是漢人而歸於女真的一個看守阿計替所記述，好像是真事，其實是小說。此部分大體上出於相傳是辛棄疾所作的《竊憤錄》（一名《南渡錄》或名《靖康紀聞》《南燼紀聞》，無名氏所作筆記小說），亦可證明《宣和遺事》是雜湊成書的。

　　此書文字半文半白，通順，描寫細緻，各部分均有一定藝術性，是通俗文學中的佳作，也是足以代表南宋市民思想觀點的文藝作品。

　　《宣和遺事》中的水滸英雄故事，是很重要的。有以下重要情節：

　　1. 楊志、李進義等押送花石綱，楊志賣刀；

　　2. 晁蓋、吳加亮等劫取生辰綱，「酒海花家」的酒桶為線索；

　　3. 宋江殺閻婆惜，宋江得天書，梁山泊三十六位英雄聚義；

　　4. 宋江受招安。

　　是水滸英雄故事約在南京末年所流傳的梗概，為後世《水滸傳》的藍本，也是縮本。書中寫徽宗、李師師一段，暴露統治者的荒淫。徽、欽二帝被擄北去的一段野史傳聞，是殘酷的故事。此書揭露了北宋末年封建統治者的腐朽及由此造成國破家亡的後果，也盡情描寫了統治者自食其果的慘狀及女真人的殘暴，使人歎息痛恨，激起愛國思想。這表現了作者對北宋末、南宋初這一階段歷史的憤慨情緒。

　　此外，具有愛國思想的還有《中興名將傳》《復華篇》，惜不傳。

王實甫和他的《西廂記》
（節選）

一、從《會真記》到《西廂記》

《西廂記》的故事出於唐代詩人元稹的《會真記》，一名《鶯鶯傳》。

《會真記》寫張生為人美風容，內秉堅孤，年二十三，未近女色。遊於蒲之普救寺。時軍亂，軍人掠蒲，崔氏孀婦止於寺。崔氏婦，鄭女也。張生亦出於鄭，續親為異派之從母（疏的姨母）。崔氏婦財產甚厚，惶駭不知所託。張與蒲將善，請吏護之，不及於難。鄭德張甚，飾饌命張，出子女歡郎及鶯鶯。鶯鶯辭病，崔氏怒，強而後可，見禮。張惑其色，以遊詞導之，不對。私禮紅娘，紅娘歡之，因媒氏而娶，張不能待。婢出一計，謂鶯喜文辭，盍為喻情詩以亂之。張綴春詞二首，鶯報以「待月西廂下，迎風戶半開。拂牆花影動，疑是玉人來」。張因攀杏花逾牆，認為鶯鶯召之。鶯責以禮義，詞義嚴正，謂：「以亂易亂，其去幾何！」言畢，翻然而逝。張絕望。數夕，紅娘攜枕至，鶯鶯來，度一夜。張疑夢，賦《會真詩》三十韻，遂安於西廂者一月。其後張生之長安，不數月復遊於蒲。鶯獨夜操琴，張竊聽之，愈惑之。張生復以文調及期，又當西去，愁歎崔側，崔陰知將訣，謂：「始亂之，終棄之，因其宜矣，愚不敢恨。必也君亂之，君終之，君之惠

也。」其後張志亦絕。張認為崔為尤物，「不妖其身，必妖於人」。「予之德不足以勝妖孽，是用忍情。」

　　歲餘，崔已委身於人，張亦別有所娶。適經所居，因其夫言於崔，求以外兄見。夫語之，崔終不為出。賦一章：「自從消瘦減容光，萬轉千回懶下床；不為旁人羞不起，為郎憔悴卻羞郎。」又賦一章，以謝絕之曰：「棄置今何道，當時且自親；還將舊來意，憐取眼前人。」

　　《會真記》是一篇動人故事，元稹寫來，文筆優美，情節曲折細膩。據後人的考證，可能是元稹自己的戀愛經驗，而託之於張生的。今日尚可存疑。同時期的唐代詩人李紳有《鶯鶯歌》，白居易也有些詩篇，為元稹的鶯鶯故事而作。元稹的《會真記》是一篇愛情小說的傑作，不過這篇小說的結局，不能使人滿意。一對情人，始合終離，始亂終棄，張生另有所娶。魯迅在《中國小說史略》裡指出：「篇末文過飾非，遂墮惡趣。」張生為甚麼要拋棄鶯鶯呢？他自己說：「大凡天之所命尤物也，不妖其身，必妖於人。」「予之德不足以勝妖孽，是用忍情。」意思是說他一時感於崔氏之美而有才，此後又懊悔，認為不足為其德配，為始亂終棄作辯護。這是文過飾非的話，事實上是一個男人在得到愛情之後，不尊重女性，為了婚姻的功利企圖，另娶別人而已。據陳寅恪先生的意見，唐代文人看重婚宦，講究門第。鶯鶯可能是低微出身的歌妓一流人物。因為《會真記》的「真」是神仙的「仙」，唐人稱妓女也為「仙」。說鶯鶯是妓女是不對的。鶯鶯出身富有家庭，門第未必高，是小家碧玉。照《會真記》所寫：(1) 鄭老夫人介紹女兒見張生，以謝其救護資財之恩，此事如屬高門閨秀，是非禮的，所以鶯鶯不肯見，而母親強之；(2) 張生惑於鶯鶯之色；(3) 鶯鶯與張生偷情，往來一月，張生出去後又回來，復有來往，老夫人未曾加以干涉，置之不問，看來頗有使鶯鶯嫁張生之意，如果張生得舉；

（4）張生考試失敗，留京不回，他們通過一次信，鶯鶯頗有表示絕望而有情之意；（5）張生忍情不去娶她，她先嫁人，張生其後別有所娶；（6）後來張生又因其夫而要會她，她不見；（7）文中說，「張生自是惑之」，「以是愈惑之」，又認為「予之德不足以勝妖孽」。張生認為一時惑於色不能自持，遂有此事，其後克制自己，「時人多許為善補過者」。張生因文戰不利，功名未遂，而崔氏遇合富貴，不知其變化，是尤物。他不敢要，要了非福，他們的結合是不幸福的。

　　這裡可見，（1）作者對於禮教和愛情的矛盾，指了出來，無所偏袒，抱客觀主義，沒有強烈的反抗性，竟使讀者對於張生也有同情心，此乃元稹自述其私事之故，沒有自己深刻檢討，批判不夠，回護自己。（2）但是，寫鶯鶯十分可愛，是一完人，她一方面維持禮數，一方面有深情；在封建時代，女子地位低，她謙抑，自我犧牲，也不肯強嫁張生，她也沒有強烈的反抗性。（3）唐代儘管比較自由，但私情也是不被禮教所容的。（4）這故事除了詩文點綴外，乃是真有其事，是真實的，這種事情在唐代社會中可能發生得很多。（5）女子有才色，能操琴、作詩，比較普遍，唐代歌妓均能之。（6）以《會真記》和同時的《霍小玉傳》相比，《霍小玉傳》故事是悲劇，大責備李十郎負情，此因十郎考試勝利，另選高門，與張生文場失意不娶鶯鶯大不相同。《霍小玉傳》將愛情突出來寫，表現女性的美德，讚賞女性人格之美，《霍小玉傳》思想性比《鶯鶯傳》高。

　　張生前後人格不一致，偷情時是才子作風，而此後又有迂腐的道德觀念。當時士流對於張生的「忍情」是惋惜的，但卻不加以嚴厲的責備。唐代文人認為私情是不好的，他們雖惑於才色，但不是以此論嫁娶。這類的事，雖然是傳奇豔遇，但並非空想。《聊齋志異》雖然寫在清代，但那些人和事在唐代社會是可以實際發生的，這是人性、

人情所不能已。禮教是束縛人性的，禮教也是重男輕女的，張生薄情而人不以為非，便是明證。張生認為女子有才色，是尤物，必妖於人，那麼女子無才便是德，就是那時代的金科玉律。而對於鶯鶯來說，是一個悲劇。

《會真記》起初在士大夫階級裡流傳，以後走向民間通俗說唱。北宋時期文人趙德麟（令時）有《商調蝶戀花》鼓子詞以詠其事，趙氏說：「至今士大夫極談幽玄，訪奇述異，無不舉此以為美談；至於倡優女子，皆能調說大略。惜乎不比之以音律，故不能播之聲樂，形之管弦。」因之，他用十二支《蝶戀花》曲調，比附《鶯鶯傳》以歌誦其事。作為通俗說唱文學，於故事並未改動，且甚簡略。

在北宋、南宋之間，有雜劇《鶯鶯六幺》，用大曲歌舞故事，想來也是簡短的一折，故事未改動。而《醉翁談錄》中的傳奇小說話本《鶯鶯傳》，其內容如何不可知，可能已有所發展了。

金代董解元《西廂記諸宮調》是一大創作，把始合終離的一個不完整的愛情故事改造成為愛情勝利的團圓結局，已經體現了反封建禮教的思想。他把士大夫階級的文藝作品變成了完全能夠代表市民階級思想意識的文藝作品。

這個故事，按照市民的道德觀念，應該有兩個結局。一是張生中舉以後別娶，鶯鶯報復他的負心，如王魁桂英、秦香蓮、趙五娘、《霍小玉傳》式的；一是張生始終如一，如《西廂記》的結局。民間流傳，對這故事，採取了後者的方式，把愛情與婚姻統一起來。

宋元社會更看重女性貞操。鶯鶯並非妓女，元代戲曲、話本中對妓女的才子佳人故事，尚給予團圓結局，對於崔、張，更樂於作合。這樣不但鶯鶯可愛，張生亦成一鮮明的爽朗樂觀的形象。與《會真記》原文相比，更其光輝燦爛了。這樣，一篇文人的進步作品，一篇還不

能完全擺脫封建思想的作品，到了人民大眾手裡，有了更高的、更活潑的發展，成為一部傑出的民間文藝作品、説唱文學。元代王實甫的《西廂記》是因襲董西廂而產生的，但不是如有人說的那樣是抄襲。誠然，沒有董西廂的基礎，王西廂達不到今天的高度，但王西廂畢竟比董西廂跨進了一步，有它的創造性。

王西廂因襲董西廂是很多的：(1) 王西廂的基本情節已為董西廂所有，説明王實甫取材於民間説唱本以創造此劇，非直接取材於《鶯鶯傳》。(2) 王西廂在辭章上因襲董西廂亦不少，比讀兩種可知。如王西廂第一本第一折，張生唱《油葫蘆》《天上樂》二支，描寫蒲州附近的黃河氣象闊大，此從董西廂改進；第二折描寫張生見到紅娘，有「胡伶淥老不尋常」之句，説靈活的眼睛，董西廂有「雖為個侍婢，舉止皆奇妙。那些兒鶻鴒那些兒掉」，又有「小顆顆的一點朱唇，溜汌汌一雙淥老」。「鶻鴒」「淥老」皆金元時代俗語，本不易懂，可見王西廂有所本。又如鶯鶯送別一節，董西廂有「莫道男兒心如鐵，君不見滿川紅葉，盡是離人眼中血」，為王西廂「碧雲天，黃花地，西風緊，北雁南飛，曉來誰染霜林醉？總是離人淚」所本。

比較董、王西廂，王西廂有改進處：(1) 董詞俗語、方言多，王詞更為典雅；(2) 董作於法聰與孫飛虎戰鬥一節寫得太多，冗長支蔓，離題遠，而王作更為集中主題。説唱文學重鋪敘，戲劇重結構，主題集中；(3) 人物性格，王西廂完整，董作張生、鶯鶯皆有軟弱可笑處，如張生失望上吊為紅娘扯住；張生與鶯鶯同時在法聰房裡要上吊，為法聰策劃救出；董作寫張生思之：「鄭公，賢相也。……吾與其子爭一婦人，似涉非禮。」怕得罪他，意在退讓，皆與人物性格不符。

董、王西廂的故事差不多一律，把決絕變為團圓，肯定張生、鶯

鶯、紅娘為正面人物，鄭氏、鄭恆、孫飛虎為反面人物。王實甫《西廂記》與《會真記》相比，人物情節發生很大變化：張生是尚書之子，鶯鶯為相國之女，門當戶對；彼此一見傾心，十分顧盼。真的愛情，定於初見，很像小說裡寫的浪漫派；孫飛虎包圍普救寺，要搶鶯鶯為妻，鄭氏說明誰能救鶯鶯，許配他，因此張生、鶯鶯的結合屬於正義的一邊；張生救了他們一家，鄭氏以崔相國在時崔將鶯鶯許配鄭恆為由悔婚；張生氣憤而病，鶯鶯託紅娘問病，張生寄束，紅娘傳簡，鶯鶯酬詩約見，責以禮義，這是受《會真記》的影響，鶯鶯顧忌禮教，表現女性心理矛盾，禮教與愛情的矛盾完全體現出來，以後酬簡私奔，是強烈反抗禮教的，這是很大的變化和發展；紅娘反責備鄭氏失信一段，為劇中主眼，詞嚴義正，大快人心，她是不受禮教束縛的健康的女性，一個不識字的丫環，通透女性心理；張生進京考試，反映科舉時代看重功名，而鶯鶯惜別表示女性重愛情；後來雖有小波折，但終以團圓結局。

元稹《會真記》面世以後，從士大夫走向民間，經過歷代人民大眾和文人的創造，到董、王西廂的出現，達到了現實主義創作的高度，而且做到了現實主義和積極浪漫主義的完美結合。董西廂過去不受重視，不太流行。王西廂被人看作出於董西廂，文辭也有抄襲，而影響卻超過董西廂。實則應該看到，從董解元的說唱文學到王實甫的戲劇文學，改變了一個文學類型。有些地方，可以抄襲，大部分要自己創造。此所以董西廂反被湮沒之故。

西廂故事歷來在小說、戲曲、說唱藝術中的發展，概說如下：

1. 元稹的《會真記》（一名《鶯鶯傳》）（唐代《太平廣記》及近代各種選本）。

2. 北宋趙德麟的《商調蝶戀花》（《侯鯖錄》，劉刻《暖紅室彙刻傳奇》本附）。近於抒情詩，並不鋪敘故事，不團圓。

3. 兩宋説話人的底本《鶯鶯傳》，小説家傳奇類，所説內容不詳。

4. 南宋官本雜劇中的《鶯鶯六么》，內容不詳，以大曲鋪敘故事。

5. 金代董解元《西廂記諸宮調》。

6. 元代王實甫《西廂記》北雜劇五本二十折。

7. 南《西廂記》，李日華、陸采 (天池) 二人皆有作品。現在崑曲所唱的幾出，是根據李日華本，由俗人刪改的。李本保存北《西廂記》之處甚多，改北詞就南曲。陸本不上舞台，文人製作。此兩本皆見《暖紅室彙刻傳奇》中《西廂十則》。

8. 卓珂月《新西廂》、查伊璜《續西廂》等。

9. 今地方戲中，如越劇改編的《西廂記》。

10. 今蘇州人説書彈詞中的《西廂記》。

從故事內容看：

1. 元稹《鶯鶯傳》，不團圓，趙德麟《商調蝶戀花》同。

2. 董解元《西廂記》，團圓結局，以後王西廂一直沿續下來，遂成定局。

二、《西廂記》的結構

《西廂記》採用五本雜劇相連而構成一個長篇巨型的劇本，在元人雜劇中是獨一無二的。《西廂記》雖然是長篇劇本，但是與南戲或後來的傳奇有別。《西廂記》整本二十折 (或二十一折) 皆用北曲，這二十折可以分割開來，是四折一楔子，合乎雜劇體例的五本。其中遵守着元雜劇的體例，而稍稍加以變化，有末本與旦本，及旦末合本。

第一本　楔子 (老旦唱)，一、二、三、四折皆張生唱 —— 末本戲。

第二本　第一折 (旦唱)，楔子 (惠明唱)，二折 (紅唱)，三、四折 (旦

唱)。此本是鶯、紅分唱——旦本戲。

第三本　楔子(紅唱)，一、二、三、四折皆紅娘唱——旦本戲。

第四本　楔子(紅唱)，一折(末)，二折(紅)，三折(旦)，四折(末)，此本變化較多，鶯、紅、張生各有主唱之折——旦末合本戲。

第五本　楔子(末)，一折(旦)，二折(末)，三折(紅)，四折(末、紅、末、旦、紅)，此本亦是旦末合本，而更有變化，第四折以張生主唱，而插入旦、紅分唱幾支曲子。

《西廂記》整個劇本主要角色是張生、鶯鶯、紅娘三人，其中張生主唱八折，鶯鶯主唱五折，紅娘主唱七折。三個主角，分配平均。

元劇中有不少以愛情為主題的劇本，例如《曲江池》《倩女離魂》《青衫淚》《張生煮海》等等，均以女性為主角，是旦本戲。主要因為受元劇體例的限制，只限於一人主唱。而此類愛情劇本，選擇女主角主唱，來得細膩，可以有許多優美動聽的歌曲，可以充分表現戀愛的情緒，動人心弦。這種安排是適宜的，但是美中不足的地方是作為愛情的對方的男人，陷於配角的地位，沒有主唱的部分，顯得被動而無力。《西廂記》不是這樣的，以愛情為主題，而使張生和鶯鶯都作為主角，都有歌曲可唱，都有戲可演，使觀眾充分看到張生熱烈地追求的一方面，也看到鶯鶯對於張生熱情的反應，以及複雜的心理變化，面面俱到。紅娘為主角中的輔導角色，為相國女兒展示愛情所必需的活潑、生動。《西廂記》所再現的生活面是完整的，沒有遺漏。《西廂記》的結構是立體式的，它變平面的抒情歌劇為主體的兩方對照，更有戲劇性。

以情節而論，《西廂記》故事並不比《曲江池》等特別曲折複雜，假如要以一本雜劇四折一楔子來寫，也是可能的。不過由於董西廂的

創造，已經把這個故事發展為一個巨型的説唱本了，描寫得特別細緻了，所以必須採取五本的長劇，方始能夠達到藝術創造上的完整性。我們可以説是內容決定形式。採取了這樣一個長本戲的形式，使張生、鶯鶯、紅娘三個角色來分別主唱，又豐富了劇本的內容。

因此，我們可以把《西廂記》的結構作為文藝理論上內容決定形式、形式反作用於內容的一個定律的證明。

這是王實甫《西廂記》的獨創性之一。

《西廂記》五本：第一本寫張生見到鶯鶯，一見傾心，引起熱情地追求，這是故事的開端；第二本寫孫飛虎包圍普救寺，崔家陷入困難的境地，賴張生設法退兵，老夫人許婚而又變卦，這是故事的發展，是熱鬧的劇情、緊張的場面；第三本展開生旦雙方心理活動的具體的描寫，鶯鶯心理上的矛盾衝突，充分表現受封建禮教束縛下的閨秀，對於愛情有強烈要求的矛盾心理，是靜的場面，而巧妙地以紅娘主唱，關聯雙方；第四本是全劇的頂點，青年男女為了追求愛情，終於擺脫封建禮教的束縛，達到勝利，《送別》《驚夢》完全是抒情；第五本是餘波，以團圓結局。此本較為平弱，但也是必需的。董西廂已有此結局。非此，故事不完全。全劇結構謹嚴，引人入勝，無冗淡之處，勝於明代傳奇，竟有一折不可少之感。

三、《西廂記》的思想性與藝術性

《西廂記》是元曲中最通俗流行的一個劇本，從王實甫到現在已經有六百多年。西廂故事是為中國人民所普遍愛好的。不過向來一般人愛讀《西廂記》，因為它是寫才子佳人的文學作品，故事情節曲折，王實甫的辭章華美而已。賈仲明弔王實甫云：「作詞章風韻美，士林中

等輩伏低。新雜劇，舊傳奇，《西廂記》天下奪魁。」金聖歎推王實甫《西廂記》為第六才子書，而切去它的團圓結局，至草橋驚夢為止，對前四本也不少改竄。金聖歎批改《西廂記》，《第六才子書》是通俗流行的，他的批改本是宣傳他的唯心論的世界觀的，歸結成人生如夢，無可奈何的消遣。他把《西廂記》不曾當作淫書，是他的進步，而是把它當作閒書，當作非現實的東西，是文人才子夢境的書！

　　向來古典文學不少優秀的作品，偉大的創作，是被封建時代的正統派批評家所歪曲了的。例如《詩經．國風》裡面充滿了健康的愛情詩，或者被看作「后妃之德」，或者被看作淫奔之詩。

　　《西廂記》在舊社會，或被看作淫書，或被看作閒書。《西廂記》不是一部淫書，因為《西廂記》裡面的愛情是真摯的，不是玩弄性的。男女是平等的，一對一的，愛情與婚姻是統一的。《西廂記》不是一部閒書，因為並不單是提供勾欄裡面演出娛樂消遣的東西，這裡面有血有淚，展示了在封建禮教的壓迫下，一對青年男女，如何地為了追求自由幸福的生活而鬥爭，終於達到完全勝利的、符合人民大眾願望的喜劇效果。《西廂記》是古典現實主義和積極的浪漫主義結合的文藝創作。《西廂記》有浪漫主義成分，因為鶯鶯的美貌多才，張生的才學和熱烈追求，紅娘這一個丫頭角色，以及孫飛虎的包圍普救寺，鄭恆的觸階自殺等，都是不太尋常的。說它是現實主義的作品，因為人物性格都是真實典型，而情節佈局都是入情入理，沒有巧合和離奇古怪的部分。

　　《西廂記》以才子佳人為主角，這是採取了前代相傳的傳奇故事。元人雜劇的愛情劇，從唐人傳奇和話本小說中取材，男女主角以才子佳人為多，一般的平民老百姓的愛情還沒有被取為題材（直到明代小說），這是時代的限制。《西廂記》中有「才子佳人信有之」的曲文，但

是我們不能把它當作才子佳人劇。因為後世的才子佳人戲劇、小說越來越趨於公式化、概念化，而《西廂記》反映了生活真實，是追求人性解放，不庸俗的。事實上，愛情並非只是才子佳人的特權，這部作品有反封建的普遍性。作者發下一個宏願：「願普天下有情的都成了眷屬。」張生、鶯鶯的故事不過樹立了一個鬥爭的典範而已。

反對父母之命、媒妁之言的門當戶對的封建婚姻制度，衝破禮教束縛，追求以愛情為基礎的自由美好的婚姻是《西廂記》的主題。

《西廂記》的主題是愛情。愛情也是文學中的一個主要題目。歐洲文學從荷馬史詩開始，十年戰爭為了男女愛情的爭奪。中國《詩經》裡面也多情詩。後來中國詩的發展，和民歌距離遠，成為士大夫抒情達意的工具，因此在正統派的詩裡面，充分反映士大夫的思想意識、士大夫的生活。政治是重要的題材，大詩人杜甫、李白、白居易很少寫情詩。散文方面，尤其是古文，文以載道言志，很少寫愛情的。古典文學在這方面顯得貧乏，主要由於：(1) 中國封建社會禮教嚴，男女接觸很少，沒有社交，沒有交際；(2) 中國古典文學中的士大夫文學，作者沒有愛情生活，只有政治生活，沒有生活，就寫不出東西來。俗文學，也是市民大眾文學的戲曲、小說中以愛情為主題的作品，非常之多。所謂言情之作，如《西廂記》《牡丹亭》《紅樓夢》，是其中突出的。以愛情為題材的文學來自人民大眾，原始社會中就有情歌、舞蹈；《詩經·國風》、漢樂府的情歌都很健康；《楚辭》湘君、湘夫人的情歌，縹緲空靈，愛而不見，情志纏綿的；南朝樂府中的民歌，如《子夜歌》《懊儂曲》等，都以男女歡愛、訣別為內容，是天真的。而此時產生的宮體詩，不免有輕豔。唐宋小曲由妓女歌唱，都是言情之作。元代散曲有許多采自民歌，或由通俗文人所作為妓女歌唱，庸俗的也不少，色情、穢褻的部分也不免。狎客妓女的接觸，缺乏精神上的戀

愛，因此情歌就流於色情。所謂風流，原本是一個好名詞，後來成為偷香竊玉的代名詞了。

在中國漫長的封建社會時代，在舊禮教的統治下，青年男女沒有公開社交的機會，愛情成為一種禁忌，婚姻不自由，必須服從禮教，或者是買賣式的，或者是掠奪式的婚姻，給女性以壓迫和迫害。《西廂記》反對這些。老夫人是代表封建禮教的典型人物，把一個女兒「行監坐守」，提防拘繫得緊，只怕她辱沒了相府門第。鶯鶯處在精神牢獄裡面。《西廂記》描寫了在舊禮教壓抑下的女性，如何地想掙脫這精神牢獄的枷鎖。孫飛虎是想用暴力欺壓女性、企圖實行掠奪婚姻的反面人物。豪強掠奪，尤其在金元時代異族統治下，這種現象是普遍的。《西廂記》裡的鶯鶯、張生、惠明是向掠奪、殘暴的統治勢力鬥爭的。老夫人在普救寺被圍時，無可奈何，說要把鶯鶯許配給能退賊兵的人，但是孫飛虎退了，她又反悔起來：「先生縱有活我之恩，奈小姐先相國在日，曾許下老身侄兒鄭恆。即日有書赴京喚去了，未見來。如若此子至，其事將如之何？莫若多以金帛相酬，先生揀豪門貴宅之女，別為之求，先生台意如何？」這是她的自私自利，不遵守信義，把婚姻當作一件買賣的事。事實上是她看不起張生，只看見他是一個窮秀才。張生和鶯鶯有了私情之後，經過紅娘的說服，她才無可奈何地把婚姻許了，但是要張生上京去赴考，表現了庸俗的功名思想。

在唐人傳奇裡有著名的愛情故事，如《李娃傳》《霍小玉傳》《任氏傳》等，託之於妓女和妖狐。名門閨秀，禮教森嚴，不能有愛情的舉動，一般文人也是不敢寫的。才子與妓女的愛情是不平等的，是男性中心社會的產物。《西廂記》卻不同。鶯鶯不是妓女，不是妖狐，而是相國的女兒。作者更為大膽，更能達到反封建的效果。它揭穿了封建禮教的虛偽與殘酷，指出其軟弱性，是可以動搖的。

《西廂記》第四本第二折，俗名「拷紅」。紅娘對老夫人一段話，義正詞嚴，又曉之以利害：「信者人之根本，『人而無信，不知其可也……』當日軍圍普救，夫人所許退軍者，以女妻之。張生非慕小姐顏色，豈肯區區建退兵之策？兵退身安，夫人悔卻前言，豈得不為失信乎？既然不肯成其事，只合酬之以金帛，令張生捨此而去。卻不當留請張生於書院，使怨女曠夫，各相早晚窺視，所以夫人有此一端。目下老夫人若不息其事，一來辱沒相國家譜；二來張生日後名重天下，施恩於人，忍令反受其辱哉？使至官司，夫人亦得治家不嚴之罪。官司若推其詳，亦知老夫人背義而忘恩，豈得為賢哉？紅娘不敢自專，乞望夫人台鑒：莫若恕其小過，成就大事，摑之以去其污，豈不為長便乎？」這是威脅而帶懇求的話。

紅娘的機智、勇敢，救了張生、鶯鶯二人。紅娘說服老夫人的話，是代表作者和觀眾對於這個社會現實的批評，是一種進步的思想。

《西廂記》的反禮教、反宗法社會達到了一定的深度和廣度。宋元社會，作為封建統治的上層建築的是虛偽的儒家思想，即程朱理學思想，還有佛教的宗教勢力。《西廂記》蔑視聖經賢傳，看輕功名富貴，向儒家思想鬥爭。同時這個浪漫的男女偷情的行動，在一個佛寺裡發生，把一座梵王宮，化作了武陵源，給佛教的統治勢力以無情的諷刺。

《西廂記》的藝術性：

1. 故事情節的安排是為主題思想服務的。長至二十一折，均為必需的情節，不支蔓冗沓。是一部建立純粹愛情婚姻關係的典型代表作品。如《拜月亭》《牡丹亭》等長本的愛情為主題的劇本，加入別的題材太多，有不必要的雜亂的感情。

2. 人物的刻畫，賦予鮮明的形象及其真實性。人物的性格隨着故

事情節的發展而發展，不是孤立的、靜止的、抽象的，而是具體的、有發展的。不追求離奇曲折的悲歡離合情節以吸引人。如《荊釵記》《春燈謎》《風箏誤》等離奇變幻，故意造設。《西廂記》非在寫事，而是寫人，展示人物心理變化，極其成功。

3. 辭章的華美。《西廂記》辭章美麗似「花間美人」。因為戲曲是歌劇，歌曲部分很重要。王實甫的文學修養高，語言有其特殊的風格，俏皮、詼諧、大方、潑辣、有變化，雅俗共賞。《西廂記》題材是美的，而王實甫又把辭章美化、理想化，而文筆又服從內容的要求，不追求辭藻的泛美，《西廂記》的美是天然的美，語言和人物性格是協調的。特別精彩的是《送別》一折。整部《西廂記》是一首長詩。《西廂記》是歌劇，也是詩劇。王實甫是戲曲家，同時也是一位大詩人。他的創作比之唐代詩人元稹的《會真記》高。

《西廂記》有浪漫主義的成分。取材於唐人傳奇，愛情為主題，一見傾心的愛情。鶯鶯的美貌、張生的癡情、普救寺的環境、孫飛虎搶親的情節、中狀元的團圓結局，整個故事好像一篇抒情詩歌，風格接近李白的風流、浪漫、豪放。是李白型，非杜甫型。王實甫的風格，非關漢卿的風格。當然《西廂記》基本上仍是現實主義的。

四、《西廂記》對後代文學的影響

《西廂記》在戲曲史上有很高的地位。當時的演出詳情不得而知，但它為人所愛讀，它是早期的完整的長本劇作，影響到《牡丹亭》《紅樓夢》，是作為有高度價值的文學作品而流傳下來的。到了明代，李日華、陸采根據王西廂改編為南《西廂記》演出，一直流傳到現在。彈詞中也有《西廂記》唱本。曹雪芹《紅樓夢》中有「西廂記妙詞通戲

語」，黛玉與寶釵對《西廂記》的態度不同，顯示出反抗派與正統派、性靈與道學的差異。《西廂記》是抒寫性靈的自然的佳作，在現實主義的發展上，它空前，但不絕後，《紅樓夢》比它更進一步。《西廂記》的生命力是永久的。

《西廂記》的缺點。《西廂記》寫的是上層社會的愛情，太細緻。今天看來有不健康的成分，有某些色情的部分。這是歷史條件的限制、戲曲才子佳人題材的限制、市民趣味的限制的結果。今天地方戲、京劇中的《西廂記》已有不少改進。

關於《西廂記》的版本，現在找不到元代刻本，然明代刻本很多。最早的有弘治本《西廂記》，有帶圖的，有附西廂詩詞文的。中間當然會有改動，整理較好的有二種：暖紅室翻刻本、王伯良校註《西廂記》。此外還有毛西河校註《西廂記》。現在的本子，比較好的是王季思校註《西廂記》。

白樸與馬致遠

一、白樸

　　白樸，字仁甫，號蘭谷 (1226—1312？)，河北真定人 (初本隩州人。隩州，金置，屬河北東路，今山西河曲縣)。約與關漢卿同時，為元劇前期作家之一。元劇四大家，一云關王馬鄭，一云關白馬鄭。馬是馬致遠，白是白仁甫，鄭是鄭德輝。

　　白樸之父白華為金哀宗時樞密院判官，軍政大計，多出其手，亦時遭書生之妒，無所遷引 (《金史・白華傳》)。

　　仁甫生於 1226 年。蒙古伐金，金主出奔河北時，仁甫七歲。賴元遺山挈以北渡，初居山東，數年後父子卜居溏陽。及長，博覽群書。有文才，尤善詞曲。仁甫中年以後南下，曾至岳陽，至建康 (在公元 1280 年，即至元十七年庚辰，宋亡後一年，蒙古統一中國之第一年)，時年五十五歲。六十六歲春遊杭州西湖。大德十年 (公元 1306 年) 到揚州。暮年北返。1312 年八十七歲，遊順天。此後無事跡可考。其生卒年應為 1226—1312 (？)。

　　白樸在元朝似未曾仕，從諸遺老放情山水間，日以詩酒優遊 (明孫大雅《天籟集序》)。王國維《元戲曲家小傳》云：「後以子貴，贈嘉議大夫，掌禮儀院太卿。」

　　著有《天籟集》二卷(詞)及雜劇十六種，散曲見《陽春白雪》等。
雜劇僅存《唐明皇秋夜梧桐雨》和《裴少俊牆頭馬上》二種，以《梧桐
雨》最為有名。

　　《梧桐雨》為歷史劇，寫帝妃故事。劇取唐明皇、楊貴妃的一段
為大眾所熟悉的故事。取材於《長恨歌》《長恨歌傳》，唐史及其他唐
人筆記中材料(似未採《太真外傳》)，自己剪裁，演為此劇。此為後來洪
昇《長生殿》所依據，有開創之功(當時還有王伯成的《天寶遺事諸宮調》，亦敘
明皇、貴妃故事)。

　　楔子敘安祿山征討奚、契丹大敗，失機將斬，被張守珪解送長安
取聖旨。唐明皇赦了他，貴妃收為義子。明皇欲以為平章政事，為楊
國忠所阻，遂任他為漁陽節度使。而安祿山與楊貴妃已有一段私情，
所以他到漁陽後便練兵秣馬，有反叛朝廷的意思。

　　第一折，七夕乞巧。宮廷場面。唐明皇與楊貴妃對牛、女兩星盟
誓。(此從《長恨歌》「七月七日長生殿，夜半無人私語時」二句詩來。後為《長生殿》之《密
誓》一出所本。)

　　第二折，安祿山入寇。明皇與貴妃在御花園中小宴。貴妃吃着四
川所進貢的鮮荔枝，登盤舞霓裳羽衣舞。李林甫奏祿山入寇。明皇慌
急無計，遂決定幸蜀。(從《長恨歌》「漁陽鼙鼓動地來，驚破霓裳羽衣曲」二句來，
為《長生殿》《舞盤》《驚變》二出所本。)

　　第三折，入蜀途中至馬嵬驛，士兵嘩變。殺國忠，賜貴妃死。六
軍馬踐楊妃。(從《長恨歌》「六軍不發無奈何，宛轉娥眉馬前死」二句來，為《長生殿》
《埋玉》一出所本。)

　　第四折，祿山亂平，明皇返京，在西宮中養老。思念楊妃，掛起
真容，十分傷悼。睡夢中夢見楊妃，醒來依然寂寞，孤家寡人一個。
聽秋雨打梧桐，倍覺凄涼。此折意境與馬致遠《漢宮秋》末折「聞雁」

相似，描寫雨聲最為美妙。（從《長恨歌》「秋雨梧桐葉落時」句來，為《長生殿》《哭像》《雨夢》二出所本。）

　　明皇、貴妃故事，為詩歌詞曲的題材，是普遍的動聽的。此劇以簡短的四折，首尾完整，全劇均很精彩。論結構，有宮廷場面，有動亂場面，前熱鬧，後淒涼，都有戲情。其中驚變、埋玉劇情緊張，比之《漢宮秋》人物多些。論辭章的高雅活潑，不亞於《漢宮秋》。此劇揭露帝妃的淫樂生活與其悲劇的結果。末後一折抒情意味濃厚。作者同情於貴妃的死，明皇也作為正面人物。全劇仍以愛情為主題，而結合歷史。但與《漢宮秋》相比，兩劇效果不同。《漢宮秋》中昭君那樣一個純潔而被犧牲了的女性，值得歌頌而同情，因而漢元帝的聞雁一折，達到悲劇的效果。而《梧桐雨》首先點出了貴妃與安祿山的私情，把她醜化了。如此，貴妃便死不足惜，明皇哭妃也不能博得觀眾的同情。所以作為一個愛情悲劇是不完整的，這與《長恨歌》的主題思想不同。寫私情為《長生殿》作者洪昇所非，加以刪削。《長生殿》後出，超過了白仁甫的劇作。白作在元劇中仍有一定的地位。

　　《牆頭馬上》敘唐代裴行儉之子少俊與皇族小姐李千金的戀愛故事。兩人牆頭馬上，四目相覷，各有眷心。約定幽會，為嬤嬤闖破。後來放他們私奔成親。匿居於裴家花園七年，生下一雙兒女。其後為父親所發覺，逼令離棄，而留下其兒女。千金歸家守節，少俊狀元及第得官後接她回家，公婆也去賠罪，雙方取得諒解。此也是寫青年男女私行結合而遭受父親壓迫的曲折動人的故事，新鮮有味。其中跳牆一節頗似《西廂記》，而此劇出於《西廂記》後。

二、馬致遠

馬致遠,大都人,號東籬,任江浙行省務官。他大約與王實甫同時,務官是監酒稅的官,非大官,亦非小吏。是高級知識分子,比之關、王兩人,讀書必更多。其作品文辭高雅。本人愛慕陶淵明,故號東籬,以隱士自命。大概做過一任官吏,即退隱家居,肆志詞曲。所作散曲甚多,其《秋興》散套膾炙人口。任訥輯為《東籬樂府》。《堯山堂外紀》錄其《夜行船‧秋思》一套,稱為元人第一。又有《天淨沙》小令云「枯藤老樹昏鴉,小橋流水人家,古道西風瘦馬。夕陽西下,斷腸人在天涯」,最為有名(或云此無名氏作)。他加入元貞書會,為一書會才人。元賈仲明《凌波仙》弔詞云:「元貞書會李時中、馬致遠、花李郎、紅字公,四高賢合捻《黃粱夢》。」元貞,元成宗年號(1295—1296),是大德之前一個年號。元貞大德年間,為元劇作家最興盛時期。馬致遠既加入元貞書會,則生活在 1300 年左右,至 1300 年尚未卒也。亦是第 13 世紀的作家,卒年約在 1320 年左右。

馬氏有雜劇十四種,今存七種,而以《漢宮秋》為代表作。《太和正音譜》列元人作家以馬致遠為第一,評其詞「如朝陽鳴鳳」,言其不同凡響。又臧氏《元曲選》,首列《漢宮秋》。此劇亦為元劇的代表作。馬致遠劇作風格與關漢卿不同,是文人遊戲之作,辭章極美,但現實性差。有浪漫主義風格,甚至頹廢成分。其人有瀟灑出塵之想,所作雜劇或為神仙故事,如《陳摶高臥》《黃粱夢》《三醉岳陽樓》《三度馬丹陽》《誤入桃源洞》是也;或為高人逸士故事,如《酒德頌》《踏雪尋梅》《孟浩然》是也。其富麗堂皇如《漢宮秋》,文人牢愁如《薦福碑》《青衫淚》,皆偶一為之,而便臻上品。

《漢宮秋》是一歷史劇,也以帝妃為題材。採取民間所流傳的昭

君故事，距離歷史事實是很遠的。王昭君，名嬙，實有其人，漢元帝時以良家女入選後宮。其出嫁匈奴呼韓邪單于，為和親的策略。事見《漢書》《元帝紀》及《匈奴列傳》。《後漢書》《南匈奴傳》又有之，而稍加渲染，謂同時出嫁匈奴者有宮女五人，而昭君「豐容靚飾，光明漢宮，顧影徘徊，竦動左右。帝見大驚，意欲留之，而難於失信，遂與匈奴」云云。毛延壽者，見《西京雜記》。謂元帝以昭君故而斬畫師數人，毛在內。亦小說也。

歷經魏晉南北朝隋唐，昭君常為樂府歌曲之題材，而琴曲、琵琶曲中皆有《昭君怨》。樂府有《昭君怨》。變文有《王昭君變文》。杜甫、王安石、歐陽修皆有詠昭君之詩。其家在湖北秭歸（《後漢書》謂南郡人）。昭君與西施，皆為歷史上美人之代表。

馬致遠取此題材為劇，得普遍的愛好（關漢卿亦有《漢元帝哭昭君》一劇，今不傳），他又加以很好的處理，有創造性的場面。此劇為末本戲，漢元帝主唱。

在歷史上王昭君是一宮女，賜給服從漢朝的南匈奴單于為妃，是和親政策。昭君和元帝素來沒有謀面，只有在遣嫁時召見過一次。劇本中的王昭君則是漢元帝妃。第一折寫漢元帝在宮中月夜聞琵琶聲，尋聲而至昭君所居冷宮，一見驚其美貌，即與定情。這是一幕富麗堂皇的宮廷場面。第二折元帝正寵幸昭君，而匈奴入寇。此因畫師毛延壽逃到匈奴，把美人圖獻於匈奴王，故使之來侵，指名要昭君和番。文臣武將，一籌莫展，勸元帝割愛。元帝大罵文武百官，但也無可奈何。昭君自願和番。謂：「妾既蒙陛下厚恩，當效一死，以報陛下。妾請願和番，得息刀兵，亦可留名青史。」為了國家大計，不能不行。帝妃兩人，都難割捨。由於外力的壓迫，拆散鴛鴦。第三折送別場面。此折歌曲最美，與《西廂記》送別折，可以並傳。第四折漢元帝一人

寂寞漢宮，夢見昭君，聞雁淒涼。昭君行至黑江頭跳江自殺。匈奴願意講和，送奸人毛延壽來。元帝命將他斬首，以祭明妃。此折文辭亦佳，淒涼之至，與《梧桐雨》末折意境相仿。

這是悲劇。以愛情結合愛國主義思想為主題。愛憎分明。雖是元帝主唱，但昭君形象比《梧桐雨》中的楊貴妃要完整、美好。昭君是被歌頌的人物，她農家出身，純潔、貞烈，是有愛國思想的。紅顏薄命，此為民間所熱愛的人物。漢元帝亦非反面人物。一個風流天子，多情而無能，是悲劇中的人物。恩愛不終，是由於外患，也是被壓迫的。他們的美滿恩情，是被奸人謀害，暴力毀壞的。匈奴王，代表外力，但也還有良心。毛延壽為奸人，反面人物，最令人憎恨。文武百官則成為諷刺的對象。

在漢朝，國力開張。漢元帝遣嫁宮女，是為了使南匈奴歸順朝廷之故，並無入寇之事。此劇雖取材歷史，實為宋朝的朝廷政治寫照。它是歷史劇而有現實意義，它產生在元代，廣大人民受蒙古貴族統治之時，暗中宣泄了愛國主義思想。劇作鞭撻毛延壽那種私通外國的小人，罵文武百官的無用，歌頌王昭君，同情漢元帝，思想性比《梧桐雨》高些。

四折的結構安排都好，辭章也十分華麗。第一折境界華美，第三、四折愈來愈淒涼，富於感傷成分，反映封建社會趨於沒落，而人民在異族壓迫下的悲哀的命運。代表宋元社會的時代特點，也代表了馬致遠的感傷情緒和消極思想。此劇可謂昭君故事在文藝作品的最高成就。

《薦福碑》，在馬致遠劇本中稱佳作。劇為知識分子命運之惡劣做有力的控訴。「時來風送滕王閣，運去雷轟薦福碑」，宋人原有此語。此故事原流傳人口，非馬氏所造作。原來的故事簡單，只有范仲淹遇

一寒餓書生，救濟之，使其拓薦福寺碑，售於京師。紙墨已具，而一夕雷轟其碑。此劇更多曲折。説秀才張鎬，是范仲淹之友，未遇，范給予三封書信，使投洛陽黃員外、黃州團練副使劉仕林、揚州太守宋公序。張鎬投第一信，黃員外害急心疼而亡。至黃州，第二信尚未投，劉仕林病故，他把第三封信攔下不投了。宿於薦福寺中，寺僧收留他，勸其上京赴考，要拓顏真卿碑文以為路費。不料剛議此事，半夜雷轟寺碑。全劇主要情節如此。以後雖然遇到范仲淹，又得赴考，中了頭名狀元，但此劇基本上也是悲劇，結局是非現實的。劇中有不少精彩部分，可取的是作者為一般文人的命運多舛寫照，發泄牢騷。劇中説「如今這越聰明越受聰明苦，越癡呆越享了癡呆福，越糊突越有了糊突富」，諷刺當時現實，封建社會埋沒真才。

《青衫淚》取白居易《琵琶行》的題材，加以改造。敘此商婦原為長安名妓，名裴興奴，與白居易原來相識。《琵琶行》明云「同是天涯淪落人，相逢何必曾相識」，此劇卻作為原來相識，且有感情。白居易貶為江州司馬後，裴興奴被賣與浮梁茶客劉一郎為妻。第三折寫白居易在潯陽江頭送別元稹，聽到船上琵琶聲，聽出是裴興奴的指撥。於是相會彈曲。裴興奴乘茶商醉臥，跟了白樂天私逃：「我教他滿船空載明月歸。」此折最好，潯陽江頭一段，辭章優美。末折奉旨成婚，使裴興奴認出白居易一節，有幽默味。全劇情節尚為動人，文章亦優雅詼諧。是遊戲之作，非現實的。

《陳摶高臥》，第一折，陳摶在汴梁城竹橋邊賣卜，有趙匡胤與其結拜之交鄭恩同來卜卦。陳一見即識天機，此二人一為真命天子，一為五霸諸侯之命，一龍一虎。第二折，趙匡胤既即帝位，命使臣黨繼恩到西華山陳摶隱居處，請其出山。第三折，陳摶上朝，辭官。第四折，鄭恩已封汝南王，奉御命帶御酒十瓶，御膳一席，宮中美女十名，

寅賓館管待希夷先生(陳摶)。宮女歌舞勸酒,陳摶不理會,貪眠打盹。鄭恩閉門而出。明日天明,鄭恩復來,見陳摶披衣據床,秉燭待旦。遂奏明皇上,蓋一道觀,使陳摶住持,封為一品真人。

此劇有可取處。如第三折上朝辭官,《滾繡球》曲云:「三千貫,二千石。一品官,二品職。只落的故紙上兩行史記。無過是重裀臥列鼎而食。雖然道臣事君以忠,君使臣以禮。哎,這便是死無葬身之地。敢向那雲陽市血染朝衣。[貧道呵]本居林下絕名利,自不合劃下山來惹是非。不如歸去來兮。」又如第四折《雙調新水令》:「半生不識曉來霜,把五更寒打在老夫頭上。笑他滿朝朱紫貴,怎如我一枕黑甜鄉。揭起那翠巍巍太華山光,這一幅繡幃帳。」有現實性,文筆亦佳,但有出世思想。

《黃粱夢》係四人合作,李時中,曾經做過工部主事,加入元貞書會,他的地位與馬致遠不同。紅字李二、花李郎則為教坊中人。此劇略取唐人《枕中記》故事,而改去人物。把呂翁點悟盧生的故事,改編為鍾離權度呂洞賓的故事。大概是根據全真教中的傳說的。夢中十八年,邯鄲道客店中黃粱剛熟。

《黃粱夢》《岳陽樓》《任風子》等皆演道教故事,所謂神仙道化科。劇作思想性差,有消極出世思想,人生如夢,看破紅塵,含宗教意味。神仙思想的流行反映了當時社會的黑暗混濁。宋末元初,不少人逃於黃冠。唯當時元代三僧四道,道教亦被利用做統治的工具,所以也很難說有進步意義。藝術性也並不高。

附　錄

萬里長征，辭卻了五朝宮闕，暫駐足衡山湘水，又成離別。絕徼移栽楨榦質，九州遍灑黎元血。盡笳吹，弦誦在山城，情彌切。

千秋恥，終當雪。中興業，須人傑。便一成三戶，壯懷難折。多難殷憂新國運，動心忍性希前哲。待驅除仇寇，復神京，還燕碣。

西南聯大進行曲（部分）

羅庸、馮友蘭　作

西南聯大一九三九年度校曆

第一學期

一九三九年						一九四〇年		
九月二十五日至三十日	十月二日	十月二日至十四日	十月十日	十月二十八日	十一月十二日	一月一日至三日	一月十九日至二十五日	一月二十六日至二月八日
星期一至六	星期一	星期一至六	星期二	星期六	星期日	星期一至三	星期五至四	星期五至四
補考 註冊 選課	第一學期始業	改選功課	國慶紀念日 放假	退選功課截止	總理誕辰紀念日 放假	年假	學期考試	寒假

第一學期共十五週

第二學期

一九四〇年												
二月九日至十五日	二月十三日至十五日	二月十六日	二月十六日至二十九日	三月十二日	三月十四日	三月二十九日	三月三十日至四月五日	五月十五日	六月十日至十五日	六月二十二日	六月二十三日	八月二十七日
星期五至四	星期二至四	星期五	星期五至四	星期二	星期四	星期五	星期六至五	星期三	星期一至六	星期六	星期日	星期二
補考	註冊	第二學期始業	改選功課	總理逝世紀念日 放假	退選下學期開班 功課截止	革命先烈紀念日 放假	春假	交入畢業論文最後期限	學年考試	畢業禮	暑假起始	孔子誕生紀念日 放假

第二學期共十五週

氣節（一九三九年）

小寒	一月六日
大寒	一月廿一日
立春	二月五日
雨水	二月十九日
驚蟄	三月六日
春分	三月廿一日
清明	四月六日
穀雨	四月廿一日
立夏	五月六日
小滿	五月廿二日
芒種	六月六日
夏至	六月廿二日
小暑	七月八日
大暑	七月廿四日
立秋	八月八日
處暑	八月廿四日
白露	九月八日
秋分	九月廿四日
寒露	十月九日
霜降	十月廿四日
立冬	十一月八日
小雪	十一月廿三日
大雪	十二月八日
冬至	十二月廿三日

植樹節	十二月
日環食	四月九日
月全食	五月三日至四日
日全食	十月十三日
月偏食	十月廿八日

責任編輯　　張俊峰
書籍設計　　彭若東
排　　版　　肖　霞
印　　務　　馮政光

書　　名　　西南聯大文學課 (續編)

作　　者　　傅斯年　游國恩　朱自清　蕭滌非　浦江清

出　　版　　香港中和出版有限公司
　　　　　　Hong Kong Open Page Publishing Co., Ltd.
　　　　　　香港北角英皇道 499 號北角工業大廈 18 樓
　　　　　　http://www.hkopenpage.com
　　　　　　http://www.facebook.com/hkopenpage
　　　　　　http://weibo.com/hkopenpage
　　　　　　Email: info@hkopenpage.com

香港發行　　香港聯合書刊物流有限公司
　　　　　　香港新界荃灣德士古道 220-248 號荃灣工業中心 16 樓

印　　刷　　陽光 (彩美) 印刷有限公司
　　　　　　香港柴灣祥利街 7 號萬峯工業大廈 11 樓 B15 室

版　　次　　2023 年 4 月香港第 1 版第 1 次印刷

規　　格　　16 開 (152mm×230mm) 296 面

國際書號　　ISBN 978-988-8812-30-1

　　　　　　© 2023 Hong Kong Open Page Publishing Co., Ltd.
　　　　　　Published in Hong Kong

本書由四川天地出版社有限公司授權本公司在中國內地以外地區出版發行。